口絵 1: ウィリアム・ブレイク『オーベロン、タイターニア、パックと踊る妖精たち』(1786)。
テイト美術館(ロンドン)所蔵。本文 11 ページを参照。©Tate. London 2016

タイターニア

まずためしに空で歌いなさいな、
言葉をどれも囀るように。
手に手を取って妖精らしく
優美に歌ってこの屋敷を祝福しよう。

オーベロン

さて、曙の時までは
みんなで館を駆けめぐれ。
最もりっぱな新床は
われら二人が清めよう。
そこで生まれる子供らは
永遠の幸に恵まれる。

(『夏の夜の夢』5 幕 1 場、397-406)

上左、口絵 2: 道化帽姿のパック。L. ティボルド、『シェイクスピア全集』(1740)。本文 10 ページ。
上右、口絵 3: J. レイノルズ、『パック、またはロビン・グッドフェロー』(1784)。本文 12、16 ページ。

下左、口絵 4: ジョン・フューズリ、『ロビン・グッドフェロー、パック』(1787-90)。本文 14、16 ページ。
下右、口絵 5: ジョン・サーストンの描いたコウモリ翼の少年パック (1826)。本文 19 ページ。

熊谷次紘
松浦雄二
編著

シェイクスピアの作品研究

——戯曲と詩、音楽

ウィリアム・シェイクスピア
生誕450年、没後400年記念

英宝社

まえがき

本書はシェイクスピア生誕四五〇年（二〇一四年）と没後四〇〇年（二〇一六年）という記念の年を、「シェイクスピアと現代作家の会」に集う研究者で祝賀しよう、という意図のもとに刊行された。

「シェイクスピアと現代作家の会」は、前身の「広島シェイクスピア研究会」を含めて、これまで四〇年余りにわたり、つつましくではあるが、一年の欠年もなく毎年研究発表会を開いてきた。執筆者はみな、日本の一地方都市とはいえ広く世界に平和と文化で知られる広島に、何らかの接点を持ち、シェイクスピアに深く親しむ研究者である。そうしたわれわれが、この不滅の大劇作家、詩人への、敬意と感謝とお祝いのメッセージとして、言葉をつむいだのが本書である。

本書はシェイクスピア作品の研究を集成した学術書であるが、同時に広く大学の学部でシェイクスピアに関心を持つ学生が、手に取って読み進み、この劇作家について詳しく調べ、理解を深め、知識を得られるよう配慮して書かれている。本書によって若い学生たちが、シェイクスピアの戯曲と詩、音楽、そしてシェイクスピアが生きたエリザベス一世時代とジェイムズ一世時代の、社会、政治、文化、芸術について、理解を深めるよう願っている。

シェイクスピア劇は、久しく世界各地の劇場で盛んに演じられてきたが、近年ますますその輝きを増している。本家の英国では特にその感が強い。四年前のロンドンオリッピックの年には史上最大のシェイクスピア祭、ワールド・シェイクスピア・フェスティバルが、四月から十一月にかけて、文化オリンピアードのハイライトとして開かれ、百万枚のチケットが売り出された。またここ数年子供達を対象とした大規模なシェイクスピア教育啓発活動が行われてきている。なかでも英国最大の青少年演劇祭、シェイクスピア・スクールズ・フェスティバルでは、シェイクスピア演劇の若い世代への継承を目的として、毎年一千校以上の学校と一五〇の専門劇場が協力して、シェイクスピア劇の縮小版を上演している。英国を代表する劇団ロイヤル・シェイクスピア・カンパニーは、没後四〇〇年を祝賀して、本年初めての試みとして、地方の多数のアマチュア劇団と共同で、『夏の夜の夢』を、国民的劇との位置づけのもと、英国全土で今大々的に演じつつある。ロンドンのグローブ座は、一昨年新たに、創設者のアメリカ人の名を冠したサム・ワナメイカー劇場を増設し、今や冬場の上演も盛んに行っている。

シェイクスピア劇の普遍性は、高い格調と親しみやすい大衆性、深い思想性と浅薄な俗物性、華やかさと凄惨さ、美しさと醜怪さなど、多面的で相互に矛盾する価値が、渾然と融合しているところにある。シェイクスピア劇はわが国の歌舞伎よりも長い伝統を有する古典劇であるが、これからも輝かしい光を放ち続けることであろう。本書がそうしたシェイクスピアを理解する一助となれば幸いである。

本書を準備するにあたっては、広島大学非常勤講師の住田光子さんに、長期にわたり事務局の煩雑な仕事を一手にお引き受けいただいた。また、本書の刊行に際しては、英宝社の宇治正夫氏に、細部にわたり数々の貴重なご助言とご指導を賜った。ここにお二人に、心からの感謝を申し上げる。

二〇一六年四月二三日　シェイクスピア没後四〇〇年記念日に

熊谷次紘

松浦雄二

目次

シェイクスピアの作品研究
――戯曲と詩、音楽

一八、一九世紀絵画における『夏の夜の夢』のパック像
——道化、幼児、小鬼、「悪魔」

丸山弓貴

はじめに

『夏の夜の夢』は、創作年当時に催された貴族の婚礼のために書かれた戯曲だと言われている。(1) その説からもうかがえるように、作品の主な筋は大公シーシアスとアマゾン族の女王ヒポリタ、そして他の二組の恋人間の結婚の成立とその祝賀である。『夏の夜の夢』は恋愛喜劇であり、登場人物は結婚適齢期を迎えた男女が中心である。画家たちが絵画や挿絵を描く際にも、登場人物の年齢についての認識は一致しており、二組のカップルは若い男女、大公と女王は中年ほど年をとっていない大人の男女として描かれている。(2) また、劇中劇を行うボトムなどの職人は成人男性、妖精のオーベロンとタイターニアは配役表で各々「王」(King)、「女王」(Queen)と指定されており、シーシアスとヒポリタ同様に大人の男女として描かれている。画家達がそれぞれの登場人物を描く際に、年齢に対する認識に大きな差がないのは、このように配役表で職業などが決められていること、結

婚するのにふさわしい年齢についての共通認識があることなどのためであろう。

しかし、パックだけは絵画・挿絵の中で、赤児から大人までの幅広い姿で描かれてきており、統一されていると言えるほどの姿は見られない。シェイクスピアが活躍していた時代からここで扱うヴィクトリア朝に至るまで、パックを演じた俳優の年齢層を明確に比較できるほどの史料は残っていない(3)。また、パックを演じていた俳優の姿がその当時の絵画や挿絵に影響を与えていることは予想されることであるが、描かれたパックの中には舞台で演じることが不可能な姿もあり、俳優が大きな要因だったとは言い難い。逆に絵画のイメージが舞台に影響を与えることがあったという指摘もある(4)。

ここでは、絵画・挿絵に描かれるパックがどのように描かれてきたかについて、その登場から一九世紀までに焦点を当て、特に道化、幼児、小鬼として描かれたパック像について述べる。さらに悪魔に近づくパック像についても言及する。なお、ここで言う小鬼とは、民間伝承、伝説で言うゴブリン (goblin)、ホブゴブリン (Hobgoblin) のことである。パックは劇中でホブゴブリンとも呼ばれている通り（二幕一場四〇）、ゴブリン系の妖精であり、ホブもいたずら、悪さをする小鬼の妖精である。幼児として描かれたパックについては既にピーター・ホランド (Peter Holland) や井村君江などが指摘しているが、系統立てて詳しく論じられてはいない。パックが道化、幼児、小鬼の姿で描かれたのは、言うまでもなくパックやその他の登場人物の台詞がそのように解釈されたためである。本稿では、パックを描いた絵画・挿絵それ自体を論じるのは勿論だが、描かれた場面のスクリプトや、それについての当時の解釈についても並行して論じたい。まず、『夏の夜の夢』に登場するパックの起源と、幼児、小鬼として描かれる以前のパック像を明らかにした上で、幼児と小鬼のパック像それぞれについて述べる。その上で一九世紀においてパックが絵画や挿絵でどのように描かれていたか、またパックが当時どのように受容されていたかを解説する。

一　パックの起源、役割、姿

『夏の夜の夢』には直接的な種本が存在しないことは有名である。(5)そのためパックのモデルとなった特定の妖精は存在しない。パックは元々プーカ(Pouke, Pooka)やピクシー(Pixy)とも呼ばれており、イングランド周辺に存在するケルト系妖精の一種族を指す言葉であった。(6)二幕一場でパックと出会った妖精は、ロビン・グッドフェロー（二幕一場三四）と、ホブゴブリンという二種類の妖精の名を挙げ、それがパックの別称であるとしている。民話などで伝承されている妖精信仰では、この二つの妖精名はそれぞれ別の種族を指している。しかし、パックは、「君の言う通りさ」（二幕一場四二）と妖精の言葉を認めている。別種族の妖精の名を混在させることによって、パックは妖精の種族の中の一人ではなく、複数の妖精の性質を兼ね備えた、シェイクスピア特有の妖精として作中に登場している。

パックは『夏の夜の夢』の中で、オーベロンなどの妖精だけではなく、ボトムやディミートリアスなどの人間とも、不可視の状態ではあるが、直接的に係わっている。(7)そのため、パックの行動は多岐に渡り、また台詞も相当数あり、パックについて言及している台詞も少なからずある。そこから読み取れるパックの役割のうち、主なものを次に挙げる。

最も分かりやすい役割は、トリックスターである。これは妖精の一人が二幕冒頭で、パックが行う数々のいたずらを挙げる台詞、

君はあのロビン・グッドフェローという、悪戯好きで
意地の悪い妖精だろう。村の娘たちを驚かせ、
おかみさんがバター作りで、息を切らして
ひき臼を回していると、ミルクの上澄みを掬い取り、
無駄骨折らせるのは、君だろう。ビールの泡を
立たなくし、夜中に道に迷わせて、
人が困るのをみて笑うのは？君をホブゴブリンとか
かわいいパックと呼ぶ者には仕事をしてやり
いい思いをさせるのは？

（二幕一場三三―四〇）

からみてとれる。これを受けてパック自身が自分のいたずらをさらに一〇行に渡って説明していることから、(8) パックはいたずらに対して反省する意識は全く無いことがうかがえる。そのパックの台詞では、いたずらされた人間が如何に怒るか、それを仲間の妖精達は如何に楽しんでいるか述べており、パックは自分のいたずらを、むしろ評価されている行為として、自慢げに捉えていることが分かる。人間に対するいたずらを好むというのは妖精一般の特徴であり、パックもその性質を受け継いでいる。その中でも、民間伝承のプーカは、「人間にいたずらを仕掛けて楽しむ妖精の最たるもの」(9) である。パックが「恋の媚薬」(love juice)（三幕二場八九）を誤ってライサンダーに使って

しまったことをオーベロンに咎められたとき、

いや、確かにオーベロン様、間違いました。
でもその男をアテネ人の着る服で見分けろって
仰いませんでしたか? だからアテネ人の目に
媚薬を塗りつけたところまでは
私にゃ何の罪もありません。
（三幕二場三四七―三五一）

とパックは反駁し、主人であるオーベロンに対して謝るどころか開き直りを見せている。そして、オーベロンは恋愛のもつれによる争いの様子を解決しようと頭を働かせているのに対し、パックは「こいつらがイラついて騒ぎまくるのは俺には痛快さ」（三幕二場三五三）と言ってその様子を楽しんでいる。パックの一連の発言から、パックがいたずらを好むことは明らかであり、そのことはこの喜劇の随所に散りばめられている。パックのこの性質は、妖精の典型的なものである。

　また、パックは、単なるいたずら好きのトリックスターとしてではなく、道化とみなすことができる。パックは「おどけてオーベロン様をにやりとさせる」“I jest to Oberon, and make him smile”（二幕一場四四）と、オーベロンのためにおどけると言っているが、その台詞の中で“jest”という言葉を用いている。この言葉は“jester”という、王侯貴族などに仕える道化を指す名詞を動詞化したものであり[10]、パックはオーベロンのために道化の役を演じておどけているのだという意味が、ここに読み取れる。そしてオーベロンが、パックの誤りに気づいて解決しようと考えているのに対し、

パックは

彼らの愚かな芝居を見物しましょうかい？
まあ、なんて人間てのは馬鹿なんだ。

（三幕二場一一四—一一五）

と言って、恋に溺れる人間の愚かしさを嘲笑している。[11] この台詞には、パックは人間の慌て様などいたずらによる表面的なドタバタをただ楽しんでいるのではなく、人間の盲目さを見抜く賢い視線も持った道化であることがうかがえる。

一方で、「イギリスのかわいらしい小さな妖精たちは、パックも含めてシェイクスピアと彼と同時代の作家たちの文学的な空想から生まれた[12]」と考える人々の存在をキャサリン・メアリー・ブリッグズ (Katharine Mary Briggs) は指摘している。シェイクスピアがパックにいたずら好きな性質を強調して付与したことは右に述べたが、パックに限らず『夏の夜の夢』に登場する妖精が小さいことは、どんぐりの殻に隠れるというパックの台詞（二幕一場三〇—三一）やコウモリの翼の皮を衣服にするというタイターニアの台詞、

何人かはコウモリと戦って皮の翼を取っておいで、
小さい妖精たちに上着を作ってやろう・・・

（二幕二場四—五）

からも明らかである。

しかし、妖精の行ういたずらは常に微笑ましくかわいらしいとだけ思われていたのではない。伝統的に妖精はむしろ恐れられ、時には忌み嫌われる存在であった。[13] パックもその例外ではなく、先述の通り中世にはプーカは悪魔という意味を持っていた。[14]

また、妖精の大きさは人間ほどの大きさや巨人並の大きさなど、伝統的な認識にはばらつきがあったが、妖精が小さいというのはシェイクスピア独自の発想ではない。一一九一年に書かれた『ウェールズの旅』(*The Itinerary through Wales*) には子どもの背ほどの妖精がいたことが述べられているし、妖精の一種である Pertures は背丈わずか半インチほどしかないと一三世紀には信じられていた。[15] ケネス・ミュアは、パックの大きさはジョン・リリーの劇『エンディミオン』から取られたと述べているが、小さい妖精の存在は、『夏の夜の夢』が書かれたエリザベス朝において知られていた可能性は否定できない。妖精たちが大小様々な大きさで描かれるのは、森の生物たちの大きさが様々だからだと考えられる。

二　一八世紀初頭からヴィクトリア朝に至るまでのパック像

前節では、パックの起源をたどり、またその役割と姿について述べることで、『夏の夜の夢』におけるパック像を見直してきた。ここでは、パックがヴィクトリア朝に至るまでどのように描かれてきたのかを時系列に沿って述べてみたい。絵画上最初にパックが登場するのは挿絵においてである。それはニコラス・ロウ (Nicolas Rowe) が一七〇九年に編集した、初めての挿絵つきの『ウィリアム・シェイクスピア氏全集』(*The Works of Mr. William Shakespeare*) に掲載されている（図1)。これは二幕一場でオーベロンとタイターニアが出会う場面を描いた挿絵であり、パックはオーベロンの後ろについている。この挿絵のパックはオーベロンの半分ほどしかない大きさであるが、パックの表情などを読み取ることは困難であり、年齢などの特徴を挿絵から判別することは難しい。一七一四年に再び出版されたロウの全集には構図を少し変化させた同様の挿絵が掲載されており、その中にはパックも登場している。しかし、パックについては初版との違いはみられない。

図1: ニコラス・ロウ、『ウィリアム・シェイクスピア氏全集』(1709) の挿絵（部分)。中央左がタイターニア、右がオーベロン、その右後ろがパック。

次に、一七四〇年に刊行された、ルイス・ティボルド (Lewis Theobald) による『シェイクスピア全集』(*The Works of Shakespeare*) に掲載された挿絵に、パックが出ている（口絵2を参照)。

この挿絵は二幕二場で、パックがライサンダーのまぶたに恋の媚薬をかける瞬間を描いたものである。この挿絵のパックはエリザベス朝の服装をしており、道化帽[16]をかぶっている。このパックの体の大きさは、ライサンダーとほぼ同じであり、表情からその年齢をはっきりと断定することは難しいが、大人の外見をしている。このパックは着ている服装から、先に引用した「おどけてオーベロン様をにやりとさせる」の台詞が基になって描かれた可能性が高く、道化として描かれたパックである。

パックが高い芸術性をもって描かれた最も初期の絵画の一つは、ウィリアム・ブレイク（William Blake）作、『オーベロン、タイターニア、パックと踊る妖精たち』（*Oberon, Titania and Puck with Fairies Dancing*）（口絵1を参照）と題する一七八六年頃の名高い水彩画である。[17] シェイクスピア作品が油彩画や水彩画の題材になるのは一八世紀からであり、[18] ブレイク以前および同時期に『夏の夜の夢』を描いた絵画もあるが、その中にあって、この絵画は『夏の夜の夢』を描いた初期の絵画ということができる。この絵画は五幕一場の妖精の踊り、特にタイターニアの

まずためしに空で歌いなさいな、
言葉をどれも囀るように。
手に手を取って妖精らしく
優美に歌ってこの屋敷を祝福しよう。
（五幕一場三八八―三九一）

という台詞を受けた絵画である。ブレイクは書簡などで妖精を見たと述べているが、彼が見た妖精は当時流行していた、昆虫のような小さな妖精である。[19] しかし、この絵画に描かれているパックには昆虫らしさが全く見られない、普通の青年の姿をしている。それは時代性に左右されない「永遠の風貌」[20] を作品から読み取って描き出そうという、ブレイク自身の姿勢によるものである。彼が当時流行していた妖精の姿ではない、普通の人間の姿でパックを描こうとしていたことがうかがえる。ただ小さい角と鋭く尖った耳にゴブリン系の妖精が示唆されているだけである。また、ここで描か

れているパックは妖精の踊りの輪に入らず、オーベロンとタイターニアに向かって手を挙げて踊っている。パックは自分の踊りをこの二人に捧げていることから、ここでのパックは先の節で述べた道化の役割、つまり主君を楽しませようとおどける立場も担っていると言えよう

三　一八世紀の赤児、幼児のパック像

ジョシュア・レイノルズ(Joshua Reynolds)によって一七八四年に描かれた、『パック、またはロビン・グッドフェロー』(*Puck, or Robin Goodfellow*)（口絵3を参照）は、典型的な赤児の容貌を持った最初のパック像である。パック絵画史においてこの油彩画は重要な位置を占めており、それは「初期のパック像を定めた[21]」と評されていることからもうかがえる。この絵画では、恋の媚薬の原料である「戯れの恋の花」(love-in-idleness)（二幕一場一六八）を持って、きのこの上に座ったパックが描かれており、背後には眠る男女が横たわっている。このことから、この場面が二幕二場の、パックが誤ってライサンダーに恋の媚薬を塗る直前、または直後であることが分かる。レイノルズのパックは、尖った耳を除けば人間の赤児と同じ姿である。また、レイノルズは微笑みを浮かべたかわいらしい姿でパックを描いている。ここに、我々がしばしば連想する妖精のイメージ、つまり「かわいらしい小さな妖精」としてのパックが、赤児の姿で現れたのである。レイノルズがパックをこのように描いた理由は、この絵画が描かれた折のコンテクストを参照すると浮かび上がってくる。

この絵画はジョン・ボイデル (John Boydell) のシェイクスピア・ギャラリー[22]に出展した油彩画であるが、ボイデルとジョージ・ニコル (George Nicol) がレイノルズのスタジオを訪問した際に[23]、レイノルズの描いた裸の赤児の絵画がそこにあった。その絵画を見てニコルが、「この子供をきのこに座らせて耳を尖らせればパックにそっくりだ」と言い、レイノルズはそのニコルの発言に同意してこの絵を制作した[24]。

レイノルズは肖像画を得意としていたが、彼はモデルを依頼人が好むような神話上の人物に重ね合わせて描くという手法をとっていた。そのため、「子供はすべて純真無垢、天真爛漫に見える」[25]ように描いた。彼自身、「子供たちの天賦の才能は、すべて自然の指図によるので優美である」と述べていることから、レイノルズは子供の自然な振る舞いを好んでいたことがうかがえる[26]。ニコルがパックのイメージとレイノルズの赤児の絵に類似性を見出したのは、『夏の夜の夢』のパックのいたずら好きな性格と、レイノルズの描く赤児に表れている無邪気さが一致すると考えたからであろう。そして、絵画を見て妖精だとすぐ分かるように、尖った耳ときのこという、妖精を連想させる特徴を絵画に描き込んだ[27]。

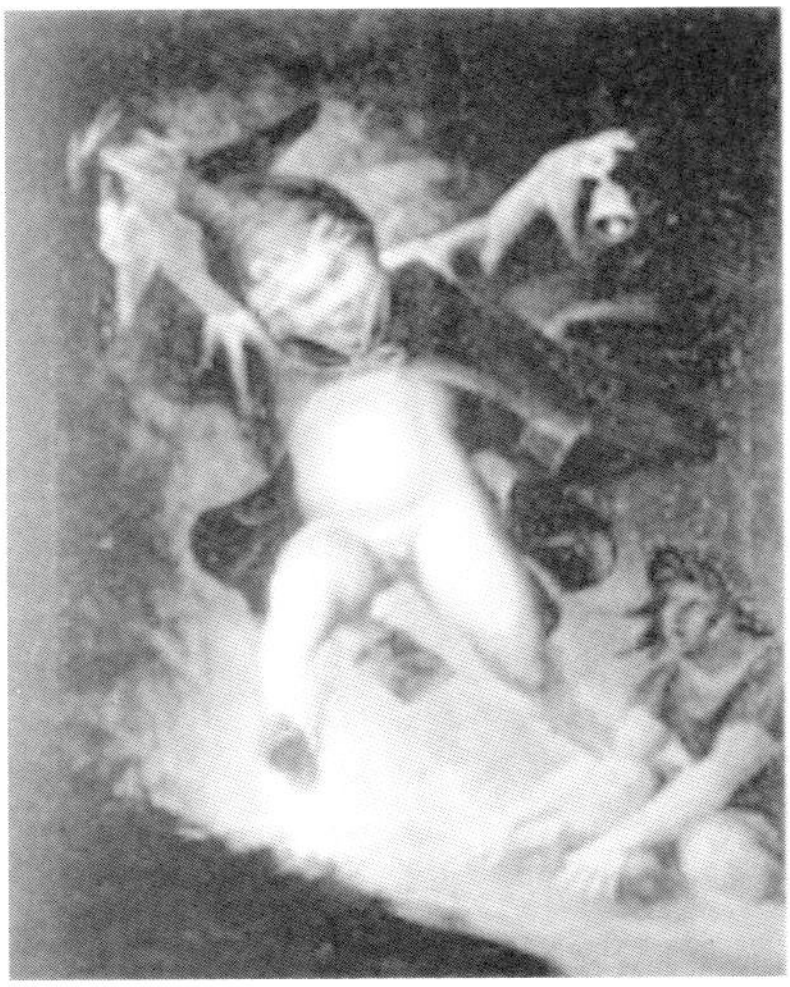
図 2: フューズリ、『修道士パック』(1796)

レイノルズの描いたパックは浸透していき、

図3: ジョージ・ロムニー、『タイターニア、パック、取り換えっ子のエテュード』(1793)。左端がパックで耳が尖っている。フォルジャー・シェイクスピア・ライブラリー（ワシントンD. C.）所蔵。

幼い子供姿のパックは以後何度も描かれるようになる。例えば、ジョン・ヘンリー・フューズリ(John Henry Fuseli)は『ロビン・グッドフェロー、パック』(*Robin Goodfellow Puck*)（口絵4を参照）を制作した。またその後も二度にわたってパックを描いている。特に一七九六年に描いた『修道士パック』(*Friar Puck*)（図2）は、幼児特有の太った丸い姿をしている。

また、レイノルズをライバル視していたジョージ・ロムニー(George Romney)は、『タイターニア、パック、取り換えっ子のエテュード』(*Study for Titania, Puck and Changeling*)（図3）を描いているが、このパックも裸の幼児として描かれている。

四　一九世紀の赤児、幼児姿のパック——油彩画と彫像

一八世紀にレイノルズによって描かれた赤児のパック像は、かわいらしい子供の姿として固定されつつあった。一九世紀になると、度重なる挿絵つきのシェイクスピア全集が出版され、また、妖

精画が流行し、その中で様々なパック像が登場するようになった。この節では、レイノルズ的パックを踏襲した、一九世紀における赤児、幼児姿のパックについて見ていく。

一八世紀のレイノルズ的パック像は、一八四一年のリチャード・ダッド (Richard Dadd) の『パック』（図4）に顕著に表れている。

妖精たちが囲んでいるきのこの上に座っているのがパックだが、金髪の裸の赤児として描かれている。ダッドが描いた場面は『夏の夜の夢』に書かれていないが、それでもこの絵画がパックを描いていることはすぐに分かる。このことから、きのこの上にいる赤児がパックを指すという認識がこの時期に広まっていたことがうかがえる。この絵画に類似したものとして、一八五一年の万国博覧会で展示されたピッツ (Pitts) の『キノコに座るパック』(*Puck throned on a Mushroom*)（図5）という彫像を挙げることができる。この彫像は妖精に支えられたきのこの上に裸の幼児姿のパックが座る姿をしている。また、J・G・ロウ (J. G. Lough) による『パック彫像』(*Sculpture of Puck*)（図6）という、布を体に巻きつけ、幼児の体型をしたパック彫像がピッツのそれと同じく万博に展示された。

図4: リチャード・ダッド、『パック』(1841)。中央で腰掛けているのがパック。

自国の文化を幅広い階級の人々や他国の人々に披露する意図を持つ万博という場で、幼児姿のパック、し

図5: ピッツ、『キノコに座るパック』

図6: ロウ、『パック彫像』

かも『夏の夜の夢』の一場面を再現したものではない彫像が、二つ展示されたということは、この姿が当時一般的に広く通用するパックのイメージであったことを示している。

五　挿絵の中の幼児、小鬼のパック

ところでフューズリが一七八七年から一七九〇年頃に描いた先述の『ロビン・グッドフェロー、パック』（口絵4）は、レイノルズの『パック、またはロビン・グッドフェロー』（口絵3）と同じく、ボイデルのシェイクスピア・ギャラリーに出展された油彩画であり、フリードマン(Friedman)の制作したリストによれば、二幕一場のパックを描いたものである。この絵画のパックは、コウモリの翼を生やして暗闇の中を飛ぶ裸の幼児姿で描かれていて、幼児性ばかりではなく、小鬼である

図9

図7

図10

図8

図7～10 いずれもジョン・ギルバート作、ダニエル兄弟版画。図8～10 は、2幕1場冒頭の妖精とパックの会話に基づく絵。パックは、ミルクの攪拌を邪魔し（図8)、道を迷わせ（図9)、三脚床几に化けて女に尻もちをつかせる（図10)

ことも強調されている。小鬼のパックは、『夏の夜の夢』の油彩画や水彩画が描かれ始めた一八世紀後半当初から、定番の姿であった。ただそれらが一九世紀を通しても、普通の小鬼姿ではなく、幼児姿をしているのが目立つのは、やはりレイノルズやフューズリの影響であろう。

　挿絵においても、幼児姿の小鬼のパック像は登場するが、特に顕著なのはハワード・スタントン (Howard Staunton) が編纂した一八五八年発行の『シェイクスピアの戯曲』(*The Plays of Shakespeare*) に掲載された挿絵である。この挿絵はジョン・ギルバート (John Gilbert) の絵をダニエル兄弟 (the Brothers Danniel) が版画にしたものであり、『夏の夜の夢』

においては、扉絵を含めると一九枚が掲載されている。パックが描かれている挿絵は八枚あるが、二幕一場で述べられるパックのいたずらの様子、ライサンダーもしくはディミートリアスをだましておびき寄せる三幕二場のパック（図7）などがその半分を占めている。[28] 特に、二幕一場は三四—三五行（図8）、三九行（図9）、五一—五四行（図10）と、いたずらするパックの姿が三種類も描かれている。

いたずらをするパック、しかも舞台上では演じられない場面を何度も描くことで、パックのいたずら好きな性格を強調している。また、いたずらをする挿絵の中のパックは、尖った耳という、ゴブリン系の妖精の典型的特長を兼ね備えた幼児の姿をしており、レイノルズのパックに近い。ギルバートの挿絵は一九世紀中葉の最も一般的なイメージであったことからも、[29] 当時の人々にとって幼児姿のパックは身近なものであり、その姿はいたずら好きな性格に裏づけされていたことがうかがえる。[30]

一八世紀後半にレイノルズが赤児としてパックを描いてから、幼い子供姿のパックのイメージはこのように一九世紀にも広がっていったのである。

六　コウモリの翼と「悪魔」のパック

このように妖精にはかわいさばかりではなく、軽微ながら妖気と怪異さも併存しているのだが、パックはその代表的な姿と言える。それどころかオックスフォード英語辞典(*OED*)によれば、パックの語源の中期英語時代のプーカ (Pouke) は、聖書上の悪魔 (biblical devil) と同一視されることもあったとされる。[31] シェイクスピアがパックを描いて以降はいたずらな妖精小鬼のイメージが定着したとはいえ、もともとゴブリン系の妖精にはいわば魔性とも呼べる不気味さが含まれていたのである。悪魔は絵画ではしばしばコウモリの翼を持った姿で描かれるが、[32] フューズリのパック（口絵図4）にもその点では、民間伝承的な意味での「悪魔」、あるいは小悪魔が垣間見えると言えよう。このコウモリの翼を付けたパック像は、その後少年風の姿となって、挿絵の分野で、一八二六年に発行された『シェイクスピア図版集成』(*Illustrations of Shakspeare*) に掲載された。これはジョン・サーストン (John Thurston) が選択した六つの場面をジョン・トムプソン (John Thompson) が版画にしたものだが、この全集に掲載されているパックの登場する挿絵は、

行くぞ、行くぞ、さあ行くぞ
タタール人が弓で放った矢よりも早く
（三幕二場一〇〇―一〇一）

というパックの台詞を描いたものであり、コウモリの翼を生やしたパックが月を背景に悪魔を想起させる姿で夜の空を飛んでいる（口絵5を参照）。暗闇の中でコウモリの翼で飛ぶパックの姿は、フューズリの描いたパックに近い姿でもある。これは聖書的、キリスト教的な意味での人の心を悪の道に引きずり込む悪魔とは言えないが、中世にはそうした悪魔とも同一視されていた背景を持つパックの原型が、その姿をこの絵でかすかに見せたとも言えよう。オックスフォード英語辞典での

ゴブリンの定義は、「いたずらな醜いデーモン」(mischievous ugly demon) である。ゴブリン系の妖精であるパックはデーモンであったし、また中世にはデビルでもあったのである。

コウモリの翼を持った姿のパックはヴィクトリア朝に入ると、油彩画の分野にも現れる。それは、ジョセフ・ノエル・ペイトン (Joseph Noel Paton) による『オーベロンと人魚』(*Oberon and the Mermaid*)（図11）である。

これは、二幕一場一四八—一五四行のオーベロンの台詞に登場する、人魚を見たときの情景を描いたものだが、この油彩画には角とコウモリの翼を生やしたパックが描かれている。また、一八七〇年頃に発行された『国民のシェイクスピア』(*The National Shakespeare*) にペイトンは挿絵を描いているが、『夏の夜の夢』では二幕二場でオーベロンがタイターニアに恋の媚薬をかける場面を描いている（図12）。

図 11: ジョゼフ・ペイトン、『オーベロンと人魚』(1888)

スクリプトに従う限り、本来この場面はオーベロンとタイターニアしかいないことになっているが、この場面にパックを加える構図はフューズリもすでに一七九四年に一度描いている。ペイトンはパックをオーベロンの左背後に描いているが、この挿絵のパックは、『オーベロンと人魚』のパックと体の大きさや風貌に大きな違いがあっても、同じくコウモリ

図 12: ジョゼフ・ペイトン、『国民のシェイクスピア』(c. 1860) の挿絵。タイターニアに恋の媚薬をかけるオーベロン。その左にコウモリ姿のパックが小さく描かれている。

の翼を生やしている。もっともこのパックは、ほとんどコウモリそのものである。これらの絵画・挿絵におけるパックは、当時主流であった腕白な幼児のパック像とは違い、怪異性が強く、少年または大人じみたゴブリンの妖精である。

妖精は森や川など自然界に棲息する様々な昆虫や花、小動物などが人格化されたと考えてよいが、ゴブリン系の妖精はその中でも、一般に印象の良くない小動物や昆虫がモデルになっている。コウモリの翼のパックはかつての民間伝承の中でのデーモンや宗教上のデビルの名残であるとともに、いわば森の闇に息づく生き物たちの表象でもあり、それは魔界にもつながっていると言える。このパックは、そうした闇の世界のコウモリである。なお、ペイトンは、一八五〇年頃、『パックと妖精たち』(*Puck and Fairies, from "A Midsummer Night's Dream"*) と題する油彩画も描いているが (図13)、ここでのパックはコウモリの翼ではなく蛾の翅をつけていて、前景ではカタツムリなどをモデルにしたゴブリン系の妖精たちが小鬼、小悪魔の姿で様々なポーズを取って裸婦を見ている。妖精界の怪異さを含むユーモラスなエロティシズムもここにはある。また手前にはカタツムリそのものも描かれていて、彼らが闇の森の生き物を表象していることが示されている。

結　語

ヤン・コットは『夏の夜の夢』の三幕一場に登場する妖精の名前である豆の花・蜘蛛の巣・蛾・辛子の種は魔女の用いる媚薬の材料であることなど、性的なメタファーからこの劇全体に存在する動物的エロティシズムを読み取った。論の展開には精神分析なども用いており、現代的な視点から『夏の夜の夢』を分析している。またコットは、現代において未だに悪魔的なパックが舞台上で見られないことを嘆いている。(33)

図 13: ジョゼフ・ペイトン、『パックと妖精たち』(c.1850)

悪魔的なパックが登場したとか、性的な要素が反映された『夏の夜の夢』が演じられたという記録は一九世紀の演出の記録には残っていない。しかし、デーモンの要素が加えられたパックは一八世紀末から登場し、一九世紀にも複数の画家が描いている。パックは、いたずらをするかわいらしいイメージだけではなく、伝統的な妖精が持っていた、恐れられる存在としての側面を内包している。そのことを、絵画や挿絵という形によって一八―一九世紀の人々は表象しており、パックの捉え方に両面性が見られることを、描かれた一連のパック像は我々に示している。

注

1　石井正之助編『夏の夜の夢』（大修館書店、一九八七）、六―一〇頁。

2　ヒポリタは若く美しい女性というイメージで描かれているが、シーシアスについては、フランク・ハワード (Frank Howard) が編纂した『シェイクスピア戯曲の精神』(*The spirit of the plays of Shakspeare* [sic]) で見られる若者としてのイメージと、スタントンが編纂した『シェイクスピアの戯曲』(*The Plays of Shakespeare*) で見られる、髭を生やして風格のある大人としてのイメージの二種類がある。

3　原因として考えられるのは、当時のシェイクスピア作品に対する論調である。シェイクスピアが活躍してから一七世紀末にかけては、シェイクスピア作品個々に対する詳細な批評がまだ行われておらず、一八世紀から一九世紀にかけても、シェイクスピア作品は読み物として、また思索の対象として論じられており、舞台のレビューは研究対象として重要視されていなかった。そのため、ウィリアム・ハズリット (William Hazlitt) などが上演された『夏の夜の夢』に言及しているが、その内容は舞台全般に対してであり、個々の俳優に対する批評は少ない。

4　Peter Holland (ed.), *The Oxford Shakespeare: A Midsummer Night's Dream* (Oxford: Oxford University Press, 2008), p. 42. なお本文中の『夏の夜の夢』のスクリプトは本書から引用した。

5 石井、七頁。

6 古期英語では Pouke と表記。Pooka はアイルランド、Pixy はデヴォンで使われていた通称。ウェールズでは Pwcca と呼ばれており、地域ごとの呼び名があったようである。

7 ロバ頭のボトムと互いに見える状態で関係を持ったタイターニアも、妖精と人間の両方に直接的な係わりを持っている。しかし、タイターニアの場合、彼女とボトムだけの閉塞的関係であったのに対し、パックは人間の恋愛の行き違いから決闘の阻止、事態の収束まで係わっている。この点で、タイターニアのそれとはやや異なる性質を持っている。

8 具体的な例として、パックは雌馬に化けて雄馬を騙したり、焼林檎に扮して薬酒の中に入って、お喋り女がそれを飲もうとした途端その唇を跳ね飛ばして酒をこぼさせたり、椅子と間違えて座ろうとした中年女をわざと避けて尻餅をつかせたりしている。

9 井村君江『妖精学大全』（東京書籍、二〇〇八）、八三頁。

10 "jester" の道化という意味は、*OED* によれば、一三六二年頃から "jestour" という語形で用いられてきた。一方、"jest" はおどけるという意味では、早くて一五二六年から用いられた。そこから、"jest" という動詞は "jester" から派生したものと考えられる。

11 青木和夫は、この場面にはデジデリウス・エラスムスの『痴愚神礼賛』の影響が見られると述べている。詳しくは「シェイクスピア喜劇と痴愚神の伝統」、『シェイクスピアの喜劇』（研究社、一九八二）、二一四―二一五頁を参照。

12 キャサリン・メアリー・ブリッグズ著、石井美樹子・山内玲子訳『イギリスの妖精―フォークロアと文学』(Katharine M. Briggs, *The Fairies in Tradition and Literature*, 1967)（筑摩書房、一九九一）、五頁。

13 妖精の正体については諸説あるが、死者の魂、高慢さによって堕落した天使、天使と人間の中間の存在、逃げてきた民族などと考えられてきた。妖精の起源については、井村、『妖精学大全』、一六八―一六九頁に詳しい。また、魔女の使いとも考えられており、中世後期の魔女に対する恐怖感からも、妖精は恐れられることがあった。一六世紀から一七世紀の宗教改革期には、プロテスタントの煉獄思想否定の考えによって、当時最も広く信じられていた死者の魂としての妖精は否定された。当時の妖精に対する考え方については、井村君江『妖精の系譜』（新書館、一九八八）、一四―一八頁を参照。

14 井村、『妖精学大全』、八二頁。

15 ブリッグズ、五頁。ブリッグズが参照した『ウェールズの旅』は次の書。Giraldus Cambrensis, *The Itinerary through* Wales, trans. Sir Richard Colt Hoare (Bohn's Antiquarian Library, 1863).

16 Kenneth Garlick, "Illustrations to '*A Midsummer Night's Dream*' before 1920", in Shakespeare Survey, Vol.37 (Cambridge: Cambridge University Press, 1984), p. 43.

17 パックの絵というと、半人半獣の姿をした木版画のパックが思い起こされる。『夏の夜の夢』の注釈本にもロビン・グッドフェローとしてこの絵が紹介されていることがあるが、この絵は一七世紀中葉に刊行された *Robin Goodfellow; his Mad Pranks and Merry Jests* の表紙絵であり、『夏の夜の夢』のパックを描いたものではない。

18 シェイクスピアの戯曲が刊行された一七世紀から一八世紀にかけて、シェイクスピア作品が絵画の題材として取り上げられなかった理由として、イギリスではピューリタン革命によって宗教画が破壊されたこともあり、肖像画が絵画の主流を占めていたという当時の社会背景が挙げられる。シェイクスピア絵画はデービッド・ギャリック (David Garrick) などの俳優を描くという肖像画から派生した分野から、その歴史が始まっている。

19 ブリッグズ、二三九―二四〇頁。

20 熊代荘歩『ブレイク研究―人と詩と画』（北星堂書店、一九六三）、一八七頁。

21 井村君江『妖精学入門』（講談社、一九九八）、一四六頁。

22 版画家・版画商であり、後にロンドン市長になったボイデルが、一七六八年から企画した、シェイクスピア作品を版画にして出版しようという事業に端を発したもの。当時イギリスで著名だった画家三二人に総数一六七点の絵画を制作してもらい、一七九一年から一八〇三年までギャラリーで展示した。しかし、絵画の質に対する批判や、出版までに多くの時間を要したことによる予算の問題のため、最終的には絵画をオークションで手放すことになった。シェイクスピア・ギャラリー出展作の多くは現在紛失している。

23 書籍商、出版業者であったニコルはボイデルと家族ぐるみの親交があった。シェイクスピア・ギャラリーの企画に深く係わっており、預金を提供したり、二つ折り版の書体としてBulmerという新しい活字書体を作るよう依頼したりした。

24 Jane Martineau, *Shakespeare in Art* (London: Merrell Publishers, 2003), p. 104.

25 岡本健次郎『英国の絵画』（研究社、一九五三）、三九頁。

26 レイノルズは『天使の頭部』(*Heads of Angels*)という絵画を残しているが、これは絵画の分類としては歴史画に分類される。この中の天使は皆子供であり、岡本健次郎も指摘しているが、レイノルズは子供を純粋さの象徴として用いている。

27 レイノルズはシェイクスピア・ギャラリーの企画に積極的に係わっており、ボイデルに資金援助をしていたほどである。この企画の意図の一つに、シェイクスピアが歴史画のモチーフとして取り上げられうることを示し、イギリスの歴史画の分野を確立することがあった。王立美術院（Royal Academy of Arts）の会長であったレイノルズとしては、この企画はぜひとも成功させたかった。そのため、社会に受け入れられやすく、かつ分かりやすいパック像を描いたと考えられる。

28 挿絵に描かれた男性はライサンダーとディミートリアスのどちらなのか判別できない。これは、この挿絵が掲載された頁には、両者ともにパックにだまされる場面が描かれている（四〇二行から四一二行）上、他の挿絵にはこの二人が描かれていないためである。

29 Peter Holland, "Performing Shakespeare in Print: Narrative in Nineteeth-Century Illustrated Shakespeare" in *Victorian Shakespeare*, Vol. 2, ed. Gail Marshall and Adrian Poole (London: Palgrave

Macmillan, 2003), p. 68.

30 ナイト編集で一八七八年頃出版の『シェイクスピア全集』(*The Works of William Shakespeare*) にもStaunton 版と同じ挿絵が約半分用いられており、二幕一場のパックは一枚掲載されている。

31 "Puck." Def. a. *The Oxford English Dictionary*. 2nd ed. on CD-ROM (v. 4.0.0.3) 2009.

32 コウモリの翼を持った悪魔の典型例として、ジョン・ミルトン (John Milton) の『失楽園』(*Paradise Lost*) に掲載された挿絵がある。一六八八年のジーン・バプティスタ・ド・メディナ (Jean Baptista de Medina) や一八二七年のジョン・マーティン (John Martin) などはサタンをコウモリの翼を持った姿で描いている。

33 ヤン・コット著、蜂谷昭雄・喜志哲雄訳『シェイクスピアはわれらの同時代人』(白水社、一九六八)、二一一頁。

『十二夜』の神話の海

佐川昭子

シェイクスピアの〈幸福な喜劇《ハッピー・コメディー》〉と呼ばれる作品群は、『夏の夜の夢』(一五九五)、『ヴェニスの商人』(一五九六)、『から騒ぎ』(一五九八)、『お気に召すまま』(一五九九)と続くが、その最後に創作された『十二夜』(一六〇二)には「海岸」を場面とする部分が二か所だけある。これは一幕二場と二幕一場であり、それぞれが六四行、四八行と極めて短いものでありながら、劇のムードを左右するキーワードともなる、大変重要な場面となっている。読む場合においても、実際に演じられる際においても取り立てて気に止まらないほどのこの短い場面が、劇全体の構造の中では極めて大きな意味を持つということは、ヒロインであるヴァイオラとその双子の兄であるセバスチャンが、共に海から生還するという稀にみる幸運を持った人物であるという点からも指摘できよう。ここでは『十二夜』における象徴的な海のイメージとそこに散見される神話的モチーフについて考えたい。

『十二夜』の海は、男女の双子であるヴァイオラとセバスチャンの乗る船を一瞬にして無常の波に飲み込み、二人を離れ離れにしてしまう、荒々しく、破壊的なイメージをもたらすものである。ヴァイオラが漂着したイリリア国の公爵オーシーノーは、伯爵令嬢であるオリヴィアへの叶わぬ恋を嘆いている。

ああ、恋の精よ、おまえはなんと変わり身が早いのだ、
海のように貪欲にすべてを飲みこみながら、
いったんおまえの腹中に入ると必ず、
たとえどのように気高い価値あるものも、
たちまち一瞬のうちに卑しい価値なきものに
変えられてしまう。恋はまことに変幻自在、
気まぐれなままにあっという間に千変万化する。

（一幕一場九―一五）[1]

公爵はオリヴィアへの思いを海に喩えているが、その「気高い価値あるもの」も一瞬のうちに「卑しい価値なきもの」に変えてしまうという海のイメージは、あまり喜劇にふさわしいものとは感じられず、違和感が残るものとなっている。また当のオリヴィアにおいても亡くなった兄への愛情ゆえに、「涙を注いでいつまでも、悲しい思い出を枯れさせまいというお気持」（一幕一場三〇―三一）で、七年もの間、喪に服し訪問者はおろか「太陽にさえその顔を見せず」（一幕一場二五―二六）といった「修道尼のような」（一幕一場二七）暮らしぶりを続けており、冒頭から劇は閉塞

した暗澹たるイメージに満ちている。
ヴァイオラの運命も同様に暗く、前途多難の様相を呈している。彼女は恋の使者としての役を務めるという同一性から、しばしば『お気に召すまま』のロザリンドと同様の、才気煥発な変装のヒロインとして比較されるが、ヴァイオラの苦境のほうがより過酷であり、彼女は肉親と離れただけでなく乗っていた船まで難破しているのだ。(2)また、叔父に追放されて冒険心とちょっとした気まぐれから男装するロザリンドとは異なり、ヴァイオラはたどり着いた未知のイリリアという地で、まさにたった一人で生きていくために小姓という立場を選ばざるを得ない、極めて困難な状況に置かれている。(3)宮廷にいるオーシーノー公爵も同様に孤独で、ただ音楽のみが慰めであり、叶わぬ恋に感傷的な気持ちを募らせている。

音楽が恋の糧であるなら、つづけてくれ。
食傷するまで聞けば、さすがの恋も飽きがきて、
その食欲も病みおとろえ、やがては消えるかもしれぬ。
（一幕一場一―四）

その消沈した様子を案じ、狩りを勧める臣下の者に対して、公爵は続く台詞で自らを「ダイアナを見たアクテオン」（一幕一場二〇）になぞらえる。彼は、沐浴中のダイアナ女神の裸体を見たために怒りに触れ、鹿に変えられてしまった悲運の狩人と自らを重ねることによって、恋の対象者であるオリヴィアとダイアナを同一視しており、彼女の過酷な態度が自身の恋の痛手となっていることを認識している。神話の上では、アクテオン（アクタイオン）は自らが率いていた犬達に貪り食

われるのであるが、その「猛々しい猟犬」（一幕一場二一）のような恋の思いに駆り立てられていると憂いている。[4] そこへヴァイオラがシザーリオと名を変え、男装して小姓となって現れる。彼女は、公爵に取り入って恋の伝達役としての役割を得ることでようやくこの地で暮らしていく目途が立つが、これは同時に公爵に対して恋心を抱くようになっていた彼女にとって、非常に辛い使命となる。

公爵　ほかのものはさがっておれ――シザーリオ、
おまえにはすべてをうちあけた、おれの胸の
秘密の扉をおまえだけには開いて見せた。
そこで頼みがある、あの人のところへ行ってくれ、
ことわられても門の前を離れるんじゃない、
お目どおりがかなうまでは足に根が生えても
動きませんというのだ。
（一幕四場一三―一八）

ヴァイオラ　　　　　　　　　できるかぎりあのかたを
くどいてみます――（傍白）ああ、皮肉なめぐりあわせ、
くどかれるのがこの私ならどんなにしあわせか。
（一幕四場四〇―四二）

ヴァイオラの立場がより残酷に感じられるのは、ロザリンドのように自らの意思で進んで恋の相談役となり、相手の自分への好意をあらかじめ知っているという有利な状況ではなく、相手には既

に別の意中の人がいて、その仲を取り持つようにと他でもないその相手から依頼されている、という二重の苦しみにあるからである。男装を解くことも身分を明らかにすることもできない苦しみの中にありながら、公爵への溢れる愛を精一杯の言葉にしようと試みるヴァイオラの次の台詞は、この劇の中で最も美しく、悲哀に満ちたものである。

女の愛がどのようなものであるか。
女も私たちに劣らずまことの愛を捧げます。
私の父に娘がありまして、ある男を愛しました。
私が女でしたらきっとあなた様に抱いたであろうような、
深い愛でした。

（二幕四場一〇五―一〇九）

恋する人を目の前に、「自分の恋を誰にも言わず、胸に秘めて、つぼみにひそむ虫のような片思い」（二幕四場一一〇―一一二）に心がやつれる思いのヴァイオラにとって、公爵と会話を交わすこと以外に心の支えとなるものは、兄セバスチャンがもしかしたらどこかで生きているかもしれない、というかすかな希望だけであり、ヒロインは極めて不安定な状況に置かれている。

けれどもそれは前途の明るい希望かもしれぬということが、ヴァイオラを救った船長の台詞から知ることができる。

そうですとも、望みがなくはありません、
というのは、私たちの船が難破したあと、
あなたや私ども助かったわずかのものが
ボートにしがみついていたとき、お兄様が
あの危険のさなかにあって沈着に――
勇気と希望に教えられてのことでしょう――
波間に浮かぶマストにからだを縛りつけ、
イルカの背に乗ったアライオンのように
悠々と荒波を乗り切っていかれるお姿を、
この目ではっきりと見とどけたのです。

（一幕二場八―一七）

船長は、セバスチャンがしっかりとマストに体を縛りつけ、波を乗り越えているのを「はっきりと見とどけた」という。アライオンはギリシアの詩人、音楽家であり、船上で船乗りたちから強奪にあったのち、自らの身を海に投じたが、彼の音楽に魅せられて船の周りに集まっていたイルカたちに助けられた。[5]「海からあがったもの」（アナデュオメネ）という別名を持つアプロディーテの聖獣でもあるイルカは背を曲げて、航海する者達に危機を知らせ、人間に親しい愛情と慈悲心を持ち、神話では救済者として扱われており、キリスト教美術ではその図像はよく知られた蘇りの象徴であるとされている。[6]

マスター・オブ・ザ・ダイ（サイ印署名の版画家、活動時期 1530-60）：いるかに乗るヴィーナス（アプロディーテ）、海の精、巻貝を吹く男の人魚、海神ネプチューン（ポセイドン）。大英博物館蔵。

先述のように、ヴァイオラは不本意に姿と身分を変え、かろうじて生きながらえている印象が冒頭からあるものの[7]、このような神話を現代の我々が考えうるよりもかなり密なるものとして捉えていた当時の観客たちは、この船長の台詞と神話的イメージから、セバスチャンは必ずどこかで生存していて、そのうちに舞台上に現れるとごく自然に予感していたであろう。そして同時にまた、ヴァイオラも巨大な暗黒の海から生還した稀にみる幸運に恵まれた女性である、ということを認識していたであろうことはほぼ確実である。二幕の冒頭でセバスチャンは観客の前に姿を現すが、妹が溺死してしまったと思い込んで悲嘆にくれている。この場面で我々はヴァイオラが兄の生存について あやふやな希望の中にいる姿を再び思いだし[8]、二人はいつ出会えるのだろうという宙ぶらりんな不安感が、早く払拭され劇が解決に導かれることを願うのだ。

死や閉鎖された宮殿、喪に服す暗いイメージとは裏腹に、当時の観客たちは自然の脅威から生還したという類い稀なる幸運を経験したヴァイオラの知恵ある立ち回りとセバスチャンの登場を期待しつつ、この劇を観ていたのではないだろうか。

恋の使いをする小姓としてオリヴィアの元へ行ったヴァイオラであるが、ほかでもないオリヴィアに逆に恋心を抱かれるようになる。ここで注目すべきは、一年前に亡くなった兄のため今後七年もの間喪に服す覚悟でいたオリヴィアが、シザーリオと初めて対話をしたまさにその日のうちに、「なにをしているのか自分でもわからない、なにも知らないうちに目だけがのぼせ」(一幕五場三〇八―三〇九)て、たちまち目の前の美少年に心奪われてしまうことである。

オリヴィア ああ、この人の唇からもれると、
どんな軽蔑や怒りのことばも美しく聞こえる！
罪を犯せばいつかは人に知られてひるむものだけど、
恋はもっとはやくあらわれる、恋の闇夜は真昼なのね。
シザーリオ、汚れを知らぬ春のバラにかけて、
乙女の操、名誉、真実、すべてのものにかけて、
あなたを愛します。

（三幕一場一四五―一五二）

ヴァイオラが登場したことで、内気な公爵はより積極的に恋のアクションを起こし、兄を慕うあまりに誓いを立てて、男の人には面会すらしない決意のオリヴィアは、シザーリオの美しい姿が「目の中にいつのまにか、それと気づかぬうちに、そっとしのびこんだらしい」（一幕五場二九七―二九八）と、目が覚めたかのように恋の病にとりつかれるのである。[9] オリヴィアが初対面であるこの若い恋の使者に乞われて、いとも簡単にヴェールを取って素顔を露わにするのは、極めて大胆な行動である。女性の顔を覆う薄いヴェールは閉鎖された女子修道院の象徴でもある。[10] このようにヴァイオラは旧態依然とした宮廷社会の静寂を破り、そこに人間らしい愛の諸相という動きをもたらす存在となっている。

変装したことにより生じた恋の三角関係と、同じ姿かたちの二人の人物が同じ地に現れる、という混乱はマルヴォーリオのオリヴィアへの求愛の場と並ぶこの劇で最大の見どころのひとつであ

り、劇のもつれを解く上で非常に重要な場面である。
　ヴァイオラの兄のセバスチャンは、生きながらえて船長のアントーニオによって「荒波の荒れ狂い泡立つ口から」（五幕一場七八）助けられて、同じくイリリアの地に登場する。時を同じくして、ヴァイオラはトービーにけしかけられたアンドルーから決闘を挑まれ剣を抜く。その後セバスチャンを探しに来たために囚われの身となった船長のアントーニオは、「知りません。あなたのお顔もお声も、私にははじめてです」（三幕四場三五二―三五三）と言い張るヴァイオラを悲痛な口調で責め立てる。その真摯な訴えの様子からヴァイオラはもしやアントーニオは、男装した自分と兄のセバスチャンとを見間違えているのではないか、と瞬間的に察するのである。

あの人のことばには激しい熱がこもっていた、
本気で信じているのだ。でもまさか――
この想像が、ああ、この想像があたっていたら！
わたしがお兄様と間違えられたのだとしたら！
（三幕四場三七三―三七六）

セバスチャンもシザーリオと間違えられ、オリヴィア邸の前に連れてこられ、オリヴィアの言いなりになるまま、口説かれてしまう。彼は全く状況がつかめないでいるものの、目の前の魅力的な美女の強引さに押されてそれに抗うことはできない。

セバスチャン　どういうことだ、これはなにを意味しているのか？

俺は気が狂ったのか、それとも夢を見ているのか？
想像力よ、おれの理性を忘却の淵にひたしておいてくれ、
これが夢ならば、いつまでもおれを眠らせておいてくれ。
（四幕一場六〇—六三）

まるで夢の中にいるかのように、二人が取り違えられた状態で、劇の混乱は最高潮に達するのである。オリヴィアが連れてきた神父によって二人の結婚が約束されるが、それはセバスチャンが「公表しようとお思いになるときまで」（四幕三場二八—二九）、伏せられることになる。

今や自身の恋が成就したと信じて疑わないオリヴィアは、自ら彼女の元に出向いてきたオーシーノー公爵に対して、極めて冷たい態度でふるまい、シザーリオには愛に満ちた言動を繰り返す。驚愕する公爵の前に神父が現れ、二人には「永遠に変わらぬ愛の絆」（五幕一場一五六）が結ばれたことが証言される。恋の使者の立場を利用して密通した嫌疑をかけられて、シザーリオは公爵から厳しい言葉を浴びせられる。

オーシーノー　ええい、よくもだましたな、子狐め！その毛並みが
一人まえに生えそろったらどんな恐ろしいやつになることか。
それとも悪知恵が身につきすぎて、自分の罠に
自ら足をとられてひっくり返ることになるか。
さらばだ、この女を妻にするがいい。ただし、
二度とおれと会いそうな場所にはこぶなよ。
（五幕一場一六四—一六九）

トービーとアンドルーたちが登場する。二人は暴力を振るわれて傷ついたことに腹を立て、医者を呼ぶように、と大騒ぎをする。その場にいるヴァイオラにやられたと証言する二人の前に、張本人のセバスチャンが現れたことで、双子の兄妹は再会を果たし、誤解は解ける。オーシーノーは「良家の育ちにもめげず、卑しい仕事に耐えて長い間おれを主人とよんでくれた」（五幕一場三二一―三二三）ヴァイオラの一途な愛に気づいて求婚するのである。

最終的には溺死したと思われたセバスチャンは生きたままで流れ着いていて、それが結局のところヴァイオラの運命をも救うことになっている。そして海は後半で、生きているものを運び、生命を長らえさせるものとして再び台詞にのぼり、我々はその時再び、ヴァイオラが同様に海から生還した類い稀なる強運を持った女性であることを思い出すのである。それは不本意な男装によって身分を明らかにすることができないだけでなく、オーシーノー公爵に愛を告白することもできず、またオリヴィアから片思いをされ、挙句の果てに決闘に巻き込まれて剣を引かなければならなくなるなど、多くの困難を経験したヴァイオラの姿があまりにも悲壮であるため、ひとたび忘れられていた事柄である。(11)

海は『テンペスト』（一六一一）でファーディナンドの父を溺死させたと思わせ、『ヴェニスの商人』（一五九六）では、アントーニオの貴重な積み荷を無きものとする、破壊的なものとして描かれている。しかし、結局ファーディナンドは父と再会し、すべての人々は和解する。アントーニオの船は無事に港に着き、積み荷はすべて無事であったということも知らされる。シェイクスピアの海は生命や財産を奪おうとする過酷なものとして描かれているが、最終的には人を生かして帰し、財産を岸に戻す役割を果たしている。それは『十二夜』でも同様の作用をもち、船は難破し一同は死の恐怖を味わうものの、結局は生きて岸にたどり着く。シェイクスピアの後期のロマンス劇においては、「象徴的な死の状態から蘇生して生まれ変わるというテーマが常に劇の根底を流れている」[12]が、この死と再生（あるいは誕生）という深いつながりを持つテーマはすでに初期の喜劇創作時代からその片鱗を見せていたことになる。『間違いの喜劇』（一五九二）では、イージオンは船の難破により、妻エミリアと双子の息子の一人と離ればなれになる。その後、子を探し求めてたどりついたエフィサスの地で、様々な混乱に巻き込まれ、処刑される寸前、兄弟である子供達が顔を合わせ、エミリアが尼僧院長としてその地にいたことも明らかになり、命は助かる。長い歳月を経て、海で生き別れた親子夫婦は、歓喜のうちに再会を果たす。『ペリクリーズ』（一六〇八）では、荒れ狂う嵐の海の上でセイーザは女の子を産んで命を落とし、そのまま棺に入れられて海に流される。マリーナと名付けられたその子は美しく聡明に育ち、様々な困難を経験するものの、一四年の年月を経て、清廉な乙女として船上で父と再会する。死んだと思われていた母親セイーザは、エフィサスの海岸に流れ着き、医師の力で蘇り、ダイアナ神の元で巫女として生きていたことがわかる。親子と夫婦が再び一つになり、親子それぞれが新しく国の統治者となることが宣言され、劇は幸せのうちに幕を下ろす。『冬物語』（一六一〇）では海岸にうち捨てられた赤ん坊のパーディタは、紆余曲折を経験するが実に一六年の時を経て、懺悔に暮れるレオンティーズの元へ、海を渡って帰ってくる。ここでも二組の親子と友は再会し、フロリゼルとパーディタという若い二人の結婚と新しい命の誕生を予感させて劇は収束する。そして、「死からとりもどされた人」としてハーマイオニの石像は息を吹き返して動き出す[13]。いずれにも海を舞台とした破壊とともに、時を経て海を越えた復活のイメージが見られる。

海は雄大な自然の象徴であり、海で難破しながら生き残るということはとりわけこの時代大変な幸運を意味していた。荒々しい海を生き抜いて生還した者は自然を制し、神に愛された者だといえるのではないだろうか。キリスト教では、人間は神によって創造されたものである。自然を制覇したこの二人の存在自体も正に神の手による最高傑作なのである。

宮殿を追放され森に行き、そこで生き長らえるシェイクスピアの他のヒロインたちがいるが、彼女らとは比べ物にならないくらいの過酷な経験をして、ヴァイオラは再び宮殿に姿を現す。音楽のみが心の支えであった公爵は、意中の女性に求愛を始めるべく腰を上げ、七年間も喪に服す覚悟で、修道女さながらの暮らしをしていたオリヴィアはたちまち誓いを忘れて目の前の美少年の虜になる。『十二夜』では海という大いなる自然の猛威から生き残った者は、宮殿という人工的な空間に生気をもたらし、劇を大きく前進させるのだ。

シェイクスピアが、海を制する者が舞台に生気をもたらすというイメージを殊更に強調したのは偶然のことではないかもしれない。彼の創作期は大航海時代の後半と重なるが、この時代、ヨーロッパ各国は新航路開拓を目指す野心的な冒険家たちの航海を後押しして、次々と新たな領土獲得を成し遂げていった。海の彼方にあるという、富をもたらすミステリアスな新世界のイメージに人々は心躍らせ、並々ならぬ関心を寄せていたことであろう。[14] また、スペインのアルマダ（無敵艦隊）を撃破し、世界の海を征服したエリザベス一世のもと、国内では独自のルネサンス文化が興隆を見せ、英国は名実ともに世界の第一級国として君臨し、その結果人々の愛国心は強大なものとなっていた。[15] おそらくシェイクスピアは、海の大いなる力への畏怖と偉大なる征服と統治を成し遂げた女王に敬意を払う気持ちを持ちながら、海の持つ象徴性を劇でことさらに表現しようとしたのではないだろうか。常に海の巨大なうねりは生命の源であり宝庫ではあるが、同時に破壊をももたらす自然の強大な力を併せ持つ。[16]『十二夜』の海は求愛や愛の駆け引き、欲望、情熱といった人間の生気を劇の中にもたらすべく存在しているのである。

海の厳しさはエリザベス朝の観客がごく自然に持っていた概念であり、海という自然の荒々しさをいかに征服しうるかということは、人々の大きな関心事にもなっていた。同様に古典や神話が現代の我々よりも、より身近なものであったエリザベス朝の観客たちは、神々の大いなる力やその生産力について畏怖するとともに、憧憬の念を抱いていた。

海から訪れたものは混沌として動きのない宮廷の世界に生の息吹を吹き込んで、宮廷は再び生気に満ち、新たな夫婦が誕生する。幸せが溢れる中、繁栄と肥沃がもたらされることが約束される。

自然と人工的な宮廷社会の対比的イメージはシェイクスピアの作品で多く見られるが、森を舞台とする他の劇とは異なり、圧倒的に少ない海の場面は極めて効果的にこの劇に作用し、劇全体に動きをもたらす重要な役割をしている。[17] 最晩年の創作であるロマンス劇『テンペスト』（一六一一）でシェイクスピアは海の持つ作用について次のような詩をエアリエルに歌わせている。

その骨は珊瑚になり、
その眼は真珠へと変わる。
朽ちゆくものはみな、
海の変化をこうむって
富かで類い稀なるものへと生まれかわる(18)

（一幕二場三九八―四〇二）

破壊的な海は、クロノスに切り取られ、海に葬り捨てられたウラノスの男性器のアプロス（泡）から、アプロディーテを生み出した母なる創造性を併せ持つ(19)。アプロディーテから滴り落ちた水滴は真珠となり、貴重な装飾品として珍重され、人々の手に渡る。シェイクスピアの海もまた、万物を浄化、再生し、より豊かなるものへと生み出す力を備えた大いなる神話の海なのである。

注

1 シェイクスピア作品からの引用はすべて *The Riverside Shakespeare*. Eds. by G. Blackmore Evans and J.J M. Tobin, 2nd ed. (New York: Houghton Mifflin, 1997) による。また『十二夜』の翻訳は特に断りのない限り小田島雄志訳（白水社、一九八三）を使用している。

2 Camille Paglia. "Shakespeare and Dionysus: *As You like It* and *Antony and Cleopatra*", *Sexual Personae*

(New Haven: Yale University Press, 1990), p.200.

3　男装するロザリンドは自らの名を神話の登場人物である美少年ギャニミードと改めるなどその前途にいくらかの期待を持って森へと赴いている。また足手まといではあるもののシーリアと道化を伴っている。

4　オリヴィア自身も劇中のある時点までは、喪に服し過度なまでに異性からの申し出をはねつけている。ダイアナは貞潔を守ることについて、ことさらにかたくなな性格を持っており、自分に仕えるニンフたちにも純潔であることを強く求める女神である。Michael Grant and John Hazel eds., *Gods and Mortals in Classical Mythology* (Springfield, Mass.: G. & C. Merriam, 1973). "Diana" 及び "Artemis" の項を参照。

5　*Ibid.* "Arion" の項を参照。

6　Ad de Vries, *Dictionary of Symbols and Imagery* (1974; Amsterdam: North-Holland, 1984). "dolphin" の項を参照。

7　「ほんとうの私はいま演じている役の私とはちがいます。」（一幕五場一八四）、「ほんとうの私は今の私とちがいます。」（三幕一場一四一）という台詞を二度、ヴァイオラが自らにも言い聞かせるように語るのは興味深い。

8　D.J.Palmer. "*Twelfth Night* and the Myth of Echo and Narcissus", *Shakespeare Survey* 32. Ed. Kenneth Muir, (Cambridge University Press, 1979), p. 77.

9　Nancy K. Hayles, "Sexual Disguise in *As You Like It* and *Twelfth Night*", *ibid*, p. 70.

10　Juliet Dusinberre. *Shakespeare and the Nature of Women* (1975; London: Macmillan, 1996), p. 48

11　細川眞『シェイクスピアのディスガイズの系譜—ヒロインの男装・支配者の変装を中心に—』（学書房、一九九五）、一四八頁。

12　蒲池美鶴『シェイクスピアのアナモルフォーズ』（研究社、一九九九）、一五八頁。

13　岩崎宗治『シェイクスピアのイコノロジー』（三省堂、一九九四）、二三八頁。

14　高橋康也編『シェイクスピア・ハンドブック』（新書社、一九九四）、一八—一九頁。安達まみ「海」の項を参照。

15　倉橋健編『シェイクスピア辞典』（東京堂出版、一九七二）、七八―七九頁。「エリザベス朝時代」の項を参照。

16　Palmer, "Art and Nature in *Twelfth Night*," in *A Casebook Shakespeare: Twelfth Night*, ed. D.J. Palmer (1972; London: Macmillan, 1987), p. 210.　Palmer はシェイクスピアの海は「破壊」と「再生」のメタファーとなっており、「自然の変容の鏡」であるということを指摘している。絶えず満ち潮と引き潮を繰り返す海はそれゆえ「時」と「幸運」と関連付けられ、そのイメージはシェイクスピア作品の初期から晩年までに見られると論じている。

17　赤羽美鳥『シェイクスピアの喜劇における両義性』（翰林書房、二〇〇六）、二一六頁。赤羽氏はこの論考で閉鎖的な宮廷と海との対照性について言及し、海の持つ「破壊」と「創造」という両義性に着目して『十二夜』のプロット展開全編にわたり論じている。同掲書「海について」二一六―三八頁を参照。

18　この部分の翻訳は筆者による。「骨」を「珊瑚」に「死者の目」を「真珠」に、「朽ちゆくもの」を豊かに変えてしまう「海の変容」（sea-change）は『ペリクリーズ』の海に葬られたセイーザとその蘇生をも想起させるものだと青山氏は論じている。青山誠子『シェイクスピアにおける悲劇と変容』（開文社出版、一九八五）、三七六頁。

19　玉泉八洲男「シェイクスピアの地中海、あるいは古典喜劇の受容について」、日本シェイクスピア協会編『シェイクスピアの喜劇』（研究社、一九八二）、二二二頁。玉泉氏の論考「シェイクスピアの地中海、あるいは古典喜劇の変容について」からはシェイクスピアの海（地中海）と喜劇における神話的イメージについて啓発となる示唆を得た。二二一―五四頁を参照。アプロディーテは別名 Mari（海）とも呼ばれ、海を支配し、生誕、生、愛、死、時、運命を司り、これらを人間たちに受け入れさせる。神話については Barbara G. Walker, *The Woman's Encyclopedia of Myth and Secrets* (Harper & Row Publishers, 1983) の "Aphrodite" の項を参照。

ふたつの価値観のなかで

――ジュリー・テイモアの映画『タイタス』における〈オナー・キリング〉の要素

住田光子

はじめに

一三世紀後半から一六世紀にかけて、〈凌辱された女性〉をめぐり、親権者・後見人の道義的責任と切り離して、強姦の行為を処罰するように英国では法規が変わってゆく。一三世紀後半、強姦に対して数年の投獄と罰金という処罰がなされたが（一二七五年の法令）、法改訂を経て、形式上は、身体の一部切断、もしくは死に値する重罪として扱われる（一二八五年の法令）[1]。一六世紀になると、強姦罪 (Rape) から婦女誘拐罪 (Abduction) が切り離され、強姦罪の起訴の過程で、未婚女性・未亡人に関しては、親権者や夫の証言だけではなく、被害女性の証言にも一定の理解が得られるようになる[2]。そういった変わりつつある時代のなかで、ウィリアム・シェイクスピアは、家父長制社会のなかにある動揺や不安をとらえ、古代ローマの軍人の「名誉殺人」(honor killing) の美徳を扱う戯曲『タイタス・アンドロニカス』（一五八九―九四）〈*Titus Andronicus*〉を創作したのである[3]。

『タイタス・アンドロニカス』は、殺戮や凌辱、手や舌の切断、食人風習という扇情的な残虐性ゆえに、王政復古（一六六〇）以降、敬遠され、二〇世紀半ばにいたるまで、わずかしか上演されてこなかった。(4) そのような不毛の時代を経て、一九五五年、新しい解釈が劇に加味されることで、残虐な要素にも共時代性があるとして見直されるようになる。近年の上演においてひとつの契機をつくり出しているのは、一九八七年のふたつの上演である。演出家グレゴリー・ドーラン (Gregory Doran)（一九五八―）とデボラ・ワーナー (Deborah Warner)（一九五九―）の手による。そこには、伝統（家父長制社会）や因習（オナー・キリング）を否定するような新しい演出要素（抵抗する女性像）が入れられることで、娘に対する凌辱の罪を裁こうとした父親タイタス (Titus) の利己主義が露わになる。現代上演では演出が多様化し、保守的な要素に新しい要素が少しずつ加えられている。しかしながら、ジュリー・テイモア (Julie Taymor)（一九五二―）が監督した、シェイクスピア劇のアダプテーション、映画『タイタス』（一九九九）〈*Titus*〉は、(5) シェイクスピアの描いた美徳に忠実で、現代上演の、さらには現代の風潮に逆行する。批評家デイヴィッド・F・マクキャンドレスは、〈オナー・キリング〉の演出に言及し、黒ではなく白いドレスを纏ったラヴィニア (Lavinia) は、（殺される瞬間）死の花嫁、そして、父親の花嫁としての地位を肯定していると評した。なかでも、凌辱されたラヴィニアの生き様を、「生きる屍の状態」(the death-in-life) と表現したことは注目に値する。(6) このことは、観客が、家父長的な美徳に基づいた解決に共感して受け入れる可能性を仄めかすものである。

テイモアは、淡路島に残る文楽以前の人形の技術を学んだ経験があり、東洋の人形劇に造詣が深い。[7]マサチューセッツ州出身のパフォーミング・アーツ・デザイナー、演出家である。本稿では、テイモアのラヴィニア像の象徴性に焦点をあてて演出コンセプトを論じ、演出家が古き美徳になぜこだわるのかという疑問の下に、〈オナー・キリング〉のリメイクの視点を再考する。その上で、古代ローマ帝国とエリザベス朝というふたつの時代の価値観が共存する戯曲を通して、人間の暴力と美徳を描く本映画が踏襲するものと歪めるものを明らかにしたい。最終的に、アダプテーションにおいて新しく生み出された象徴性が、現代社会におけるどのような局面や人びとの危惧を内包するのかにも触れたい。

一　ふたつの価値観のなかで

一三世紀の英国では、強姦の罪には婦女誘拐罪が含まれていた。たとえ男女の合意のもとの駆け落ちであろうとも強姦罪とみなされる、その過程では、親権者や後見人からの訴えが力を有していた。すなわち、女性を父親や夫の管理下にあるものとしてみなす性格の強いものであった。そうした法規内容から、婦女誘拐罪が切り離された時点で、強姦罪は、法規上では、未婚女性・未亡人が自ら起訴できる内容へ変化してゆく。古き時代は絶対的な発言権を誇っていた男性親族にとって、釈然としない思いが残ってゆく。[8]そのような一六世紀の意識の変化を写し取ったものとして、『タイタス・アンドロニカス』を解釈したのは、エミリー・デトメ＝ゴーブルである。作品中、カイロン(Chiron)とディミートリアス(Demetrius)は、母親、ゴート族の女王タモーラ(Tamora)に唆され、ラヴィニアを凌辱する。純潔を奪われた娘に対し、ローマの軍人タイタスは、最終的に娘を殺すことを選び、自らの行いに決着をつける。物語では、ラヴィニアからの間接的な告発がなければ、男性は復讐を成し遂げることができない。こういった点に鑑みて、デトメ＝ゴーブルは、一六世紀の社会において、強姦の証言者としての女性の言にどこか依存せざるを得ない男性側の不安を読み取っていた(9)。戯曲には、〈子ども〉を、父親の所有物としてとらえる価値観が存在しているが、さらに深いところには、子どもを、親や後見人の保護管理から独立したものととらえる価値観がわずかながら存在する。

タイタスは、ゴート族征伐において功績をあげたにもかかわらず、古代ローマ帝政のなかで〈取り残された〉思いを抱く。ラヴィニアは、ローマ皇帝サターナイナス(Saturninus)との結婚を拒み、婚約を誓ったバシエイナス(Bassianus)と駆け落ちする。タイタスの息子たちは逃走を手助けし、父親と対峙する(一幕一場)。バシエイナスの駆け落ちは、古き時代における強姦罪に相当する。親権者が、娘の略奪を妨げるために力を行使するのは、決して理に反することではない。だが、この事件で、タイタスは皇帝の怒りをかうだけでなく、子どもたちからの信頼を失いつつある。帝政に身を捧げた結果、多くを失う。そうした立ち位置は、子どもに対する保護監督権が弱くなりつつあるエリザベス朝の男性に重なる。

劇は、古代ローマ帝国とシェイクスピア独自のヨーロッパという架空のふたつの時代の要素を内包する(10)。特に、タイタスの決断は、古代ローマの価値観に根差している。古代ローマ社会では、凌辱された娘を殺害するのは、穢《けが》された家の名誉を回復するためであった。だからこそ、当時の社会では、利己的だとは受け止められなかった。[11]なぜなら、家庭は、ローマの法規が介入してはならない場所であり、女性は自らの財産を持たずに家事に専念し、家長に服従する立場に置かれていたからである。[12]そうした点を考えると、シェイクスピアの劇における〈オナー・キリング〉の美徳は、古き美徳を具現化したものである。

一九八〇年代のふたつの『タイタス・アンドロニカス』の現代上演を比べると、演出のなかにある、家父長制社会とそのなかに置かれた女性の立場が理解できる。一九八七年からのグレゴリー・ドーランの演出では、ラヴィニア（俳優 Jennifer Woodburne）は、タモーラの息子を殺す復讐には手を貸さないと決意する。そのため、晩餐会でタモーラらが息子の人肉パイに手をつける様子を見て、金切り声をあげ取り乱す。だが、ついにはタイタスの腕のなかで窒息死する。[13]この一連の演出には、父親に〈抵抗する〉ラヴィニア像の萌芽が認められる。同年のデボラ・ワーナー演出の舞台では、ドーランの演出にみられる父権制の絶対的な権威を和らげるかのように安楽死が象《かたど》られ、緊張した表情のラヴィニア（俳優 Sonia Ritter）が、一瞬の猶予の後、悲しげなタイタスの膝の上で首を折られる。[14]ふたつの上演は、家父長制社会によって沈黙させられていた女性の声を汲み取った点で、古き美徳を扱う劇の演出として画期的であった。

劇のなかには、家父長制社会の古き美徳と相対するように、女性側の美徳も描かれている。劇のなかで、被害女性が、強姦の加害者の罪を立証するためには、過去の記憶を語る必要がある。そうした経緯から、告発はトラウマを伴うものであり、容易ではない現実が理解できよう。現に、ラヴィニアは犯された姿で発見された折、叔父のマーカスから逃れようと（二幕三場一一―一二）、告発に背を向ける。女性は、誰に犯されたのか、その経緯が男性たちに知られることで生じる、社会的な不名誉を極度に恐れている。また、砂地に「強姦(Stuprum)―カイロン―ディミートリアス」と文字を綴るラヴィニアの場面には(四幕一場七八)、怒り、悔しさ、惨めさなど、彼女の感情を裏付けるような言葉は存在しない。だが、上演ではその部分を柔軟に解釈する。テイモアの演出では、強姦のトラウマに捕らわれた女性が、せわしなくフィロメラの物語が書かれた箇所を探して『変身物語』の書物を一心不乱にめくる。口と杖と義手だけを使い、強烈な力で、地面に犯人の名を書き記す姿が演出されている。そこには、ようやく犯人を告発するものの、過去の忌まわしい記憶から逃れられない女性が表象されている。

劇のなかには異なる美徳に基づく価値観が共存しているが、それは生命の尊厳に関しても同様である。作品には、親子の絆ゆえにひとりの人間の殺生をよしとする考え方だけでなく、生けるものの殺生を慎むべきとする考え方がある。

タイタス　マーカス、いまナイフで何を刺した?
マーカス　兄上、殺したのは、蠅。
タイタス　出て行け、殺し屋め。お前は、わしの心臓を殺したんだぞ。
［中略］
マーカス　ああ、兄上、ただ蠅を殺しただけですぞ。
タイタス　だけ、だと?
もし蠅にも父や母がいるとしたら、どうだ?
(三幕二場五二―五四、五九―六一)[15]

もともと、三幕二場は、いずれの四つ折り版(Quarto)にもなく、作家の死後、第一・二つ折り版(The First Folio, 1623)になって初めて印刷された部分である[16]。作家本人の創作でなく、当時の上演過程で加えられ、後世の編纂の手で残されたとも推測可能である。劇の冒頭では、タイタスの息子ミューシアス(Mutius)が、ローマ皇帝サターナイナスに対し謀反を起こす。タイタスはミューシアスを切り殺し、さらにはその埋葬さえ拒み、息子たちの反感をかう。護民官として専制政治に従い、帝国のためには息子の命さえ辞さない様子が描かれている。そうした意識と、一匹の蠅の命の尊厳は相反する。蠅を殺すシーンは、作品を通してふたつの価値観が共存していることをあらためて提示している[17]。テイモアの映画は、この場面を疎かにせずに、タイタスが、蠅を殺すことに対して怒りを露わにする様子や、食卓に集う家族・親族の風景を細やかに演出する。

テイモアの映画は、『タイタス・アンドロニカス』上演のなかにあるふたつの価値観のなかでも、多くの命を絶たれた後の、新たな命の再生を強調している。暴力の歴史とその後の時間の経過に焦点をあてる。映画に先立つ、一九九四年の舞台では、小ルーシアス(Young Lucius)が、死んだ赤子の入った棺を見つめるという、悲劇性を強調した終わり方であった。ところが、映画では、赤子は最後まで生きている。血塗られた歴史のなかで、白人の小ルーシアスが、水辺の緑の地へ、ゴート族とムーア人の混血の赤子を抱きかかえて運んでゆく。そこに、〈再生〉と〈希望〉を象徴させている[18]。異民族間で生まれた新しい命を慈しみ合ってゆくという終わり方が、戦争が絶えない現代において、民族の垣根を越えて、人びとが絆を保ち続けることができるのではないかという一縷の希望を抱かせる。それは、舞台上で連鎖して起こる大量の死と対照的である。

二 映画における共時代性

テイモアは、シェイクスピア劇の演出には縁がなかった。一九八四年、テイモアは『夏の夜の夢』〈*A Midsummer Night's Dream*〉のデザインを担当する。ジェフリー・ホロヴィッツ (Jeffrey Horowitz)（一九四九—）が制作ディレクターを務めた舞台『テンペスト』（一九八六）〈*The Tempest*〉において、幻想世界の創作に彼女の能力が遺憾なく発揮されるだろうと見込まれ、演出に抜擢されたのが、最初である。[19] この経験は、一九九四年からのニューヨーク公演『タイタス・アンドロニカス』〈*Titus Andronicus*〉につながってゆく。映画『タイタス』の前身となる公演である。

舞台での作品解釈を引き継いだ映画作品において、愚かな殺し合いを行う人間と離れたところに、血塗られた歴史を見つめる生き証人として、小ルーシアスが登場する。この小ルーシアスの視点が、映画のミザンセーヌを決める。冒頭のシーンでは、彼は、台所にてフィギュアを血みどろ（ケチャップづけ）にし戦闘ごっこに興じる。次第に、仮想の遊びは現実味を帯び、古代ローマでの凱旋行進に変わる。少年は時間の経過とともに認識する。殺戮や暴力は限りなく偏見や憎しみと連鎖しあうことを。少年の眼差しは憂いを帯び、どこか厭世的である。映画のメタシアター的な構造は、悪は人間の本質的なところにあるのではないことを示し、[20] 負の連鎖により歴史は循環することを客観的に提示する役目を担っている。映画のミザンセーヌには、テイモア自身の憂いが投影されているのである。

テイモアの作品の制作された時代背景を考えるならば、舞台公演の一九九四年から映画公開の一九九九年にかけては、折りしも、ボスニアやクロアチア、ルワンダにおける民族紛争の残虐行為が、メディアを通して、毎日のように映し出されるという時代であった。[21] 撮影は、ローマや、クロアチア西部、プーラの競技場(Pula Arena)で行われた。一九九六年四月二二日、映画の撮影の最中に、セルビアに対するアルバニア人らによる、コソボでの紛争が勃発している。[22] 一九九九年一二月二五日から二〇〇〇年にかけて、映画は公開される。あどけない少年のなかにある病んだ部分こそ、戦禍が日常の風景のなかにあり、そうした現実が子どもの心に投げかける闇を反映させたものであった。

テイモアの映画において、タイタス(俳優 Anthony Hopkins)が娘を殺害するシーンでは、暴力は最小限に抑えられている。白いドレスに黒いヴェールをかぶったラヴィニア(俳優 Laura Fraser)が、タイタスに付き添われ、皇帝をもてなす晩餐の席に姿を現す。肉のパイをほおばる一同をよそに、タイタスは、静かに娘の首に手を添え、骨を折る。動揺した皇帝サターナイナス(俳優 Alan Cumming)とタモーラ(俳優 Jessica Lange)に対して、凌辱を犯した人間の肉がパイのなかに入っていることが明かされる。すると、タモーラは胃のなかに呑み込んだ人肉を吐き出そうとし、あたりは騒然となる。

この場面の演出をめぐって、「白いドレスを纏ったラヴィニアが(殺される瞬間)死の花嫁、父親の花嫁としての地位を認めている」と批評された。[23] タイタスが、娘の死を完結させるとともに、無条件に娘を服従させるにいたる力関係を仄めかし、そこに娘の同意があったとみなす側にある。さらには、親子の主従関係のなかに近親相姦的な含みを感じ取っている。死はあたかもラヴィニアのなかで静かに受け入れられたかのように見える。特に、一九八七年、デボラ・ワーナー演出のラヴィニア像は、テイモアのラヴィニア像に通ずる。娘が、死への恐怖を吐露することができないまま、実の父親に殺される姿には共通するものがある。

テイモアは、「タイタスは、親密に、愛情を込めてラヴィニアの首の骨を折る[24]」と具体的な所作を語る。そのような演出は、現代社会に対する自身の見解を拠り所にしている。テイモアはインタビューで次のように語る。

今日、インドでは花嫁に火がつけられることがあります。アラブ諸国では、オナー・キリングが起きています。ひとは、娘の純潔が家族や種族に属すために、娘たちを殺す。そういったことは、いまも続いています。人々はこのように言います。「なんていうことだ、タイタスは自分の子どもを殺してしまった」。確かに、タイタスは娘を殺しましたが、ボスニアや多くのイスラム教徒の諸国では、今日もそのようにされています。それは必要だとみなされているのです[25]。

彼女の認識は、ひとつの現実をとらえている[26]。演出家としても、鋭いところを突いている。しかしながら、現代のアダプテーションとして、父親が娘に手をかける行為のなかで、家長の背負う悲しみを和らげるために娘を殺すという局面が強調されると、家長である男性の利己主義は拭い切れない。特に要となるのは、父親が娘に名誉の死をもたらす行為における、娘の同意の有無である。娘の同意がないとみなす批評家もいる[27]。ドーランやワーナーを始めとする演出家たちは、八〇年代の上演の解釈において、死によって女性が沈黙させられない可能性を提示していた[28]。そこには、時代の見方を敏感に写し取っており、新しさがあった。現代社会においても、〈オナー・キリング〉の瞬間、女性が渾身の力を振り絞って抵抗を試みるのはいたって自然な成り行きである。時には、女性が抵抗の意思さえ表せないような事例もある。婚姻前の性交渉が親族に発覚し、身体に火をつけられ(bride burning)、全身に火傷の重傷を負った被害女性の手記が残っている[29]。女性は、二度と親族の手で連れ戻されないように、素性を隠して、異国の地での生活を選ぶ。そうした、様々なメディアを通して露わになる、ひとつの現実に映画は逆行する。テイモアは、現代の〈オナー・キリング〉の実態に寄り添わんとするが[30]、現代の加害者と被害者の力関係に比べると、テイモアの描く被害女性像は保守的で、欠けている要素がある。

演出家自身も、現代的な要素を融合させながら、古代ローマの美徳を、架空の社会〈ムッソリーニの帝政下や現代イスラム圏の社会〉のなかに再現しようとする構造的な困難や脆さに気付いている。古代では、逆らう子どもを殺すのは合法であっても、現代の時代設定では困難な状況であると自ら認めている[31]。シェイクスピア劇のアダプテーションにおいて、そういった物足りなさを補うかのように、視覚的な娯楽性の追求に重きが置かれてゆくのである。そのひとつが、快楽を消費する側の視点を入れること。さらには、人物に宗教的な象徴性を付与することである。

三　付与された象徴性

凌辱の場面は、劇のなかにはない。観客の想像に委ねられている部分であり、演出による違いが大きい。ラヴィニアの凌辱は、彼女がディミートリアス、カイロン兄弟によって連れ去られ、次に舞台に登場する際に明らかになる。ディミートリアスは、ラヴィニアを前に、舌を使って話せるなら話してみろ、お前の舌を切り落とし、花を散らしたのは誰だと囃し立てる。カイロンの方は、その両の切株で綴れるものなら、気持ちを書いてみろと迫る（二幕三場一—四）。観客は、ラヴィニアの叔父マーカスの言葉から、その光景がいかに常軌を逸したものであるかに思いを馳せることになる。「テレウスが、お前を犯しその犯人が見つからないよう、舌を切り落としたのだな」（二幕三場二六—二七）というマーカスの台詞である。この台詞は、観客に、オウィディウスの『変身物語』の神話の一節を喚起させる。それは、テレウスが信頼する妻プロクネを裏切り、異国の地へ義妹フィロメラを迎えにいった帰り、欲情に耐えかね、森の小屋でフィロメラを手籠めにし、その舌を切断した事件である。(32)

テイモアの視覚操作によって、劇の物語には新たな筋書きが与えられる。エロティシズムを感じさせるような、白いスカートを押さえつけるひとりの女性。これは、映画『七年目の浮気』（一九五五）〈*The Seven Year Itch*〉において、地下鉄の排気口から起こる風を受けてまくれあがるスカートを押さえるマリリン・モンロー (Marilyn Monroe)（一九二六—六二）をもとにしている。テイモアのラヴィニアの表象は、セックス・シンボルとしてのモンローによる[33]。そして、この女性のなかにある強姦のトラウマ。それは、一匹の雌鹿が獰猛な二匹の雄虎に襲われる記憶として映像化される[34]。襲い掛かる虎の唸り声やけたたましい音楽は、観客に強烈な嫌悪感を与える。映画では、ラヴィニアが口に杖をくわえ、その杖を動かして犯人の名まえを地面に書き綴るシーンのなかに[35]、過去の記憶がフラッシュバックとして挿入され、再生される。

ラヴィニアの記憶を映像化する際、凌辱された恐怖の記憶に対して、テイモアは手を加えている。モンローのどこか嬉しそうな〈恥じらい〉のなかに、凌辱の恐ろしい〈トラウマ〉を擦り込ませる映像づくりをしている。本来、虎が鹿を襲うのは、弱肉強食の自然界の法則に適ったものである。そのことは、劇中にも、ローマの虎は餌食（＝タイタス親子）を食すると触れられている（三幕一場五三―五六[36]）。だが、テイモアの着想である、雌鹿が雄虎に襲われる構図は、女性が男性に凌辱されるという構図を正確には再現していない。

劇では、男性は情欲に煽られ強姦へと駆り立てられてゆくのに対して（二幕二場）、映画では映像操作がなされている。確かに、映像のなかの女性の身体には、男性を快楽へと駆り立てる艶めかしさがある。しかしながら、その性的魅力だけが強姦を誘発したようには映し出されていない。襲われる女性の身体を観て、快楽を感じる男性＝映画観客の存在を多分に意識した映像構成となっている[37]。凌辱の光景を観て興奮を感じる男性的な〈視線〉を、ある記憶のなかに加えたのである。それは同時に、被害者ラヴィニアの心の闇を映し出すことにもなる。女性が口で支える杖は男根の象徴であり[38]、襲われた女性の過去の記憶とつながる。このシーンの映像は、シェイクスピア劇のアダプテーションとして、忠実に残虐性を再現するものではない。むしろ、映画を観る男性と女性、両方の観客の官能的な欲求を満足させるような映像美を追求しているのだ。[39] そこには、鳥瞰的な構図がある。女性の記憶のなかで、凌辱に快楽を見出しているのは、カイロンとディミートリアスである。しかしながら、別の視点からは、覗き見する男性たちの視線に、ラヴィニアがさらされているのである。特に、観客が、戯曲の場面と著しく異なる印象を受けるのは、凌辱の構図や、観る行為の視点が変わっているからである。映画では、凌辱された被害者の心の動きをスロー・モーションで辿るという視覚的娯楽性が追及されている。視点は、凌辱された女性の視点そのものではない。その光景を観る第三者の視点が女性の視点に融合している。

映画において、凌辱の場面の後、切株に立つラヴィニアは、[40] 台の上に立つ聖人、磔にされた聖人という色彩が強いと指摘された。さらに、ラヴィニアは失った手のかわりに木彫りの義手を接ぐ(implant)ことで、悲しみに耐えほほえむ彫像のようであると評される。[41] 偶像崇拝という異端要素を孕《はら》んではいるが、迫害を受けながらも信仰に身を捧げる人物とラヴィニアが結び付けられている。さらに、もうひとつの象徴性が付与されているが、それはローマ・カトリック教における贖罪の考え方によるものである。

タイタスは、ゴート族征伐で勝利を上げ、ローマへ凱旋する。多くの兄弟が犠牲になった今だからこそ、その鎮魂や供養の儀式を重んじている。[42] 一族は、生贄として捕虜の身体を炎で焙り、兄弟の霊に供養する。そうすることによって、死んだ人間の霊魂を鎮めることができると考えるからである(一幕一場九九―一〇六)。ところが、この儀式は、映画の最終章でなされるひとつの儀式へとつながってゆく。娘を手籠めにされたタイタスが、タモーラへの復讐として、天井から宙吊りにした裸体のカイロンとディミートリアスの身体を料理する。(43)その際、ラヴィニアがその下で水盤を掲げ、罪深き人間の生き血が垂れるのを受け止める役目を果たす。水盤は聖杯であり、厳粛な儀式のなかで大きな意味を持つ。(44)テイモアの演出では、女性を穢《けが》した男性たちに同じ苦しみを与えるという行為よりも、罪を犯した男性たちの生き血を女性が受け止めるという行為が前景化される。そこでは、タイタスの意識のなかでの神聖な儀式のひとつであることが強調されている。演出のなかで、登場人物を観客にとって分かりやすいものにするために、時に、残虐な行為のなかにみられる人間の滑稽さに着目する。人間の悲劇を写実的にとらえるのではない。悲劇のなかにある滑稽さを観客に身近に感じさせるために、映画全体を通し、理解しやすい象徴として、宗教的な要素が意識されているのである。

多くの人は、水盤で血を受け止める行為から、ローマ・カトリック教における「聖体の秘跡」としての〈聖餐式〉を思い浮かべるだろう。カトリックでは、イエス・キリストの「血と肉」としての「葡萄酒とパン」を信者に分かちあうことで、復活したイエスがその信者と生をともにする。信者が、自らに罪があるならばそれを告白することで、主とのよりよい関係を結ぶため、もう一度自分を見つめ直すのである。聖餐式は、罪に対する贖いの儀式でもある。新約聖書「ヨハネの福音書」第六章には、「わたし（イエス）の肉を食べ、わたしの血を飲む人は、わたしの内に留まり、わたしもその人の内に留まる」とある。(45)ラヴィニアが受け止める血のしずくは、ローマ・カトリック教の聖餐式における葡萄酒の象徴である。映画においては、贖いの儀式は、鎮魂として古くから共同体のなかで行われてきた、異教徒の食人風習の要素をも引き継いでいる。ラヴィニアは、人類の罪を贖うための儀式に立ち合い、最終的に、彼女も贖いの代価として犠牲になる。

迫害を受けながらも信仰に身を捧げる者としての象徴性は、映画の〈オナー・キリング〉の最終的な解釈に関わっている。旧約聖書「レビ記」一六章六—二二節には、贖罪として神の前に捧げられる山羊と、人類の罪を背負って荒野を永遠にさまよう〈アザゼルの山羊〉(46)について述べられている。(47)そこでは、生贄として殺された山羊よりも、荒野で贖いをする山羊の方が、過酷な運命が待っている。こうした罪を背負う山羊と同じく、全人類の罪を贖うという宗教的な使命が、最終的な死を通して、ラヴィニアには象徴的に付与されている。劇から映画に変わる折に、象徴としての新しい意味が付与される。宗教的な儀式を通して、殺戮や凌辱を眺めると、現代の人びとのおかす罪深さが前景化されるに従い、個人として行動する人間の利己主義は薄められる。タイタスが〈愛情を込めて〉首の骨を「折る」という演出は、アブラハムが人類の行く末を憂慮した宥《なだ》めの行為に重なるように配慮されている。

『タイタス』のこのような描写は、映画ゆえに可能になったミザンセーヌであるから、現代アメリカ映画における「殺す行為」の正当性について触れておきたい。シェイクスピアのアダプテーションのなかで、テイモアは、ひとつの拠り所として、殺害を伴うタイタスの行為は、主の導きによるものと提示していた。この点で参照したいのは、米国特殊部隊とイスラム圏テロ組織の攻防を描いた二〇一四年のアメリカ映画『アメリカン・スナイパー』〈*American Sniper*〉である。(48)主人公である米軍狙撃兵は、戦争に赴き敵を殺すのは、ひとつの教えによって、やましい行いではないと認識していた。自らが強い狼だからではなく、弱い羊を守る〈牧羊犬〉だからこそ、制裁を加える許しが与えられるとする。ところが、牧羊犬という教えは新約聖書の教義ではなく、主人公が信じてきた、敬虔な信徒としての父親の言葉によるものであった。主人公は、この言葉を心の拠り所とし、イスラム過激派との闘いを聖戦ととらえ、敵を射殺してゆく。教えという導きによって、殺害を正当化し制裁を加えるという行為は、時に、自国民を選ばれしものとみなし、闘いを聖戦ととらえる、一元的なものの見方を含んでいる。

映画『タイタス』において、家父長制社会における力の弱い女性に対して、信仰に身を捧げる者としての象徴、さらには、宗教的な儀式で捧げられる供物としての象徴性の付加もまた、一元的な価値観を孕《はら》んでいるであろう。テイモアの映像作品は、聖書の教えに頼り、ラヴィニア像を通して、ひとつの〈正当性〉を構築しようとする。そのように、家父長制社会の権威に根差す問題としての〈オナー・キリング〉を宗教的贖罪としてとらえ直した演出には、一米国人としての視点も関係しているであろう。ラヴィニアという人類の罪を贖う犠牲は普遍的である。〈救済を行うもの〉は、父性ゆえに、娘を殺したタイタスの存在に重なる。国際社会において米国が、イスラム圏テロ組織との闘いを余儀なくされ、その脅威にさらされるなか、テイモアが、タイタスの殺害の行為に父性的な愛情を見出して演出するのには、ひとえに人間の魂を救済する存在でありたいと願い続けるが、なお複雑な事情を抱える米国人としての憧憬の気持ちも働いているのではないだろうか。

ジャック＝ルイ・ダヴィッド (Jacques-Louis David)（一七四八―一八二五）の名画『マラーの死』（一七九三）〈*La Mort de Marat or Marat Assassiné*〉のなかに、フランス革命の推進・指導者、ジャン＝ポール・マラー(Jean-Paul Marat)（一七四三―九三）が、皮膚病の療養のために一日中入浴しながら、傍らに羽ペンを置き文筆活動に従事していたのが描かれている。[49] この男性の構図は、映画のシーンでは、バスタブのなかで、自らの左腕の傷口から流れ出た血によって紙に文字を書き認めるタイタスに投影されている。[50] 絵画のなかに描かれる血のついたナイフは、血で署名された嘆願書を持って面会を求めた若い女性、シャルロット・コルデー(Charlotte Corday)（一七六八―九三）が、マラーを暗殺した時に使われたものである。だが、映画では、ナイフは、改革の指導者タイタスが自身の肉体を傷つけるもの、羽ペンは〈復讐の犯人像〉を血で認めるためのものに変わる。罪を贖うためにあえて自らの肉体を傷つけ血を流し、血の聖餐の儀式を行っているかにみえる。映画に埋め込まれた、そうした絵画の構図は、ひとつの象徴である。復讐心に駆られ、民衆を決起させる、改革の首謀者としてのタイタスこそが心の底では贖罪的行為を希求しており、彼もまた受難者であることを伝えている。

結　語

作品は、エリザベス朝演劇から現代演劇へ、さらには映画へと形を変えてゆく。そうしたなかで、テイモアの『タイタス』の作品世界において強く意識されているのは、家父長制社会における究極的な美徳の形だけではなかった。テロや戦闘を通して、暴力と殺戮の歴史が繰り返され、人びとが救いを模索する時代のなかで、人びとの犯した罪を贖うことを願う人間の姿であった。映像は、ラヴィニアを通して、フラッシュバックの手法を使い、穢《けが》された女性の心的外傷を再現するのみにとどまらない。付加された宗教的な象徴性は、「罪を贖う行為」にみられる人間の本質に観客を立ち返らせるものであった。〈オナー・キリング〉を通して、テイモアが、フェミニズム的な作品解釈にただ従うのではなく、タイタスの父性的な愛情を強調して描いたのも、人類の罪を贖うことを願う男性、そして、贖いの代価となる女性を対照的に描くところにある。ラヴィニアは次第に、人類の罪を代わりに背負うようになる。そうした傍らで、自らの手を切り落とし、徐々に弱さをさらけ出しどこか人間らしくなってゆくタイタスの姿は、古き強姦罪の法規の変容に伴い、子どもに対する絶対的な保護監督権を誇示するだけでは力を行使できなくなりつつある、シェイクスピアの時代の男性に重なる。映画『タイタス』は、血塗られた歴史を通して、強い将軍として崇められた人間がまた、弱さを秘めており、救いを求める人間であるということを語りかけているのである。テイモアのアダプテーションに加えられた宗教的な象徴性は、シェイクスピアの『タイタス・アンドロニカス』の作品世界のなかで、救いを求める人間の存在がどこにあるのかをより明らかにしているのである。

注

1　一二七五年の the First Statute of Westminster と一二八五年の the Second Statute of Westminster によ

る。“Rape”, Frederic William Maitland and Frederic Pollack, *The History of English Law* 2 (1895), (Cambridge: Cambridge UP, 1978), pp. 490-92. 実際は、絞首刑による死刑、去勢や失明など、身体損傷による処罰は軽減され、代わりに、財産が没収されたことが下記に記されている。B. J. Sokol and Mary Sokol, “The Law of Rape, Abduction, and Elopement”, *Shakespeare's Legal Language* (Cambridge: Cambridge UP, (2003), pp. 105-110.

2 “Rape”, pp. 490-92.

3 Emily Detmer-Goebel, “The Need for Lavinia's Voice: *Titus Andronicus and the Telling of Rape*”, *Shakespeare Studies* 29 (2001), pp.75-92; *Shakespearean Criticism* 85, ed. by Michelle Lee (2005) pp. 221-31. 一三世紀から一六世紀にかけての強姦罪の法規上の変容について触れ、劇中、男性たちが女性本人の強姦の証言に依存するのは、強姦罪起訴における女性の発言権が増大する、当時の風潮を汲み取ったものであるとする。

4 Alan C. Dessen, “From Edward Ravenscroft to Peter Brook”, *Shakespeare in Performance : Titus Andronicus* (Manchester: Manchester UP, 1989), pp. 5-15.

5 Julie Taymor, dir. *Titus.* Screenplay by Taymor. Perf. Anthony Hopkins and Jessica Lange. Gaga/Humax, 1999. DVD. Twentieth Century Fox Home Entertainment, 2006; Julie Taymor, Screenplay. *Titus: The Illustrated Screenplay, Adapted from the Play by William Shakespeare*. ed. by Linda Sunshine (New York: Newmarket P, 2000).

6 David F. McCandless, “A Tale of Two *Titus*es: Julie Taymor's Vision on Stage and Screen”, *Shakespeare Quarterly* 53.4 (2002), pp. 487-511; 507.

7 テイモアは奨学生 (Watson Fellowship) として、インドネシア、日本への一年あまりの留学を通し、実験的・伝統的な人形舞台芸術の知識を深めた。

8 Detmer-Goebel, pp. 222; 227-28.

9　Ibid., pp. 222; 227-28.

10　ジョナサン・ベイトは、ヘンリー・ピーチャムが描いた上演当時の挿絵から、衣装を通して、劇における異なる時代の混合を見出し、物語が時代を超越している点を主張する。Jonathan Bate, Introduction. Julie Taymor. Screenplay. *Titus: The Illustrated Screenplay, Adapted from the Play by William Shakespeare*, pp. 6-13; Introduction. *Titus Andronicus*, by Shakespeare, ed. by Bate (2003), pp. 38-44. テイモアは、シェイクスピア劇の上演のなかで、ベイトの解釈に刺激を受けている。

　特に、ベイトが、シェイクスピアと観客にとって、ローマは、過去の異教徒の帝国だけでなく、ローマ・カトリック教会をも喚起させると述べている部分は、テイモアだけでなく、近年の上演に大きな影響をもたらしている。例えば、二〇一三年、マイケル・フェンティマン (Michael Fentiman) 演出、ロイヤル・シェイクスピア・カンパニーによる『タイタス・アンドロニカス』の上演 (Titus: Stephen Boxer, 二〇一三年六月一七日―一〇月二六日、Swan Theatre) である。上演パンフレットには、ベイトの解説とともに次のような挿絵が添えられている。羽の生えた聖母が天空へ飛翔しようとしているが、大地には頭蓋骨や死骸が落ちている。聖母の首のあたりには、磔となったキリストを思わせる像の首が重ね合わされている。この聖母は、ラヴィニアの象徴であると思われる。ベイトは、「信仰のために迫害された」という言葉はラヴィニアにあてはまると解説している。Jonathan Bate, “Ancient Myths, Modern Times”, Royal Shakespeare Company. *Titus Andronicus*. ed. by Michelle Morton (Royal Shakespeare Company, 2013).

11　タイタスは、ラヴィニアを殺す直前に「むこうみずなウィルギニウスは、娘を力づくで犯されたために、右手で娘を殺したのは、正当だと思われますか」（五幕三場三四―三八）と皇帝サターナイナスに理解を求める。紀元前、古代ローマのウィルギニウス (Virginius) は、婚約した娘ウィルギニア (Virginia) がさらわれたため、娘を殺したとされる。以下、シェイクスピアの『タイタス・アンドロニカス』からの引用はすべて、*Titus Andronicus*, ed. by Jonathan Bate, The Arden Shakespeare, 3rd edn. (New York and

London: Routledge, 1995; London: Thomson Learning, 2003) による。幕・場・行数はすべてこの版に従った。引用訳は筆者による。

12 ピエール・グリマル著、沓掛良彦・土屋良二訳『ローマの愛』（東京、白水社、一九九四）七三—八九頁 (Grimal, Pierre. *L'amour à Rome*. Paris: Hachette, 1963 邦訳)。前述の捉え方は、イスラム圏の一部の地域に現在もなお残る保守的な考え方である。

13 Gregory Doran and Antony Sher, *Woza Shakespeare! Titus Andronicus in South Africa* (London: Methuen, 1996), pp. 176-77.

14 Brian Cox, "*Titus Andronicus*", *Players of Shakespeare 3: Further Essays in Shakespearean Performance by Players with the Royal Shakespeare Company* (Cambridge: Cambridge UP), pp. 174-88; 186-87.

15 二つ折り版の "a father and a mother?"(*Titus Andronicus* 三幕二場六一）という台詞について、その他に "a father and mother?" とする説 (Craig)、"a father, brother?" とする説 (Ritson, Hudson) がある。テイモアは、"a father and mother? " を採用した。"a father, brother?" とする説では、狂気に陥ったタイタスが、蝿には嘆き悲しむ両親がいることと、自分の妻はとうに死んでいることをふと思い出し、父親の役割のなかに、嘆き悲しむという母親の役割を含めさせたのではないかと解釈されている (Bate)。この箇所の言葉を植字工が、"brother" から "mother" へ変えたとみなす説もある。Bate, Introduction, pp. 1-121; Joseph Ritson, *Remarks, Critical and Illustrative, on the Text and Notes of the Last Edition of Shakespeare* (London: J. Johnson, 1783; New York: AMSP, 1973); Henry N. Hudson, *The Works of Shakespeare: The Text Carefully Restored According to the First Editions: With Introductions, Notes Original and Selected, and a Life of the Poet: in Twelve Volumes* 10 (Boston: Estes and Lauriat, 1887); *Shakespeare: Complete Works*, ed. by W. J. Craig (1892; Oxford: Oxford UP, 1974).

16 Bate, *Titus Andronicus*, pp. 97-98; 117-21; *Titus* (2000), p. 206.

17 他の場面でも、タイタスの父性愛のなかに、命を育む意識が認められる。非道なアーロン (Aaron) は生まれた息子を必死に守ろうとする。タイタスは、号泣して護民官に息子クィンタス(Quintus)とマーシアス(Martius)の命乞いをする（三幕一場一―五八）。さらに、タイタスは、手を失ったラヴィニアの前で、贖罪として自らの手を切り落そうと考える（三幕一場六六―一五〇）。

18 水のある風景の象徴性として、達成、浄化、赦しを見出すのは、次の批評である。Lisa Hopkins, "'A Tiger's Heart Wrapped in a Player's Hide': Julie Taymor's War Dances", *Shakespeare Bulletin: A Journal of Performance Criticism and Scholarship* 2. 3 (2003), pp. 61-69; 66; 71-80.

19 Eileen Blumenthal and Julie Taymor. *Julie Taymor: Playing with Fire* (New York: Harry M. Abrams 1995), p. 33.

20 演出家としてテイモアは、歴史のなかの人間の非道に関して、カイロンやディミートリアスを始め、非道をなす若者たちは、生来の殺人犯や強姦魔ではないとして、無垢な人間をおとしめる第三の人間の存在を見出す。Maria De Luca and Mary Lindroth. Interview with Julie Taymor. "Mayhem, Madness, Method: An Interview with Julie Taymor", *Cineaste* 25 (2000), pp. 28-31.

21 Blumenthal and Taymor, p.36; Ghita, p.8; Hopkins, p.64. Lucian Ghita, "Reality and Metaphor in Jane Howell's and Julie Taymor's Productions of Shakespeare's *Titus Andronicus*", *CLCWeb: Comparative Literature and Culture* 6.1 (2004). CLC on the Web. 10pp. 1 July 2009 <http://docs.lib.purdue.edu/clcweb/vol6/iss1/12>.

22 Lisa S. Starks, "Cinema of Cruelty: Power of Horror in Julie Taymor's *Titus*", *The Reel Shakespeare: Alternative Cinema and Theory*, ed. by Lisa S. Starks and Courtney Lehmann (Mass.: Fairleigh Dickinson UP, 2002), pp. 121-42; 134; John Wrathall, "Bloody Arcades", *Sight and Sound* 10.7 (2000), pp. 24-26; 26.

23 McCandless, p. 507.

24 テイモアは、ラヴィニアの死のシーンについて"he [Titus] intimately, lovingly breaks her [Lavinia's] neck"と解説する。インタビューは、映画DVDに収録されている。

25 *Cineaste*, p.31. 引用訳は筆者による。

26 二〇〇〇年、ヨルダンの下院議会では、男性が名誉の名において女性の親類を殺した場合、寛大な刑を下すという刑法の条項を廃止できなかった、という状況に顕著なように（Human Rights Watch）、オナー・キリングを厳しい刑に処さない法律も存在する。それだけでなく、都市部から離れた集落では、家族の問題ゆえに警察が介入しないまま発覚せずに終わることも多いとされる。Human Rights Watch, "Jordanian Parliament Supports Impunity for Honor Killings", Washington, D.C.: Human Rights Watch New Release. 26 Jan. 2000. 18 Aug. 2009 <http://www.hrw.org/en/news/2000/01/26/jordanian-parliament-supports- impunity-honor-killings>.

27 ジェフリー・ブローは、娘の同意はなかったととらえる。ラヴィニアの殺害は本人が懇願したことではなく、殺されると同時に、タモーラの息子の罪が暴かれ、その人肉が調理され食事として振舞われている事実が明かされると指摘する。Geoffrey Bullough, "*Titus Andronicus*", *Narrative and Dramatic Sources of Shakespeare*, ed. by Bullough (London and Henley: Routledge and Kegan Paul; New York: Columbia UP, 1966), pp. 3-79; 19-20.

28 パスカール・アビッシャーは、八七年のデボラ・ワーナーの演出を観て、ラヴィニアの殺害はもの静かになされているが、タイタスの父権的な権威を取り戻すための試みとして、また、舌の切断で衰えてはゆかない女性の声を沈黙させてしまうものとして上演されたと批評する。Pascale Aebischer, "*Titus Andronicus*: Spectacular Obscenities", *Shakespeare's Violated Bodies: Stage and Screen Performance* (Cambridge: Cambridge UP, 2004), pp. 24-63; 63.

29 兄弟の手で身体に火をつけられたスアド（仮名 Souad）が、自伝のなかで、生まれ育ったシスヨルダン地方（ヨルダン川西岸地区）では両親が子どもを好きな時に殺すことのできる権利があったことを語っている。自伝は、プライバシー保護の理由から仮名で出版されており、事実に基づくものなのかは定かではない。スアド著、松本百合子訳『生きながら火に焼かれて』（東京、ソニー・マガジンズ、二〇〇四）

(Souad. *Brûlée Vive*. Oh! Éditions, 2003 の邦訳)。

30 国際連合人権高等弁務官事務所からの二〇〇二年の報告によれば、〈オナー・キリング〉があった国として、地中海からペルシャ湾沿岸にかけての国々、エジプト、ヨルダン・ハシェミット、レバノン、モロッコ、パキスタン・イスラム共和国、シリア・アラブ共和国、トルコ、イエメンなどがあがっている。さらに、被害者が移住した先での例として、フランス、ドイツ、イギリスなどがある(OHCHR Report)。これらの事例は、特定の宗教によるものではなく、結婚が家と家の契約に基づく社会において、規律が破られた折、例えば、婚約を断った場合、性的被害、姦通、離婚請求時などに、親族が当事者の女性を殺すことがある。"Working towards the Elimination of Crimes against Woman Commited in the Name of Honour", Office of the United Nations High Commissioner for Human Rights. 2 July 2002. 30 Aug. 2009 <http://www.unhchr.ch/huridocda/ huridoca.nsf/AllSymbols/985168F508EE799FC1256C52002AE5A9/$File/ N0246790.pdf>.

31 *Cineaste*, p. 30.

32 オウィディウス著、中村善也訳『変身物語(上)』(東京、岩波書店)、二四一―五四頁。

33 モンローのイコンについては、下記を参照されたい。Blumenthal, p. 30.

34 テイモアは、虎のイメージを、劇中の「一体、いつ若き虎が母親に教えたことでしょう?」"When did the tiger's young ones teach the dam?"(二幕二場一四二)、「愚かなルーシアスよ、ローマは獰猛な虎の棲む荒野でしかないとなぜ気が付かないのだ。虎は獲物を食さなければならない。とすると、ローマが差し出す餌食は、我ら家族しかない。」("Why, foolish Lucius, dost thou not perceive That Rome is but a wilderness of tigers? Tigers must prey, and Rome affords no prey But me and mine.")(三幕一場五三―五六)の台詞から得ている。一方、雌鹿のイメージは、アーロンの台詞「お前は、あのうまそうな雌鹿に狙いをつけ、あっちに追い込んで急所をつけ。きかなければ、力づくで、押さえるのさ。」("Single you thither then this dainty doe, And strike her home by force, if not by words")(二幕一場六一七―一八)などから得ている。

35 砂地に文字を書く場面は、劇では四幕一場にあたる。テイモアは、ラヴィニアが杖で砂に書く、映画でのシーンに納得している。それは、女性が、強姦の裁判において証言する時、強姦を再体験しているからだと述べる。*Cineaste*, p.30. テイモアは、強姦された女性のトラウマを意識的に描いている。

36 劇中、タイタスは、自らとその家族が虎の餌食になることに怒りを募らせる（三幕一場五三—五六）。

37 視覚的快楽 (visual pleasure) に関しては、マルヴィの批評を参照。Laura Mulvey, *Visual and Other Pleasures* (Bloomington and Indianapolis: India UP, 1989); "Visual Pleasure and Narrative Cinema", *Feminism and Film Theory*, ed. by Constance Penley (New York: Routledge, 1988), pp. 57-68.

38 バートは、杖を口に加えて砂に文字を書くラヴィニアについて、男根崇拝であると述べている。Richard Burt, "Shakespeare and the Holocaust: Julie Taymor's *Titus* is beautiful, or Shakesploi Meets (the) Camp," *Colby Quarterly* 37, 1 (2001): pp. 78-106; 87.

39 マルヴィの観られることの快楽においては、男性観客が観る主体であるのに対して、テイモアの作品では、女性の観客の視線をも意識している。モンローのイコンが、観客にもたらされる扇情的な要素を緩和していると考えられる。

40 バートは、テイモアが純潔を強調して、ラヴィニアをバレリーナのように切株の上に乗せたとみなす。Burt, pp. 97-98.

41 McCandless, p. 507.

42 テイモアは、映画のなかで、タイタスの息子の顔をした犠牲の羊を供物として描いている。それは、アブラハムが、神の掟のために息子を殺す覚悟をしたのに着想を得ているとテイモアは語る。*Cineaste*, p. 30.

43 テイモアの舞台公演では、カイロンとディミートリアスは黒い靴と白い下着姿で逆さ吊りにされ、赤い革ベルトで壁面に固定されていた。二〇一三年、マイケル・フェンティマン演出、ロイヤル・シェイクスピア・カンパニーによる『タイタス・アンドロニカス』の上演においても、タイタスが料理をする際、下着姿のカイロンとディミートリアスは、タイタスに腕を縛られ、舞台中央でワイヤーによって逆さまに宙吊りにされる演出であった。

44 ユダヤ教においては、血を飲むことは、禁じられているため、ローマ・カトリックの教義と異なる（「レビ記」一七章）。木幡藤子・山我哲雄訳『出エジプト記　レビ記』（東京、岩波書店、二〇〇〇）。

45 フランシスコ会聖書研究所訳・註『聖書　ヨハネによる福音書［改訂新版］』（東京、中央出版社、一九九四）、六章五二―五九節。

46 アザゼルは地名であり、忘却を意味するとされる。また、その背景には、すべての諸悪をアザゼルの山羊に負わせて、諸悪の根源である悪鬼に返すべきであるという原始的な民俗信仰があるとされている。下記を参照。藤原藤男『贖罪論』（東京、キリスト新聞社、一九五九）、五七―五九頁。

47 「レビ記」、一六章六―二二節。

48 Clint Eastwood, dir. *American Sniper.* Screenplay by Jason Hall. Perf. Bradley Cooper and Sienna Miller. Warner Bros. Pictures, 2014.

49 マラーの暗殺に関しては、ドイツの戯曲『サド侯爵の演出のもとにシャラントン保護施設の演劇グループによって上演されたジャン＝ポール・マラーの迫害と暗殺』（初演一九六四）を参照。ペーター・ヴァイス作、内垣啓一・岩淵達治共訳『マラーの迫害と暗殺』（東京、白水社、一九七〇）。ピーター・ブルックは、ヴァイスの戯曲をロイヤル・シェイクスピア・カンパニーのもとで上演し（一九六四）、一九六七年、『マラー／サド』〈*Marat / Sade*〉にて映画化した。参照した絵画は、ジャック＝ルイ・ダヴィッド作“La Mort de Marat or Marat Assassiné”（一七九三、Musées Royaux des Beaux-Arts de Belgique 所蔵）。

50 タイタスらによって宮廷に矢が放たれるが、バートは、宮廷に落ちた手紙の象徴性を論じ、テイモアの映画では、タイタスが、急進的なジャーナリストに準えられていると解釈する。Burt, p. 91.

怒れる君主
――『ロミオとジュリエット』におけるエスカラス大公の判断

デイビッド・ハーリー

・・・無秩序をごくわずかの戒めの実例によって鎮める人は、寛容さがあまりに過ぎて事態がそのまま進むのを看過する者よりも、結局はもっと慈悲深い。　（ニッコロ・マキアヴェリ『君主論』一七章）

シェイクスピアの悲劇『ロミオとジュリエット』における、エスカラス大公のいかなる性格解釈も、彼がこの劇を通して正義を執行しようとする際に行使する自制と、彼が警告する処罰との間の、対照的な差を考慮に入れるべきであろう。

マキアヴェリ的観点から見ると、われわれは、エスカラス大公は、マキアヴェリの時代のフィレンツェ人たちの方法にならう統治者ではないのではないか、と疑ってよい。というのも彼は、キャピュレット家とモンタギュー家の永年にわたる確執の傲慢を、粉砕することに失敗したからである。[1]フィレンツェ人たちは、無慈悲であるとの非難を避けるために、あえてピストイア県が、ずたずたに引き裂かれるのを容認したのである。
（『君主論』、一七章）

大公自身、劇の最期の場で、彼が行使した寛大さによって、彼はマーキューシオとパリスの死という結果に巻き込まれてしまったことを認めている。

そして私もあなた方の不和に目をつぶったために、
二人の親族を失ってしまった。
（『ロミオとジュリエット』、五幕三場二九四―九五）

この劇をマキアヴェリ的観点で読むと、大公が一幕一場で、「ローマ人たちが行ったように、・・・騒擾事件の指導者たちを殺すこと」（『政略論』、三―二七）をしなかった失敗と、三幕一場で、ロミオを処刑するのではなく追放することにした決断が、焦点になるように私には思われる。大公の判断には、気まぐれな意志の証拠と、「徳としての力」(virtu)の欠如を見出すことができよう。この徳としての力とは、行動における果断な男性的資質であり、まさにそれによって、君主は自らの裁量による臣民統治権を確立し、かつ（必要なら）、それを決然たる迅速さ（『政略論』、第一巻第四九章、第二巻第一五章、第三巻第六章）と、正確に的を絞った無慈悲さ（『君主論』、一七章）で行うことも可能となるのである。(2)

こうしたマキアヴェリ的アプローチは、賢慮の解釈に根拠を置いている。それは「成果こそがすべてである、という結果の倫理学」（ユージン・ガーバー、『マキアヴェリと賢慮の歴史』、一二頁）である。対照的に、アリストテレス的読み方は、賢慮そのものの性質の考察に始まると私は思う。それは「諸原理がただ一つの意味しか持たない行動を明快に指し示す、諸原理の倫理」（ガーバー、十二頁）に根拠を置く。

ガーバーは、「賢慮とはどういう性質のものかを考察していると、一つの問題が浮上してくる。それは、性格の志操堅固が、賢慮が時々要求すると思われる環境への順応性と、どう一致しているかを見る必要がある、という問題である」、と指摘している（ガーバー、七頁）。賢慮のこの変幻自在な傾向は、マキアヴェリ的「徳としての力」を追求する君主には、大きく関係してくるものではない。しかしアリストテレス的徳に基づいて統治を確立しようとする者にとっては、非常に厄介である。というのは賢慮自体がまた一つの徳でもあり、徳にかなった日常の営みが性向の志操堅固をはぐくみ、それが賢慮と卑しい狡知とを区別しようとするからである（ハーベイ・マンスフィールド、『マキアヴェリの「徳としての力」』、三九頁）。したがって、エスカラス大公の方針をアリストテレス的に読み解くことは、大公が一貫した目的を持って行動したのかどうか、そして、もしそうだったとすると、その一貫した目的は、思慮深いものであり、かつ徳にかなっていたかどうかを考察することになるだろう。

君主の行動はマキアヴェリ主義からの批判を受けやすい。というのは彼の支配の方法は、まさしく、革新的なマキアヴェリ的「徳としての力」よりも、むしろアリストテレス的徳によって、ある程度性格づけられるためである。君主は一つの事例のいずれの側面も、その特殊事情に沿って、慎重に評価し熟慮の上裁定を下す。(したがってマキアヴェリが勧める「迅速で断固とした」処罰といったようなものは排除される。) この熟慮に求められる賢慮は、アリストテレスによって魂の中で推論の部分に位置づけられており、その場所で「意見を作り上げるあの部分」によって司られている。「というのは意見とは変化するものと関係しており、したがって実用的な知恵だからである」(『ニコマコス倫理学』、第六巻第五章)。賢慮はすべての徳と同じように、二つの随伴する悪徳によって側面から攻撃を受ける。一つは過剰、もう一つは不足である。

君主たちが関与するところでは、賢慮の仕事は、彼らが都市国家を確立維持して、それがよい生活、すなわち徳によって特徴づけられ「高潔な行動」(『政治学』、第三巻第九章) で構成される生活を達成するという、その当然の目的を追求できるように、彼らを導くことである。したがって、君主エスカラス大公の戦略は、性格の志操堅固と、ある程度の情け深さと自制とで、ヴェローナ内での新しい反目の突発をうまく管理することだったのである。その目的は、一方での行き過ぎた慈悲と、他方での行き過ぎた厳しさとの間で、それぞれの事例をそれ特有の状況によって判断して、刑法典の厳格な適用よりもむしろ衡平裁定 (equity= 公平不偏の原則の適用) を考量することにより、正義の道筋をうまくつけることにある。

賢慮による考察とレトリックとが一点に集まるのは、まさにこの点においてである。というのは大公がやると言ったことを必ずしもやらないという事実は、気まぐれな意志によるというよりも、むしろ周到に考えた上でのレトリックによる戦略の証拠だからである。大公はレトリックによる偽装の方法を取っており、それによって実際に行う寛容と自制の方針を隠していると言ってよい。大公の使ったレトリック戦術は、一般市民と名門家族という二つの相反する利害関係集団に対して、自らの裁定戦略を正当化しなければならない統治者の立場を反映している。一般市民たちがキャピュレット家とモンタギュー家に声高に抗議する時、彼らはこの名門二家族はもっと厳しく処罰されるべきだと抗議しているのである。大公の糾弾と威嚇のレトリックは、反目する両家は厳しく処罰されるべきだとする市民たちの熱望を述べるとともに、厳しい処罰を行うと威嚇することで、反目する両家の行き過ぎを抑制することを意図している。同時にこれは彼の身内への寛大な措置を市民たちの目から隠蔽している。彼らは慈悲の行為よりも迅速な処刑によって一層感銘を受けるかもしれないのである（マンスフィールド、三〇八頁）。

ロミオを処刑するのではなく追放するという決定は、賢慮による自制という首尾一貫した方針の一部として解釈しなおせるという考え方もあろう。この場合大公は、「正義の番人」としての彼の役割を遂行しつつ、過剰な慈悲と過剰な厳しさの中間の、徳高い「黄金の中庸」を探し求め、法律の字義の無差別な適用よりも、衡平裁定の優先を考量するのである。この読み方に従うと、大公は一方で気まぐれな意志、他方で用心深い無節操という非難を受けないですむことになる。

それにもかかわらず、大公は衡平裁定を誤って適用した、という非難を免れることはできないのである。というのは、衡平裁定はすべての事例に適用されるわけではないからである。

衡平裁定は、許すことのできる行動に適用されなければならない。そしてそれによってわれわれは、一方で犯罪行為、他方で判断の誤りを区別するのである。（『修辞学』、ガスリーによる引用、三七五頁）

もし復讐殺人は許されざる行動であると認めるならば、ロミオによるティボルト殺しは、「矯正的」裁きの範疇に入ることになるだろう。「矯正的」裁きは、暴力的性質を持った「不本意な対人関係」（ガスリー、三七三頁）を扱い、関係当事者の相対的なメリットとは関係なく、損害や傷害と同等の補償を行うことを求める」（ガスリー、三七四頁）(3)。

衡平裁定がロミオの行動に適用されるべきであることを示すためには、復讐殺人は幾つかの事例では許されるのであり、ロミオの場合はそうした事例であることが証明される必要がある。次に、ティボルトの死は「不運」（つまり倫理的な悪意によるものではなく、予測できなかった結果となった行為）によるか、または「判断ミス」（同じく倫理的悪意によるのではなく、予測できていたかもしれない結果となった行為）によるのであり、したがってロミオの側の犯罪行為ではないことが示されなければならない。犯罪行為とは、予測できていたかもしれず、また「倫理的悪意による行為である。なぜならそれは、われわれの欲望に鼓舞されたすべての行動の源だからである」（ガスリー、三七六頁）。かくして、もし復讐殺人がロミオの事例では許されると認められるならば、その行動、ロミオの性格、ロミオの意図の、性質に関する長い審議が必要になるだろう。それは、その背後にある意図が犯罪的であったか否か、それゆえこの事例が衡平裁定で解決されうるか否かを確定するためである。

衡平裁定は、人間の性質の弱さについて、慈悲深くあれと命じている。被告人の取った行動よりもむしろその意図を、またあれこれの細部よりもむしろ話の全体を、考慮するのである。ある人物が今どうであるかではなく、これまで日頃どうであったかを問うのである。

（『修辞学』、引用はガスリー、三七六頁）

一方では「結果の倫理学」を考量する点でマキアヴェリに示唆を求め、他方では「原理的倫理」におけるアリストテレスの案内に依拠しつつ、この二つの概念上の枠組みを念頭におきながら、私は次に劇中のエスカラス大公の役割を考察してみたい。

一　処罰の延期

大公は最初一幕一場で、キャピュレット、モンタギュー両家の数人の使用人たちが、路上でけんか騒ぎを起こしたことで、舞台に登場している。この騒ぎは、何世代にもわたる確執と交互の復讐という憎悪にみちた雰囲気を最初から決定づけており、その鬱陶しさは悲劇の結末に至るまで、劇中の出来事を支配し続けている。

キャピュレット家の二人の使用人がモンタギュー家の二人を挑発して喧嘩が始まる。それをモンタギュー家のベンヴォーリオが剣を抜いて止めにはいる。ところが反対にベンヴォーリオはティボルトに阻まれる。この騒ぎに数人の市民が棍棒や矛槍を手にして仲裁にはいる。彼らの武器と年齢は、ライバル同士で決闘している両家の剣士達のそれらとは違っている。だから舞台上で起っていることは、事実上、キャピュレット家、モンタギュー家、及び法の執行を求める市民たちの、三つ巴の争いである。キャピュレットとモンタギューがそれぞれ妻を伴って舞台に登場する。妻たちは夫が乱闘に加わろうとするのを阻止する。最後にエスカラス大公が「従者達を伴って」出てきて、路上の治安を回復する。

この最初の場で確立し、以後全幕を通して反復される事実がある。それは大公が市民たちの支持を得ていて、彼らは治安の守り手という伝統的役割を果たしているということである。こうした大公とヴェローナ市民の提携は、若い剣士達と彼らを支える名門両家の者達が、路上を誰にも邪魔されずに支配できるわけではないことを意味している。彼らは監視されずにやすやすと通りを歩けるわけではないし、またたとえ大公が彼らに裁定を言い渡して抑制を行使したとしても、彼らは刑を免れてヴェローナの法律をないがしろにできる、というわけでもないのである。

それにもかかわらず、大公の最初の数行のせりふは、争いをやめようとしない「ふとどきな臣民達」に、彼が「拷問」で脅すまで、無視されていることは、注目に値する。

不埒なやつらめ、治安を乱すとは何ごとだ、
隣人の血で刃を汚すふとどきな臣民達め、
聞こえないのか？ こらっ、貴様達だ、
けだものめ、悪意に満ちた怒りの炎を
噴き出す己の鮮血のしぶきで消すつもりか！
拷問が怖いなら、その血なまぐさい手から

よこしまな凶器を投げ棄てて、
怒れる君主の裁定を聴くがいい。
（一幕一場八一―八八）

大公の「裁定」は実際の処罰ではなく、咎められるべき状態の判断と、今後の治安破壊に対する禁止命令である。

仮にもお前たちがまたもわが路上を騒がすならば
その命でもって治安を乱した罰を償ってもらうぞ。
（一幕一場九六―九七）

大公はそれから群衆に解散を命じ、従わない者があれば、「死刑」に処するとの脅しで命令をくり返している。

この度に限り他の者達は立ち去るがよい。
・・・
くり返すが死刑が嫌なら皆立ち去れ。
（一幕一場九八―一〇三）

殺された者は一人もなく、剣を抜き乱闘に加わった者達は誰一人罰せられない。大公はモンタギューとキャピュレットをその場に見かけると、先ほどの治安破壊は彼らに責任があると咎める。

三度のつまらぬ口論、けんか騒ぎで、
老キャピュレットとモンタギューよ、
汝らは三度もわが街の平穏を乱した。

（一幕一場八九—九一）

大公は、「同様の刑罰で」、キャピュレットとモンタギューに「治安を維持する」（一幕二場一—三）よう縛りをかけるが、これはマキアヴェリが「よりダメージが大きく、より不確かで、また迅速な処刑よりも役立たない（“piu dannoso, meno certo e piu inutile”）」（『政略論』、第三章二七、バーテッリ、四六〇頁）とみなす方法である。だが大公の判断は、マキアヴェリにとってもメリットがないわけではない。というのは、君主は「あまりに安易に事を運んではならない」（『君主論』、一七章）からであり、また反目する両家の当主たちは、治安維持については彼に協力する用意があるようにみえるからである。少なくともキャピュレットは、大公の意志にそって治安維持に努めるし（一幕二場一—三、一幕五場六五—八八）、また劇中にはモンタギューが大公の禁止命令に背いて行動するのを示唆するものは何もない。ヴェローナの路上で起る暴力は両家の当主達に直接扇動されたものではない。それは若い世代によるものであり、そのことは三幕三場の出来事で例証されている。とはいえ、もしもエスカラス大公がマキアヴェリの理想とする人物、チェザレ・ボルジャの鋳型で作られていたならば、キャピュレットがこの場を次のように楽観的に査定できたかどうか疑わしい。

こんな年寄りの私どもには治安を守ることなど
さして難しくないのです。

（一幕二場二—三）

ここでの言外の意味は、名家の年配者たちにとって治安を守ることが「さして難しくない」のは、処罰される怖さや大公の命令に対する敬意のためというよりも、むしろ彼ら自身の老いて弱った身の、若々しい活力の枯渇のためということであろう。

こうした主張の正しさは、マーキューシオと、最も顕著には、キャピュレットの甥ティボルトという、若い世代の攻撃性によって立証されるように思われる。ティボルトは叔父の家で「じっとして」おくよう強制されると、叔父の「癇癪」が彼に押し付ける「我慢」への肉体的反応をあらわにする。

むりやり我慢しているのに癇癪をぶつけるとは
たいしたご挨拶だ、体がぶるぶる震えるぞ。
（一幕五場八九―九〇）

ティボルトは侮辱を感知してはいたが、キャピュレットが自宅で癇癪によって権威を行使したために、復讐の欲望をいったん封印した。しかしそれは三幕一場で、再びヴェローナの路上で爆発する。キャピュレット、モンタギュー、大公達がいないところで、ティボルトの抑制のきかない「無礼な意図」は、マーキューシオの性急な挑発を受け、復讐に燃えるロミオの怒りと対決する。

二　思慮を欠いた温情

ロミオは死んだマーキューシオのための復讐でティボルトを殺すと、ベンヴォーリオのとっさの思いつきにせき立てられて、その場から逃げてしまう（三幕一場一三二—三六）。大公は登場すると、ベンヴォーリオにこの「血ぬられた乱闘」は誰が始めたのか証言するよう求める。ベンヴォーリオは、マーキューシオがティボルトを挑発した経緯を省いて話す。彼はロミオが決闘者たちをなだめようとしたこと、ロミオがティボルトを殺したのは「心にわいたばかりの」（三幕一場一七一）復讐であり、ベンヴォーリオ自身も防げない「稲妻のような」（三幕一場一七二）争いだったことを強調している。これは巧妙な交渉のための説明であり、キャピュレット夫人の誇張をくっきりと浮き上がらせるので、彼女のベンヴォーリオ証言への力を込めた反論も、ロミオを死刑に処すべしとの強い嘆願も、ともに中和されてしまう。

この人はモンタギュー家の縁者です。
身びいきから嘘を申しているのです。
二〇人ほどもこのひどい喧嘩に加わって
その二〇人が寄ってたかって一人を殺したのです。
どうかお願いです、大公様、正義のお裁きを。
ロミオはティボルトを殺した。ロミオには死刑を。
（三幕一場一七六—八一）

キャピュレット夫人の嘆願は、誇張され偏ってはいるが、犯罪者の裁きの観点からは、ロミオの死罪を要求している点で、間違いなく正しい。大公は、自らが一幕一場で述べた言葉に従うならば、死罪に「処さなければならない」のである。

仮にもお前たちがまたもわが街を騒がすならば
その命で治安を乱した罪を償ってもらうぞ。
（一幕一場九六―九七）

ヴェローナの路上ではいかなる治安擾乱も死罪である。ティボルト、ロミオはともに治安を乱したので、ともに死罪である。ロミオは治安を乱しティボルトを殺害したが、まだ生きている。しかし「ロミオは死刑」というキャピュレット夫人の結論は、法律の字義上は正しいとしても、彼女の鈍感な拙劣さでは、大公をロミオの死罪申し渡しへと動かすことはできない。彼女はまたティボルトが、大公の親族のマーキューシオを殺害したことには、触れていない。これに大公は修辞疑問の形で反応している。

ロミオは彼を殺した。彼はマーキューシオを殺した。
では誰が彼の貴い血を償うのだ？
（三幕一場一八二―八三）

エスカラス大公は、法律上の必要性の問題を、血の負債交換の問題へと反転させている。モンタギューがこの機をとらえてロミオのために仲に割って入る。

ロミオではありません。彼はマーキューシオの友人でした。
彼の罪は法が当然処刑すべきティボルトの命を
奪ったにすぎません。

（三幕一場一八四―八六）

これはキャピュレットが、言うことを聞かない娘ジュリエットから聞くいかなる話よりも、もっと明白な屁理屈の事例である。なるほど確かに法は、ティボルトにはマーキューシオ殺害の代価として死刑を要求する。だが法の執行は、仮にこの事例に決着をつけるのであれば、国家の法的権威の支持の下になされなければならない。ロミオの私的「過失」によるティボルト殺害は、「法が絶つべきティボルトの命を奪っただけのこと」ではなく、一つのケースを閉じてもう一つを開くことでしかない。復讐は国家に特有の危険を生みだす。何故ならそれは、他の犯罪と違って、単に法を踏みにじるばかりでなく、それを私的な制裁で置き換えて、法の不在を作り出す恐れをもたらすからである。フランシス・ベーコンは次のように述べている。

復讐は一種の野蛮な正義であって、人間の本性がそこに向かえば向かうほど、法は一層それを除去すべきである。というのは最初の悪事は法を単に破るだけであるが、その悪事への復讐は、法の不在を作り出すからである。・・・最も許容できる種類の復讐は、それをただす法律がない悪事に対するものであるが、しかしこの場合、その復讐が法で罰せられないよう、よく注意するがよい。さもないと敵はいつも先んじて、一つの損失が二つになる。

（『ベーコン随想集』（*Essays*）、四、復讐について）

モンタギューの主張では、ロミオの復讐行為は「法が断つべきティボルトの命を奪っただけのこと」となるが、この劇で示される君主の正義についての知的枠組みの中では、この議論を支持することは不可能である。というのは、モンタギューは血の復讐の政治学の連続である「一種の野蛮な正義」を擁護しているからである。それは合理的法の範囲を飛び越えて、人間の中に獣性を分かち持たせるものであり、すでに大公が糾弾したことである。

こらっ、貴様達だ、
けだものめ、悪意に満ちた怒りの炎を
噴き出す自分の血しぶきで消すつもりか！
（一幕一場八三―八五）

ロミオが「配慮ある寛大さ」という彼の理にかなった方針を、けだものじみた「燃えるまなこの」理不尽さと取り換えて、ティボルトの血で「(彼の) 破滅的激怒」の炎を消すのは、復讐という「野蛮な正義」への熱烈な欲望があってのことである。ロミオは劇中では、「判断の誤り」と「不運」が結びついてここに至っており、われわれはこのことに同情するよう期待されている。しかしながら、アリストテレスの犯罪性の定義を適用してみれば、ロミオのティボルトとの争いは、もともと犯罪的意志を持った行為であることが明白になるのである。なぜならそれは復讐への欲望と貶められた信望を回復したいという願望から生じているからである。その結末は「予想できていたかもしれない」のであり、またその源流は、「われわれの欲望によって鼓舞されるすべての行動の源流」

であるので、「道徳上の悪行」（ガスリー、三七六頁）の一つの形なのである。ロミオの復讐行為はまた、死者を蘇らせる計算もなく、「許されるものではない」。その上これは、国家の臣民の生命を奪おうとする行為であるばかりでなく、国家の統治権そのものにも逆らう行為である。犯罪の性質からして、この事例に衡平裁定の配慮を適用すべきではないことは明らかである。もし法律の字義が満たされるべきであるとすれば、ロミオは命をもって「治安を乱した罪を償う」（一幕一場九六）必要があるのである。

したがって、モンタギューが法律の字義にではなく、むしろ事件の細部の事柄に訴えるのも驚くにあたらない。モンタギューは、エスカラス大公が法の体現者であるばかりでなく、最終裁定者であり、さらにこの事件に個人的に利害関係を持つ裁定者でもあることを念頭に置きながら、大公にロミオとマーキューシオの間に存在した友情の絆を思い起こさせて、大公の親戚感覚に訴えるのである。彼は大公の修辞疑問に対して、まさにその枠内の用語で、借りがあって支払うべき血の負債について答えている。ロミオが死ぬべきでないのは、彼は、マーキューシオを殺されることで貸した、負債の返済を求めたわけだからである。マーキューシオは、彼の友人であり、大公の親戚である。大公はこの訴えを素直には認めないが、それにもかかわらず、その効果はすぐさま、てき面に表れている。

その罪で
即刻彼をこの地より追放に処する。　（三幕一場八六―八七）

エスカラス大公の次の二行のせりふは、この事件に彼の利害が関係していることを認めているが、しかし彼はそのことを、自分が言い渡した刑罰と関連づけてはいない。

私も汝らの憎しみから出た所業に巻き込まれて、
わが血筋の者が無法な騒ぎのせいで血を流している。
（三幕一場一八八―八九）

次に彼は注意をキャピュレットとモンタギューに向ける。二人は治安を破ると「同じ刑罰に処する」（一幕二場一―二）と申し渡されていたので、治安維持に失敗した今、厳罰を受ける身である。

・・・おまえ達に、私が受けた損失を、みんなで
後悔する、という重い罰金を課することとする。
嘆願や言い訳に耳を貸すつもりはない。
いかなる涙も祈りも侮辱を償うことはできぬ。
よって何をしても無駄だ。
（三幕一場一九〇―九四）

「嘆願や言い訳に耳は貸すつもりはない」という大公の響き渡る言明は、つい先ほどまでの実際の彼の行動とはまさに正反対である。ロミオは追放に処して死刑にはしない、という大公の決定は、モンタギューの嘆願により直ちに下されたが、ここでは法の厳しさを語る言葉の裏に、その厳しさ

の軽減が暗に含まれている。大公は今後いかなる嘆願にも耳を閉じるとしているが、実はその耳はそれまでは大きく開いていたのである。

死罪を約束しておいて、それを追放に軽減した同じエスカラス大公が、新たに死罪に言及して威嚇している。（まるでキャピュレット家に幾分か慰めか希望を与えるかのようだ。）また大公は慈悲に対し厳かに警告するが、彼はたった今慈悲を施したばかりである。

ロミオをこの地から直ちに去らせよ、
見つかればその時がやつの最期だ。
この遺骸を運び出し、私の指示を待て。
人殺しを許しては、殺人に慈悲を与えるに等しい。
（三幕一場一九四—九七）

大公は不動の寛大さで諸事件に対応してきているが、その不動性の点でもえこひいきの点でも、軽率である。彼の寛大さは、「行動規範がただ一義的に行動を命令する、という行動規範の倫理学」（ガーバー、一二一頁）から外れてしまっている。行動は、それが直面する事例の厳しさの度合いに応じて、対応の厳しさを段階的に引き上げるべきなのである。大公はロミオの犯罪に「目をつむり」、ロミオを生かしてしまったために、「慈悲のこの性質から防衛する」（『君主論』、一七章）ことに失敗したことを思い知ることになる。その失敗は実際、パリスがキャピュレット家の納骨所でロミオをふいに見つけるという不測の事態で、人を殺すことにつながっている。

三　マキアヴェリ的決断(4)

大公は、ロミオが復讐でティボルトを殺害したという事態に直面した時、理性的で人間に特有な法という支配の方法に頼ることができる。その方法は、人間の心に潜む二匹の獣、狐とライオンに特有な偽装と残忍さという方法とは、相対立する。大公はまた、マキアヴェリが「合理的正当性ときわめて明白な事由」(iustificazione conveniente e causea manifesta)(『君主論』、一七章、バーテッリ、七〇頁)と呼んだものを主張してもよい。「きわめて明白な事由」はロミオのティボルト殺害であり、「合理的正当性」は十全な法の支配を回復するために、復讐殺人を罰する必要性である。

大公はロミオに対し即座に断固とした処罰を要求するのに、まことに都合のよい立場にある。なぜなら彼に対する死刑の裁定は、法が認めるところであるし、また市民の支持も得られるはずだからである。彼らは一幕一場で、キャピュレット家とモンタギュー家の傲慢に憤慨して、「くたばれ、キャピュレット家！くたばれ、モンタギュー家！」と叫んでいたのである。

これに対し、ロミオはその場から逃走してしまっているため、彼の不在が大公の追放処分に関係したのではないか、との反論があるかもしれない。ロミオは逃亡して既に追放同然の身になっている。とすれば、大公の取った措置は死刑の裁定にはない効き目の速さがある。またこれだと仮にロミオがヴェローナ内で拘束されても、大公の選択肢はオープンになっている。この措置はまた、ロミオに死刑を言い渡しておきながら、彼の拘束に失敗した場合の不面目を避けることができる。

しかしながらこうした方策は、額面通り受け取るなら、マキアヴェリが君主に要求する「運命の女神を打ち倒す」（マンスフィールド、四一頁）勇気ある積極果敢(animo)という資質を欠いている。こうした資質を備えた君主なら、ロミオはまだ遠くに逃げているはずはないと見抜き[5]、彼の裁量で可能なあらゆる手段を敏速に駆使して、彼を逮捕拘引しようと努めるだろう。彼は都市門に警備隊員を配備し、ロミオを探し出すために「町の捜索隊」（五幕二場八）を家々に送り込むだろう。彼はベンヴォーリオとモンタギューの身柄を拘束するし、彼らはロミオが発見されるか出頭してくるまで、拘留されるはずである。

したがって大公は、君主の特権を行使できる顕著な裁量範囲を持っているにもかかわらず、「温情が過ぎて賢明な判断を緩めて」しまい、そうすることで「慈悲の特質の乱用を防ぐ」（『君主論』、一七章）のを怠っている。彼は迅速な行動を取れる機会と権利を持っていたのに、それを拒んでしまい、軽率に暴力の連鎖を引き延ばした。そして、ロミオがパリスを殺害することで、彼は自らの領地での惨事の拡大を招き、気まぐれと優柔不断という評判で、自分の名誉を汚すのである。

> この気まぐれと優柔不断という短所については、彼は・・・もっとも注意深く防御しなければならず、そのように振る舞い努力することで、勇気、英知、強さが、彼の全行動に顕現するだろう。
>
> （『君主論』、一九章）

ロミオをもって「ただ一つの戒めの例」を示すことに失敗したために、大公は自ら運命の女神の急迫に身を晒すことになったのである。

運命の女神は、組織だって彼女に抵抗する力のないところでその威力を見せつけ、また彼女を封じ込める防壁も築堤もないと知っているところで襲撃を指図する。
（『君主論』、二五章）

結　語

エスカラス大公はこの劇の大詰めで、自分の取った自制的方針が、ヴェローナの町が直面していた危機のゆゆしさに、十分対応しきれていなかったことを悟っている。その上彼は、情に動かされて、法の厳格性を緩和してしまい、また身内の扱いを考慮に入れて、自制的方針を取ることを、自らに許してしまった。彼はアリストテレスの正義の理論が、ここで検討したような「容認できない」事例において許可するはずの刑法の厳格な適用を、しっかりと求めることをしなかったのである。

彼が法については意志が気まぐれであったとすれば、彼はまたその寛容な方針については終始一貫していた。モンタギューの請願が効果的であったことは、私には明白であると思われるのである。何故ならそれはまさしく、大公が共感する事例を強く求めており、また彼の姻戚への親近感及び自制的な方針と同時に起こっているからである。大公の判断はしたがって、衡平裁定への配慮に基づいていたとは言えないし（そうした配慮こそ理にかなっていたのだが）、法律の字義に根拠を置いていたとも言えない。彼の判断は、「賢く時間をかけて」（二幕三場九〇）なされたのではなく、あまりに性急だったのであり、マキアヴェリが勧めた迅速明断な断固たる決断でもなければ、アリストテレスが求めた時間をかけた熟慮でもなかった。それは「怒れる君主」（一幕一場八八）の判断なのであり、彼はモンタギューに、彼生来の性向の方向に巧みに突き動かされているのである。エスカラス大公は、「徳としての力」を生々しく行使して、自らの前途の制御力を、運命の女神からもぎ取る覇気を備えた君主でもなければ、慧眼に恵まれて、アリストテレス的な徳によって、正義を適切かつ公平に執行する人物でもないのである。

注

1　『政略論』、第一巻第二章において、マキアヴェリは“la Nobilita romana insolente”という表現を使っている（バーテッリ、一三四頁）。またマンスフィールドは『政略論』第三巻第一章三〇の、「処刑は彼らの傲慢を抑え、妬みを消散させるために少数の者に執行されるべきである」に言及している。

2　必要性とマキアヴェリの徳としての力との関係の議論については、Mansfield, *Machiavelli's Virtue*, pp. 14-16を参照。処刑を「突然」執行すべき必要性に関しては、Mansfield, pp. 308-310を参照。残虐さは無差別であってはならず、君主の臣民の結束と忠節を維持するために（per tenere e' suddìti sua uniti et in fede）（バーテッリ、六九頁）行使されるべきである。さらにそれは、ごく少数の者達に対して、戒めの実例（pochissimi esempli）（同六九頁）となるよう、なされるべきである。

3　「『不本意な』は、両者の内の一方が、部分的に受け身で望まないまま行動した、という意味である」（ガスリー、三七四頁）。ティボルトは進んで争ったが、死ぬことは望まなかった。

4　次の Mansfield, pp. 309-310 を参照。
マキアヴェリの行政官とアリストテレスの政体とで最も大きく異なる点は、その突然性である。アリストテレスにとっては政体の中枢部は審議体であった。そして「審議する」(deliberative) ことは、「遅い」(slow) ことと同じではないが、「遅い」という意味での deliberate（ゆったりとした、遅い）は、「熟慮する」という意味での deliberate の出発点である。・・・しかしマキアヴェリは「熟慮」(deliberation) を「決断」(decision) に格上げする。彼の時代には、deliberazione には「熟慮」と「決断」の両方の意味があったので、よい熟慮はよい決断の中でなされるものとなる。そしてよい決断は「決然と」(decisive) している（『政略論』、第二巻第一五章）。「決然としている」ことは、その事実によって知られ説明される資質である。そして突然性は、熟慮と同じではない一方で、それは、賢慮を従属させる、一目見てそれとわかる自らの考えを強引に押し通そうとする烈しい意志と同様、賢慮にとって必要な付加物である。

5　実際大公が、「ロミオを直ちにこの地より去らせよ」（三幕一場一九四—九七）と言う時、ロミオはまだヴェローナにいることが暗黙の（そして正しい）前提になっている。

BIBLIOGRAPHY

Primary Works

Aristotle, *Aristotle in 23 Volumes.* Vols 19 & 21. Translated by H. Rackham (William Heinemann Ltd. 1934).
Bacon, Francis, *The Essays or Counsels, Civil and Moral.* Edited by R. F. Jones (The Franklin Library, 1982. First published by The Odyssey Press. 1937).
Machiavelli, Niccolo, *Il Principe e Discorsi.* Edited by S. Bertelli (Feltrinelli, 1977, 5th edition).
Machiavelli, Niccolo, *The Prince.* Translated by Luigi Ricci. Revised by E. R. P. Vincent (Oxford University Press, 1935).
Machiavelli, Niccolo, *Discourses on Livy.* Translated by Harvey C. Mansfield and Nathan Tarcov (University

of Chicago Press, 1996).
Shakespeare, William. *The Riverside Shakespeare*, Edited by G. Blakemore Evans et al. (Houghton Mifflin, Second Edition, 1997).

Secondary Works

Garver, Eugine, *Machiavelli and the History of Prudence* (University of Wisconsin Press, 1987).
Guthrie, W. K. C., *A History of Greek Philosophy, Vol. Six: Aristotle, An Encounter* (Cambridge University Press, 1981).
Mansfield, Harvey, *Machiavelli's Virtue* (University of Chicago Press, 1996).

（熊谷 次紘／住田 光子 訳）

『ジュリアス・シーザー』における解体と部分へのまなざし

松浦芙佐子

一　精神と肉体の解体と分断

シーザー殺害の首謀者に祭り上げられたブルータスは、シーザー殺害こそが「人々の悲憤の顔、われわれの魂の苦痛、この時代の悪弊」（二幕一場一一四―一一五）[1]を取り除く術であると堅く信じる。ローマを圧政から解放するシーザー殺害は、決して残虐であってはならず、彼は「神々に捧げる供えもののつもりで彼に剣をふるおう」（二幕一場一七三）と皆に説く。その高潔な信念のもと、ブルータスが、シーザー殺害の正当化に用いるのが、精神と肉体の解体・分解の理論である。

　　われわれが断固立ちあがるのは
シーザーの精神 (spirit) にたいしてだ。人間の精神 (spirit) には
血は流れていない、できることならシーザーの
精神 (spirit) のみとらえて肉体を傷つけ (dismember) たくはない、だが

実際にはシーザーの血を流さねばならぬ。

（二幕一場一六七―七一）

ここでブルータスは、葬るべきはシーザーの精神のみで、肉体を傷つけずに済むものならそうしたいと、シーザーの肉体と精神とを解体・分解する。[2] 精神に血は流れていない。それゆえ、シーザー殺害は流血に象徴される残虐さとは無縁となるはずである。しかし、実際には流血は避けられず、ブルータスが願う残虐ではない殺害は不可能である。

この非現実性を認識しているのに、ブルータスは肉体と精神の解体の理論から離れることができない。それどころか、このシーザー殺害正当化の理論をシーザーに対してだけでなく、彼自身を含む暗殺者の側にも広げていく。

ずる賢い主人がよくやるように、われわれの心 (our hearts) は
召使である手をそそのかして乱暴を働かせておいて、
あとで叱りつける顔をせねばならぬ。

（二幕一場一七五―七七）

しかし、その意図は欺瞞でしかない。暗殺者らの心 (hearts) に潜む残虐性を、暗殺を行う身体に転嫁してごまかそうとするものである。なお、右の小田島雄志訳では、「心」と「手」の対比が明示的に訳出されているが、原文に「手」という言葉は無く、「召使」(their servants) とあるだけである。[3]

さて、シーザー暗殺後も、ブルータスの意識は、この精神と肉体の解体・分解に囚われたままである。そして、仲間内の理論を敵対する立場のアントニーに対しても用い、彼らの手の犯した残虐

な行為ではなく、ローマを憂える彼らの心を見るようにと訴える。

たしかにいまのおれたちは残忍凶悪と見えるだろう、
おれたちのこの手 (our hands)、おれたちのこの行為を見ればな。
だがそれはきみがこの手 (our hands) と、この手 (they) がはたした
血なまぐさい行為とを見ているだけで、おれたちの
心 (Our hearts) を見ていないからだ、あわれみに満ちている心 (they) を。
（三幕一場一六五―六九）

確かに、理論上では精神と肉体の解体・分解は可能である。しかし、血を流さずシーザーの精神だけを殺害することが現実には適わぬように、血にまみれた手を見ながらあわれみに満ちた心を見ることなどできるはずがない。ブルータスの理論は、シーザーの身体を流れる血によって、それが象徴する残虐性によって、破綻しているのである(4)。

ブルータスは論理的にものを考える。理論が現実に対応しなくとも、理論として筋道が通っているなら、彼はそれに従うことをためらわない。しかし、愚かにもブルータスは、他者も彼と同じように考えるものだと信じて疑わない。このブルータスの論理的人間理解の浅薄さはアントニーの付け入る隙となり、アントニーはブルータスとは真反対の感情的な論法で、民衆の心をブルータスから引き離すのに成功する。シーザーの流した血の中に、ブルータスが懸命に否定しようとした暗殺の残虐性を強調して見せるのである。理論の上で流血の残虐性は否定できても、現実の流血を前にしながら、血まみれの手からあわれみに満ちた心を分離・解体して思うことなどできはしないの

である。

しかし、何故ブルータスはこの身体と精神の解体へ強く執着するのであろうか。理論の非現実性を認識できないのか、それとも、空疎な理論と気づきながらも、それに固執することをやめられないのであろうか。一五九九年に上演された『ジュリアス・シーザー』は、『ヘンリー五世』と『ハムレット』の間に位置する作品で、シェイクスピアの関心が歴史から人間の存在の根幹へと移り行く転換点ともいうべき時期に創作された。(5) その意味で、『ジュリアス・シーザー』には、シェイクスピアがその後の悲劇作品において展開していく人間の根幹についての議論の萌芽を見出すことができる。小論では、『ジュリアス・シーザー』における解体と分断の思考に注目し、まず、その背景にどのような時代の変化があるのかを検証する。その後、解体と分断の思考が、作品世界の構築にどのように寄与しているのか、また、劇中使用される言語をどのように特徴づけているのか分析していく。

二　精神の解体

ブルータスは身体と精神とを解体・分解するだけではない。精神も解体の対象となる。シーザー殺害について思い悩むブルータスは、「シーザーといえば、／理性 (his reason) よりも感情 (his affections) に支配されたためしのない男だろう」（二幕一場一九―二一）と、シーザーの精神を理性と感情へと解体する。また、ブルータス自身の精神も同様の解体・分解の対象となり、彼が理性と感情の対立に懊悩するさまが描かれる。

恐ろしい行為を、はじめて心に思い浮かべてから、
それを実際にやってのけるときまで、そのあいだは
まるであやしい幻だ、忌まわしい悪夢だ。
精神の支配者たる理性と、その臣下たる感情が[6]
激論を戦わせはじめる、そうなるとこの
人間という一個の世界が、小さな王国のように、
内乱状態におちいってしまう。

（二幕一場六三―六九）

この理性と感情の区別は、プラトンが『国家』第四巻（439D―440）や『ティマイオス』（69C―71E）において展開した霊魂三部説に基づく。[7] 理性的魂を頭部に、情念的魂を胸部に、欲望的魂を腹部に置くものである。一六世紀から一七世紀にかけては、封建制度の衰退、宗教改革、新大陸の発見、実験科学の勃興など、中世からの価値観が次々に見直しを迫られた時代であったが、伝統的な価値観も根強く、シェイクスピアの身体と精神の理解は古代ローマから受け継がれたガレノスの生理学に基づくものであったと考えられている。[8]

ガレノスの学説とは、プラトンの霊魂三部説とヒポクラテスの体液説を柱に古代の学説を集大成し、そこに解剖所見を加えたものである。ヒポクラテスの体液説では、人間の身体には土、水、火、空気の四大元素と対応する四つの体液がある。土は黒胆汁、水はリンパ液、火は黄胆汁、空気は血

液に対応し、それぞれの体液は順に黒胆汁質（メランコリア）、粘液質、胆汁質、多血質という四体質に対応する。[9] これに基づく人間理解はシェイクスピアの作品の各所に見られ、『ジュリアス・シーザー』においても、キャシアスの癇癪持ちの性格は黄胆汁 (choler) が過度に配合された胆汁質と説明されている。[10]

体液説は性格描写に用いられるだけではない。『ジュリアス・シーザー』では、シーザー暗殺の是非を論じる場面で、暗殺を病気の治療と意味づける隠喩として登場する。体液説では、病は体液の不均衡または腐敗から生じ、その治療とは瀉血 (purgation) によって病原となる体液を取り除き体液の均衡を取り戻すことであった。[11] 以下のブルータスの台詞では、シーザー暗殺は瀉血による治療に喩えられ、暗殺者である彼らは瀉血する外科医 (purgers) であるとみなされる。

われわれの目的はやむをえないものと思われよう、
私怨に発するものではなく。民衆の目にそう映れば
われわれは粛清者 (purgers) と呼ばれよう、虐殺者ではなく。
（二幕一場一七八―八〇）

右の purgers は、一義的には政治的な「粛清者」を意味するが、瀉血の隠喩も明白である。それは大場健治の「正義の医師」、松岡和子の「悪い血を抜いた外科医」[12] などの訳にも反映されている。

当時、瀉血を行うのは外科医または理髪外科医であった。劇の冒頭、シーザーの凱旋パレードを待つ平民に一人の靴職人がいる。彼はマララスに「何の商売をしておる?」（一幕一場一二）と問われ、「他人様の足もとにつけこむしがない職人」（一四）と答え、お決まりの靴の底 (soles) と魂

(souls) をかけた地口[13]を披露するが、さらに詰問され、「古靴の医者」(“a surgeon to old shoes”)(二三―二四)と答える。[14] シェイクスピア劇の一幕一場には主要な登場人物は登場しないが、常に劇世界の根底にある諸問題が提示される。『ジュリアス・シーザー』の冒頭で暗示されるのは、ローマ人同士が争う病的な政治状況である。[15] この一幕一場での外科医への言及は、病んだローマを瀉血する右のブルータスの比喩への布石となっている。

三　解剖学の発展と部分へのまなざし

ガレノスの生理学に基づく人体観は、一六二八年にウィリアム・ハーヴェイ(一五七八―一六五七)が血液循環理論を提唱するまで西欧では支配的な考え方であった。西欧中世ではアラビア語からの翻訳でガレノスを受容していたが、次第に真正のガレノスを求める機運が高まり、ギリシャ語からラテン語への翻訳が開始され、一六世紀初頭にはガレノス原典のギリシャ語での編纂やラテン語への翻訳が相次いだ。[16] 一方、ガレノスを異教的であると退けるパラケルスス(一四九三―一五四一)の出現や、ガレノスに倣って行われた解剖によるガレノスの誤謬発見など、[17] 伝統的な哲学、科学、医学の権威に対する懐疑の萌芽も見られた。F・デイヴィッド・ホニガーは、シェイクスピア作品にガレノスを疑うような言説は見当たらないと述べつつも、同時に、『ハムレット』や『トロイラスとクレシダ』に当時の懐疑主義の兆候が見出されると認めている。[18]

天文学においてコペルニクス、ケプラー、ガリレオらの発見や理論が伝統的なアリストテレスの宇宙観を突き崩していったように、医学においても解剖で観察される人体そのものに目を向ける風潮が、ガレノスの文献重視への懐疑を生じさせていた。そのような時代を背景にして、一五四三年にアンドレアス・ウェサリウス（一五一四―六四）によって出版された『ファブリカ』は、ガレノスの解剖学を基に、ウェサリウス自身の解剖所見を加えた画期的なもので、解剖図による視覚的情報提供と印刷術による広範な情報提供力を駆使したものであった。[19]

英国では一四世紀末から英語による医学書が普及していたが、多くはガレノスに依拠するものであった。当時最も読まれた解剖書[20]は、ヘンリー八世の外科医トマス・ヴィカリーのものだが、これは一四世紀のアンリ・ド・モンデヴィユに倣ったものである。また、貴族トマス・エリオットは医師ではないが『健康の城』（一五三四）を英語で執筆した。しかし、その一方で、大陸の新しい考えを取り入れた医学書が外科医の手によって出版されていた。ヘンリー八世とエリザベス一世の軍医トマス・ゲイルによる『外科医の仕事』（一五六三）、エリザベス女王の外科医ウィリアム・クロウズの『有益で必要な観察の書』（一五九六）などには、アンブロウズ・パレやパラケルススなどの影響を見ることができる。[21]

また、英国では人体解剖は一五四〇年に認可され、理髪師・外科医組合（the Barber-Surgeons）は一年に四体の罪人の死体を解剖用に入手する権利を取得した。一五四七年ごろにジョン・カイアス（一五一〇―七三）によって実施されたという記録がある。カイアスは、ケンブリッジ大学で医学を学び、その後、パドヴァ大学でウェサリウスに師事した。ガレノス重視の立場を取りウェサリウスと対立するが、帰国後、師に倣って自ら人体解剖を行った。しかし、二〇年にわたって解剖の会場となったのはロンドンの理髪師・外科医組合会館で、カイアスが長となったロンドン医師協会(the London college of Physicians)での解剖は一五七〇年まで行われなかった(22)。

さて、解剖学の進化は、当時の人々の世界観にどのような影響を与えたであろうか。まず挙げられるのは、書物偏重から観察重視の知への変化である。ロイ・ポーターらは、ウェサリウス以降、古代の権威への参照は信用を失い、個人的な観察に価値を置く知的戦略への変化が促進されたと述べる。ラファエル・マンドレシも、シャルル・エティエンヌ（一五〇四―六四）の「横たわるものを記述するのに、目の忠実さほど確実なものはない」や、解剖で観察されたものが、ガレノスやウェサリウスの記述と異なるならば「われわれの方こそ真理にふさわしい」というレアルド・コロンボ（一五一六頃―五九）の一節を引用し、観察こそが知識への道となったと論じる(23)。

もう一つの大きな変化は、身体部分への意識の集中と部分の再定義である(24)。解剖では部分に分割した身体の断片を扱う。マンドレシは解剖の過程を、部分から全体へ、結果から原因へ、後なるものから先となるものへと進む方法であると述べ、この方向性が解剖する人の思考へも及ぶと論じた。すなわち、解剖における身体の分割は思考の組み立て方の現実化であり、解剖の道具であるメスは精神の道具でもあるのだ(25)。

解剖の影響による思考の断片化に注目したのはマンドレシだけではない。ジョナサン・ソーデイはルネサンスを「解剖の文化」と呼び、解剖の実践があらゆるものの分割を促進したと論じる。彼は、ロバート・バートンの『憂鬱の解剖』(*The Anatomy of Melancholy*)（一六二一）を例に挙げ、その細かく分割された章立てなどの構成には分割の喜びさえ見出されると述べる。人体解剖に始まった分割と解体は、社会のあらゆる面へ拡張され、詩歌、政治、家族、国家のみならず論理学、修辞学、哲学、絵画、建築などありとあらゆるものが分割の対象となりえたのである。[26] 当時の出版物の表題にも「解剖」(anatomy) という言葉の流行が見られる。『憂鬱の解剖』の他、ジョン・リリー『ユーフィーズ――機知の解剖』(*Euphues: The Anatomy of Wyt*)（一五七八）、フィリップ・スタッブズ『悪弊の解剖』(*The Anatomy of Abuses*)（一五八三）、トマス・ナッシュ『愚行の解剖』(*The Anatomie of Absurditie*)（一五八九）などが、その例である。[27] シェイクスピアにおいても、狂気のリアが「リーガンを解剖するように命じてくれ」("let them anatomize Regan")（三幕六場七六）と命じる場面や、『十二夜』でトービーがアンドルーの意気地のなさを笑う「肝臓を解剖したって」("if he were open'd")（三幕二場六〇―六一）などの台詞に、「解剖」という語や概念の表出を見ることができる。[28] プラトンやヒポクラテスなどの伝統医学の狭間に新たな医学理論が紛れ込んできているのである。

四　『ジュリアス・シーザー』における解剖劇場

『ジュリアス・シーザー』には anatomy[29] や anatomize などの語は使用されていない。[30] しかし、断片化と分割化の思考、それによって生じた部分への意識など、当時の解剖学の進展と解剖実践の中に生じた意識の変化を各所に見出すことができる。以下では、『ジュリアス・シーザー』を解剖劇場 (anatomical theatre) と仮定し、解剖劇場が構築される様を論じていく。

まず、人体解剖の逸脱した視線についてソーデイは、リチャード・セルザーの論を援用し、人体解剖をメドューサの頭に喩えた。これは、何人もメドューサの頭を直視できないように、解剖においても解剖される自己の内臓を直視することはできないという意味である。「汝自身を知れ」(Nosce te Ipsum) というルネサンスの良く知られたモットーは、解剖においては実践不可能なのである。[31]そして、この直視不能の論は、『ジュリアス・シーザー』では、キャシアスがブルータスに「きみは自分の顔が見えるか?」(一幕二場五一) と問いかける場面で展開される。

ブルータス　いいや、キャシアス、目はおのれを見ることができぬ、
なにかほかのものに映してはじめて見えるのだ。
キャシアス　そのとおり。
だからみんな悲しんでいるのだぞ、ブルータス、
そのような鏡をもっていないために、きみの目は
そのかくされた値うちを、きみのほんとうの姿を、
映し見ることができないのだと言ってな。
(中略)
きみはなにかに映し出して見ないと、自分の姿は
見ることができないと言う、それならおれが
きみの鏡になろう、そしてきみ自身まだ知らない
きみの姿を、あるがままにきみに見せてやろう。

(一幕二場五一―七〇)

ここに示された鏡の用途、「きみ自身まだ知らない／きみの姿を、あるがままにきみに見せてやろう」とは、先に述べた人体解剖の目的そのものである。ちなみに鏡は解剖の女神アナトミアのアトリビュートである。パドヴァ大学のジュリオ・カッセリウス（一五五二―一六一六）による『解剖学図譜』（一六二七）の表紙絵には、鏡と頭蓋骨を持つアナトミアが描かれている。その意味で右のキャシアスの言う鏡とはアナトミアの鏡と目的を一にする。しかし、鏡は他を欺く目的でも使用される。ペルセウスがメドューサにしたように、鏡に映る自身の姿を見せて熊を狩る方法が、シーザー殺害謀議の場面に登場する。

一角獣をたぶらかして生け捕りにするには立ち樹を使う、
同様に熊なら鏡、象なら落とし穴、ライオンなら罠、
人間なら追従を使えばいい、といった話なのだ。
（二幕一場二〇四―六）

シェイクスピアは、他をたぶらかす鏡の用途をさりげなく差し挟むことで、ブルータスの鏡になろうとするキャシアスの真意が油断ならぬものであることを巧みに暗示しているのである。

さて、もう一つのアナトミアのアトリビュートは刃である。キャシアスがブルータスにとって自己を知るための鏡なら、ブルータスはシーザーを切り開く刃である。ブルータスの言う「キャシアスにシーザーを倒せとそそのかされてから、おれは一睡もしていない」（二幕一場六一―六二）という台詞では、「そそのかす」が「剣を研ぐ」(whet) という隠喩で表現され、ブルータスが自らをシーザー殺害の剣とみなす自己認識の表れとなっている。

これらアナトミアのアトリビュートへの言及は、いずれもシーザー暗殺前に示され、解剖劇場としての『ジュリアス・シーザー』を構築する礎となっている。そして、シーザー暗殺によって解剖劇場が姿を現す。もちろん、そこで腑分けされるのはシーザーの遺体である。三幕二場、アントニーは、ローマ市民にシーザーの遺言を読んで聞かせる場面で、「シーザーの亡骸をかこみ輪になってくれ」(“make a ring about the corpse of Caesar”)（三幕二場一五八）と言って演壇から降りる。そして、シーザーの遺体を前に、ここがシーザーのマントのキャシアスの剣が突き抜けた跡、これはキャスカの手が引き裂いた跡、これはブルータスが刺した跡と、一つ一つ指し示し解説していく(一七四—七六)。このアントニーの姿は、解剖劇場において解剖する器官を一つ一つ指しながら解剖を進めていく外科医のそれに他ならない。

解剖劇場で腑分けされるのはシーザーだけではない。ブルータスもまた解剖の対象となる。まず、自死を前にブルータスが最後に解体するのは彼自身の精神と身体である。

おまえともお別れだ、ストレートー。同胞諸君、
おれの心(My heart)は喜びにあふれている、生涯一人として
おれを裏切るものに出会ったことはなかったのだ。
(中略)
では諸君、最後のお別れだ、ブルータスの舌(Brutus’ tongue)は
その生涯の物語をもうほとんど語り終えたようだ。
おれの目(mine eyes)に夜の闇が訪れ、おれの骨(my bones)は休息を求めている、

苦しみ生きてきたのもこの一瞬をうるためだったのだ。

（五幕五場三三—四二）

このブルータスが行う自己解体で、最後に言及されるのは「骨」である。「骨」という語は、劇を締め括るオクテーヴィアスの台詞にも登場する。

オクテーヴィアス　彼にはその徳にふさわしい遇しかたをしよう、
できるかぎり礼をつくして葬儀をおこなうのだ。
今夜はおれのテントに遺体(bones)を安置させよう、
もちろん武人として手厚くまつるつもりだ。

（五幕五場七六—七九）

ここで「骨」という語で言い表されるのは、ブルータスの遺体である。しかも、「骨」で遺体を意味するのはこの箇所のみである。劇中、遺体の意味で最も多用される語はbodyで、他にはcorse、corpse、piece of earthなどが使用されており[33]、右のオクテーヴィアスの台詞でもこれらのいずれかを用いることができたはずである。それにもかかわらず、なぜ遺体を「骨」と表現したのであろうか。

骨は人体解剖において解剖台の上に最後に残るものである。一四世紀初頭からその後二〇〇年以上にわたり解剖学の標準的教科書として用いられたモンディーノ（一二七五—一三二六）の『解剖学』（一三一六）では、皮膚をはぎ、静脈を観察し、筋肉と腱に移り、最終的に骨に至る解体の手順で人体解剖が論じられた[34]。ウェサリウスの『ファブリカ』では、反対に、骨格から始まる合成の手順で示されるが、トマス・ゲミヌスがロンドンで出版した『ファブリカ』の要約版『エピトミー』に基づく『解剖学要略』（ラテン語版一五四五、英語版は一五五三）では、モンディーノに倣って骨が最後に登場した。(35) 実際の解剖で解剖台の上に骨が最後に残るように、『ジュリアス・シーザー』の最後に舞台に置かれるのはブルータスの遺体である。シェイクスピアは、オクテーヴィアスにその遺体を骨と言わせた。そうすることで、シェイクスピアは『ジュリアス・シーザー』という解剖劇場の終了を告げているのである。

解剖劇場のイメージを支えるもう一つの要素は死についての考察である。ソーデイは、人の死すべき運命を思う場所として解剖劇場を意味づけている。(36) ライデン大学では、一五九五年に解剖劇場が設立され、ペーテル・パーウによって解剖示説が行われた。その様子が描かれた解剖劇場の図（一六〇九、一六一〇）には「汝自身を知れ」(Nosco te Ipsum) とか「死ぬために生まれた」(Pulvis et umbre sums) など死を考察する碑銘が登場する。『ジュリアス・シーザー』にも、人の死すべき運命についての議論が登場する。例えば、シーザー殺害直後の場面で、ブルータスはシーザーの死を恩恵と意味づける。

ブルータス　　　　運命よ、おまえの意志は
人間には知るすべもない。人間いずれは死ぬ、
それは知っている、問題はいつ死が訪れるかだ。
キャシアス　なあに、人のいのちを二〇年ちぢめてやることは、
そのぶんだけ死を恐れる歳月をちぢめてやることだ。

ブルータス　とすれば、死もまた一つの恩恵というわけだな。
われわれもシーザーの親友というわけだ、彼の
死を恐れる歳月をちぢめてやったのだから。
（三幕一場九八—一〇五）

同様の議論はポーシャの死についても繰り返される。ブルータスは「人間いずれは死ぬものだ、妻も一度は死なねばならぬ」（四幕三場一九〇—九一）と悲しみを押し殺そうとする。人の死すべき運命を思うこの台詞は、解剖劇場の碑銘に重なる死についての考察となっている。

一見無関係に見える鏡と刃、亡骸を囲む輪、骨としての遺体、そして死についての考察は、解剖劇場を構成する要素として、『ジュリアス・シーザー』における分断と解体の主題を形作っているのである。

五　解体と分断の言語

『ジュリアス・シーザー』における解体・分断の主題は、分割や切断、部分といった概念を表象する語彙群によっても支えられている。その中には、文字通り四肢切断を意味する語もあれば、対立や解体を暗示するだけの語もある。以下では、まず、具体的に身体切断を表す語を取り上げ、その特徴を検討する。その後、特に、「部分」や「分割する」意味を持つ part という語に注目し、その語と解体と分断の主題との関係を明らかにしていく。

（1）身体を切断・解体する言語

シーザー殺害は、ト書きに「シーザーを刺す」（"They stab Caesar."）とあるように刺殺であって、四肢切断ではない。アントニーの追悼演説でも「シーザーを刺した」（"stabb'd"）（三幕二場一五二）とか、「ブルータスの刺した」（"stabb'd"）（一七六）などと表現される。しかし、シーザー暗殺の張本人であるブルータスは「刺す」（stab）という言い方を用いない。特にそれが顕著なのは、二幕一場、ブルータスがシーザー殺害の正当化を試みる場面においてである。ブルータスの論理と思考の中で、シーザーは様々な四肢切断を意味する動詞によって切り刻まれる。まず、シーザーとともにアントニーを殺害する案に反対して、cut off と hack という表現が使用される。

> 首をはねた（cut the head off）上に手足まで切り落とす（hack the limbs）ようでは、
> 怒りにまかせて殺し、殺したあとまで憎むようだ、
> アントニーはシーザーの手足にすぎないのだから。
>
> （二幕一場一六二―六五）

続いて、ブルータスは、シーザーの精神のみの殺害を唱え、一旦は四肢切断を否定する。その理論の空疎なことは先に論じたが、最終的にブルータス自らが流血の必要性を唱え、シーザー殺害を呼びかける。この論理展開の中で、四肢切断の語彙はフランス語語源の dismember から古英語語源の carve、hew へと変化する。

O that we then could come by Caesar's spirit,
And not dismember Caesar! But, alas,
Caesar must bleed for it! And, gentle friends,
Let's kill him boldly, but not wrathfully;
Let's carve him as a dish fit for the gods,
Not hew him as a carcass fit for hounds;

　　　できることならシーザーの
精神のみとらえて肉体を傷つけたくはない、だが
実際にはシーザーの血を流さねばならぬ。だから諸君、
シーザーを勇気をもって殺そう、憎悪をもってではなく。
神々に捧げる供えもののつもりで彼に剣をふるおう、
猟犬にくれてやる死肉のつもりで切りきざむのではなく。

（二幕一場一六九—七四）

まず、dismember は、オックスフォード英語辞典（*Oxford English Dictionary*、以下 *OED*）では、「手足を切断する」（1. To deprive of limbs or members）を意味する。この語が初めて英語で使われたのは一二九七年と記録されているが、シェイクスピアの使用は稀で、一六二三年出版の最初のシェイクスピア全集、第一・二つ折り版全体でも、二回しか使用されていない[37]。一方、carve は「（食卓で）肉を切り分ける」（*OED* 8.b.）、hew は「（斧などで）叩き切る」（*OED* 2.）を意味し、ともに英語語源である。

さて、これらの語選択は、ブルータスの用いる理論構造とそれを言語化する文構造とに帰するこ

とができる。まず、O that 以下、仮定法ではフランス語語源の dismember が用いられる。仮定法の文構造で、より抽象度の高い借入語が使用されることで、ブルータスの理論の非現実性が一層強調される。対して、続く命令法の let's 以下では、kill、carve、hew と英語語源の単音節の動詞が続き、シーザー殺害をより現実的な行為とみなす話者の認識が示される。同時に、語の音節数の効果も無視できない。dismember との対比において、kill、carve、hew の単音節語のスピード感には、具体的な身体感覚を伴う行為として殺害を想起させる効果がある。(38)

しかし、それでもブルータスの語る四肢切断には現実感が希薄である。それを観客に思い知らせるのが、シーザー追悼演説の直後、アントニーに扇動された暴徒らが詩人のシナを惨殺する場面である。そこでは、「八つ裂き」の意味の tear him が五回反復される。(39) この単調な反復はシナ惨殺の不気味な背景音となる。

市民1　八つ裂きにしちまえ(Tear him)、謀叛人だぞ、こいつは。
シナ　おれは詩人のシナだ、間違えるな、詩人のシナだ。
市民4　八つ裂きにしちまえ(Tear him)、へたな詩なんか書くやつは。へたな詩のために八つ裂き(tear him)にしちまえ。
シナ　おれは謀叛人のシナではないぞ。
［**市民4**］　それがどうした、とにかく名前はシナだろう。こいつの心臓からその名前をえぐり出すんだ、そうしておいて追っ払えばいいんだ。
市民3　八つ裂きだ、八つ裂きだ！(Tear him, tear him!)

（三幕三場二八—三五）

この殺害場面は、先のブルータスによる身体切断の描写と対極を成す。ブルータスが様々な動詞を取り換えながら描き出す身体切断があくまでも観念的なものに過ぎないのに対し、ただ tear him が繰り返されるだけの殺戮の場面には強い現実感がある。身体を切断する暴力とはいかなるものであるのか、ブルータスの台詞には表現されえない残虐さが生々しく想起される。この場面は、ブルータスの理論における現実性の欠落、彼の認識の現実からの乖離を際立たせるために置かれているのである。

(2) 解体と分断の概念を支える part

解体と分断の概念は、身体だけでなくローマの政治体制にも及ぶ。劇を進行させる政治的対立は、一幕一場のポンペーとシーザーの対立から、ブルータスらとシーザーの対立、ブルータスらとアントニーの対立、さらにはブルータスとキャシアスの仲違いまで様々なレヴェルで提示される。先に、一六世紀の解剖学の発展と人体解剖の実践が社会に与えた影響として、身体部分への意識の集中、社会のあらゆるものの解体・分断化の促進というマンドレシとソーデイの見解をそれぞれ紹介したが、『ジュリアス・シーザー』においても、同様の意識や分断化の思考を読み取ることが可能である。特に、劇中のあちこちに散らばる part という語には、部分への意識、分断と解体の傾向が内包され、人の心から政治体制までが分断・解体される過程が示されている。もちろん、part が意味するのは「部分」や「分割する」といった概念だけではない。「人格」「行為」を意味する名詞として、また、「わかち合う」の意味で動詞としても用いられる。しかし、一義的にはそのような意味で使用されていても、中には「部分」や「分割する」意味と結びつき、新たな解体と分断の側面を示す例もある。以下では、多義的なpartが、『ジュリアス・シーザー』の解体と分断のテーマをどのように支えているか、より潜在的なレヴェルでの語の働きを検証していく。

シェイクスピアの第一・二つ折り版全体では、名詞も動詞も含めて、partは四八六例使用されている。そのうち一五例が『ジュリアス・シーザー』にある。また、partsは全体で一一六例、そのうち三例が『ジュリアス・シーザー』にある。他の作品と比べて、特に使用頻度が多い語ではない。[40]

まず、人心と人格を解体する手段としてのpartに目を向けよう。この典型的な例は、キャシアスが分数を用いてブルータスの心を分割する「あの男もすでに／十中七、八まではこっちのものだ」(“Three parts of him / Is ours already”)(一幕三場一五四―一五五)である。大場訳では、この部分は「彼の心の四分の三」[41]と、分数であることが明解に示されている。さて、この人格の分割は、後の場面でもキャシアスやシーザーの人格を分割するやり方として再登場する。例えば、ブルータスとキャシアスの仲違いの場面では、分数は用いられないが、概念的なレヴェルでの分割が意図されている。「きみはおれを愛していないのだ」というキャシアスに、ブルータスは「きみの欠点がきらいなのだ」(四幕二場八九)と返す。全人格的受容を求めるキャシアスに対して、ブルータスは人格を解体・分割し、その一部だけを受容し、欠点を拒絶する。同様の分割は、シーザーの人格に対しても行われる。それは、三幕二場、ブルータスからシーザー殺害理由を聞かされた直後のローマ市民の台詞にある。

4 PLEBEIAN　Caesar's better parts
Shall be crown'd in Brutus.
市民4　ブルータスならば
シーザーの美点だけが王冠をかぶることになるぞ。
（三幕二場五一―五二）

ここでは parts は「人格、性格」(*OED* 12. A personal quality or attribute, natural or acquired) を意味し、ブルータスがキャシアスにしたのと同じ、人を美点と欠点に解体する意識を内包する。シーザーとブルータスという政治家を、まるで取り外し可能な部品[42]であるかのように交換することをためらわない大衆の気まぐれには、人格を分解・解体して人を理解するやり方が潜んでいるのである。

（3）政治的分断の背後に潜む part

『ジュリアス・シーザー』においてより重要なのは、政治的分断を暗示する part である。人の精神や人格が解体されるように、政治的主体としてのローマも分断と解体の対象となる。その過程で用いられる part は、あからさまに政治的分断を示すものではないが、対立の周辺に何気なく顔をのぞかせ、対立と断絶を推し進める役割を担う。その典型的な例は、三幕二場、ブルータスがシーザー殺害理由をローマ市民に説明する場面の前後に見られる。動詞、名詞、そして意味の最小単位である形態素の part を、ブルータスの演説の前後に置くことで、続くアントニーの演説で決定的となるブルータスと市民の断絶を予兆するのである。

まず、ブルータスは、演説に先立ち「この人数を二手に分けよう」(“part the numbers”)(三幕二場四)と動詞の part で聴衆を分断する。これはブルータスと市民らの関係を分断するものではないが、この場面に分断と解体の概念を忍び込ませるきっかけとなる。次の part は名詞である。ブルータスの演説直後のローマ市民の反応、「ブルータスならば／シーザーの美点(“Caesar's better parts”)だけが王冠をかぶることになるぞ」(五一―五二)における「人格、性格」を意味する parts である。先に触れたように、この parts には人の性格を美点と欠点に分ける解体の意識が存在する。しかし、それ以上に深刻なのは、この台詞がローマ市民のブルータス支持の表明であるにもかかわらず、市民らとブルータスの決定的な断絶を明らかにしていることである。市民らは、部品交換をするかのように、シーザーの美点 (better parts) とブルータスとを交換せよと言う。要するに、この台詞は、ブルータスがなぜ愛するシーザーを暗殺するに至ったのか、ローマ市民が全く理解していないことの証左であり、この無理解こそが右の parts に潜む最大の分断なのである。

それなのに、愚かにもブルータスは彼の真意を全く理解していない大衆をアントニーのもとに残して去っていく。無理解の聴衆を無理解のまま放置していくことで、アントニーの演説を待つまでもなく、ブルータスと大衆との断絶は決定づけられる。その過程に潜むのが、形態素として part を含む depart の反復である。演説を終えたブルータスは、大衆にその場に残るよう指示して去ろうとする。「お別れしよう」(“I depart”)(三幕二場四四)、「私は家まで一人で帰りたい」(“let me depart alone”)(五五)、「この場を去るのは私だけにして」(“not a man depart, / Save I alone”)(六〇―六一)において繰り返される depart は「去る」(*OED* 6.) という意味だが、語源的には「分離」の意のde-と「分かれる」の意のpartからなり、分割・解体の意味を内包する。また、一六世紀から一七世紀にかけては、「去る」という意味とともに、「(部分に）分割する」(*OED* 1. To divide into parts. 1297-1551) とか、「ばらばらにする」(3. To put asunder, sunder, separate, part. 1297-a1677) といった、今日では廃れた意味でも使用されていた。さて、『ジュリアス・シーザー』にdepartの使用は四例しかないが、すべてブルータスの台詞にある。そのうち三例がこの場面で集中的に使用されている。これらブルータスが無意識のうちに繰り返すdepartの中で、分離と解体の形態素partが響き合い、アントニーの演説を待つまでもなく、ブルータスと市民らの亀裂は徐々に深化していくのである。

さて、partは劇の最終場面まで分断と解体を示唆し続ける。シェイクスピア劇の最終場面は、通例、和解と統一の場面である。『ジュリアス・シーザー』においても、劇を締めくくるオクテーヴィアスの台詞「では休戦の合図を。さあ、われわれも行くとしよう、／そして今日の勝利の栄光をわかち合う(part)ことにしよう」(五幕五場八〇―八一）は、一見すると勝利と平和の宣言である。この台詞でpartは一義的には「わかち合う」(*OED* 10.) を意味する。[43] しかし、これを「分割する」と解釈したらどうであろうか。とたんに勝利の栄光は解体され、和解と平安は消滅する。実際、第二回三頭政治に続くのは、アントニーとオクテーヴィアスによる新たな対立と内乱である。劇の最終行に分断を内包するpartを置くことで、シェイクスピアはアントニーとオクテーヴィアスの新たな対立を暗示するのである。

六　部分へのまなざしと理想主義― part のネットワーク―

『ジュリアス・シーザー』において、解体と断片化への顕著な傾向を見せたのはブルータスであった。シーザー殺害の是非について懊悩し自己の精神を解体し、シーザー殺害の正当化のためシーザーの身体と精神を解体する。シーザー殺害後には、暗殺者らの精神と肉体を解体し、シーザー暗殺を高潔な行為と意味づけようと努める。しかし、これら一連の解体・分解はことごとく破綻する。ブルータスの解体と分断は、彼の理論を現実から乖離させ、現実に対処する力を失わせているのである。彼の解体と部分へのまなざしが行き過ぎたものであることは、part をさらに細分化した particle という語の使用に示される。これはシーザー殺害を策謀する場面で、「ローマ人たる」理想を論じるブルータスの台詞に現れる。

ローマ人たるものは、いったん口にした約束を
たとえ毛筋ほどでも (the smallest particle) 破るようなことがあれば、
その体内を流れる血が、誇らかに流れる血が、
一滴、一滴までも、不純の血だと言っていいのだから。
（二幕一場一三六―四〇）

particle は「小部分」(*OED* 1.a. A small part, potion, or division of a whole) を意味する。語源的には「部分」を意味する parti に指小辞の -cle を付加した、一四世紀末（一三八〇）にラテン語か

ら入ってきた語である。第一・二つ折り版でも二例しか使用されていない、シェイクスピアには稀な語彙の一つである。(44) 右の引用では、もともと part より小さい particle にさらに最上級の the smallest が付加され、ブルータスの意識の一層の細分化が強調されている。そして、この particle を劇の各所の part と関連させるなら、これも、分断と解体のテーマを支える部分へのまなざしの一部であるとする解釈が可能になる。すなわち、ブルータスの部分へのまなざしの背景には、「ローマ人たる」理想にはほんのわずかの齟齬もあってはならないという強い意識がある。しかし、彼がその理念に厳格であろうとすればするほど、彼の理想は現実から乖離していくしかない。

さて、このブルータスの「ローマ人たる」理想は、劇の後半、キャシアスを追って自害するティティニアスの台詞へとつながっていく。彼らの理想主義をつなぐのは part という語である。

　　　　　ブルータス、見にきてください、
私がどんなにケーアス・キャシアスを尊敬していたか。
神々よ、許したまえ――これがローマ人の真実 (a Roman's part) だ、
さあ、キャシアスの剣、ここがティティニアスの心臓だ。
（五幕三場八七―九〇）

右の part は「行為、行い」(*OED* 5. A piece of conduct, an act [usually with qualification expressing praise or blame]) を意味する。この意味は今日では使用されていない。*OED* によれば、使用期間は一五六一年から一六三二年までと短く、ほぼシェイクスピアの生きた時代に重なる。さて、ここでは自死を意味する「ローマ人の真実」には、高潔、信義、名誉といった「ローマ人たる」価値観が

体現されている、と同時に、それと相容れない価値観が存在することをそれとなく匂わせる。[45] その意味で、この「行為」を意味する part にも、部分と分断の意識が内包されているのである。

人の心、人とのつながり、政治体制など、様々なものごとを解体・分断してきた part によって、ブルータスらの理想主義は現実から分離・解体される。現実を前にした彼らの無力さを如実に示すのが、自死するしかない「ローマ人の真実」である。「断片はより多く示すが、統一体はよりよく説明する」とは、分解と合成という一六世紀の解剖学に共存した身体へのまなざしを評したマンドレシの言葉である。[46] これはブルータスの理想主義に欠けた一面を示す。部分へのまなざしは全体を統合するまなざしによって補完されるべきものなのである。

注

1　本文中の引用は、G. Blackmore Evans, ed., *The Riverside Shakespeare* (Boston: Houghton Mifflin Company, 1974) による。また、日本語訳は、小田島雄志訳『ジュリアス・シーザー』（白水社、一九八三）による。

2　ブルータスは魂を可死的であると捉えている。注釈者アレクサンドロスによるアリストテレス『魂について』のラテン語訳が刊行され、一五世紀から一六世紀には魂が可死的であるという見解がある程度支持を得るようになっていた。しかし、非トマス的アリストテレス主義が含意する魂の死後の存在の否定はキリスト教では異端的であるため、レオ一〇世はラテラノ公会議（一五一三）で「魂の不死性を自然理性に基づいて証明せよ」と要請した。デカルトの『省察』もこの要請によって書かれたものである（アリストテレス、中畑正志訳『魂について』〔京都大学学術出版会、二〇〇一〕、二二九―三〇頁）。

3　小田島が「手」と訳した部分は、松岡和子訳では「感情という召使」と訳され、心と手の対比ではなく、理性と感情の対比となっている（松岡和子訳『ジュリアス・シーザー』〔筑摩書房、二〇一四〕、六二頁。本論は、後の三幕二場のブルータスの「手」と「心」の対比との関連から、「召使」は「感情」ではなく「手」であるとする小田島と同じ解釈に立つ。

4　ローランド・グリーンは、一六世紀から一七世紀にかけての「血液」の意味変化を血液循環理論の台頭を交えて論じ、『ヴェニスの商人』における異なる血液の概念の共存を指摘した。Roland Greene, *Five Words: Critical Semantics in the Age of Shakespeare and Cervantes* (Chicago and London: The University of Chicago Press, 2013), pp. 111-14.

5　Horst Zander, *Julius Caesar: New Critical Essays* (New York and Oxon: Routledge, 2005), p. 3.

6　原文では the mortal instrument となる部分を、小田島は理性と感情を対比させ「臣下たる感情」と訳すが、松岡と大場は精神と肉体の対比と解釈し、それぞれ「その配下の肉体」、「従属すべき肉体」と訳している（松岡、五四頁、大場健治訳『ジュリアス・シーザー』〔研究社、二〇〇五〕、六五頁）。理性と感情の対比には、『ティマイオス』に述べられた、不死の魂である理性と死すべき魂の種族との区別が反映されているといえよう（プラトン、種山恭子訳「ティマイオス」『プラトン全集12』〔岩波書店、一九七五〕、一二七―三〇頁）。

7　プラトン、藤沢令夫訳「国家」『プラトン全集11』（岩波書店、一九七六）、三一四頁。プラトン「ティマイオス」、一二七―二八頁。プラトンとガレノスの関係については、坂井健雄『人体観の歴史』（岩波書店、二〇〇八）、二二、三五頁を参照。

8　F. David Hoeniger, *Medicine and Shakespeare in the English Renaissance* (Cranbury and London: Associated University Presses, 1992), p. 81. ロイ・ポーター、ジョルジュ・ヴィガレロ「身体・健康・病気」A・コルバン他監修『身体の歴史Ⅰ　16―18世紀　ルネサンスから啓蒙時代まで』（藤原書店、二〇

一〇)、三九七頁。

9　ヒポクラテスの体液説については、Sujata Iyengar, *Shakespeare's Medical Language: A Dictionary* (London and New York: Continuum International Publishing Group, 2011), pp. 167-70; Michael C. Schoenfeldt, *Bodies and Selves in Early Modern England: Physiology and Inwardness in Spenser, Shakespeare, Herbert, and Milton* (Cambridge and New York: Cambridge University Press, 1999), p 2; 池上俊一『歴史としての身体―ヨーロッパ中世の深層を読む―』（柏書房、一九九二)、七七―七八頁、ポーター、ヴィガレロ、三九七―四〇〇頁、など参照。

10　キャシアスとの言い争いで、ブルータスは「おれは／きみがかんしゃく(your rash choler)を起すとひっこまねばならんのか？」（四幕三場三九）と言い返す。

11　池上、七七―七八、八〇頁。

12　松岡、六二頁、大場、七七頁、Iyengar, pp. 281-83.

13　中世では、医学とはまず魂の医学であり、肉体の救済としての医療は、魂の救済としての信仰を補完するものにすぎず、信仰の下位におかれた。靴底と魂のしゃれにも当時の医療観の反映を見ることができよう（J・ル＝ゴフ『中世の身体』［藤原書店、二〇〇六］、一七二頁、山本義隆『一六世紀文化革命1』［みすず書房、二〇〇七］、一一五頁)。

14　外科医(surgeon)は、大学での人体解剖では、壇上の医師(physician)の指示のもとに、実際に執刀する役割を担っていた。中世後期から一六世紀に至るまで外科医は医師とはみなされず、徒弟制度で教育された医療職人であった。理髪師は、さらに外科医の下に見られていたが、事実上外科医の仕事を担っていた。一四世紀のペストの流行、一五世紀以降の重火器によるやけどを伴う傷、一六世紀の梅毒などの治療にあたり外科医と理髪外科医は次第に威信を高めていった。（山本、一〇九―一一〇頁、一二七―一三五頁）。英国でも、同様である（山本、一六五―一六六頁）。この他、外科医と医師の関係については、ラファエル・マンドレシ「解剖と解剖学」A・コルバン他監修『身体の歴史Ⅰ　16―18世紀　ルネサンスから啓蒙時代まで』（藤原書店、二〇一〇）、三六八頁、ポーター、ヴィガレロ、四〇五頁を参照。

15 Frank Kermode, *Shakespeare's Language* (New York: Farrar, Straus and Giroux, 2000), p. 87.

16 ガレノスの翻訳の出版については、マンドレシ、三七〇―七五頁、坂井、五八―五九頁、Hoeniger, p. 81を参照。ガレノスの人気のほどは、一五〇〇年から一六〇〇年までに五九〇版ものガレノスの著作が出版されたことからも推測される (Schoenfeldt, p. 2)。

17 もともと解剖によって体を開く目的は、ガレノスの説を確かめることであった（J・ル＝ゴフ、一七五頁）。パラケルススは四体液の体系を否定し、病を局所的機能不全とみなした（アレン・G・ディーバス『近代錬金術の歴史』［平凡社、一九九九］、六七頁）。

18 ルネサンスにおける懐疑主義の背景とシェイクスピアの関係についてはHoeniger, pp. 76-81を参照。

19 中世からの伝統的権威の失墜についてはHoeniger, pp. 76-79、『ファブリカ』については坂井、六二―七五頁、マンドレシ、三七四―七六頁を参照。『ファブリカ』の要約版『エピトミー』の海賊版は『解剖学要略』として、一五四五年にラテン語で、一五五三年には英語で出版された (Hoeniger, pp. 37-38)。

20 Hoeniger, p. 37.

21 英国での俗語での医学書の普及と医師からの反発については、山本（一六五―八〇頁）に詳しい。エリオット（一四九〇頃―一五四六）、ヴィカリー（一四九〇？―一五六一／二）の著作はともにガレノスの生理学に依拠しており、ウェサリウスの影響は見られない。

22 ロンドンにおける解剖の歴史とジョン・カイアスについては、Jonathan Sawday, *The Body Emblazoned. Dissection and the Human Body in Renaissance Culture* (London and New York: Routledge, 1995), p. 36; Arthur F. Kinney, and David W. Swan, eds. *Tudor England: An Encyclopedia* (New York and London: Garland Publishing, Inc., 2001), pp. 478-79; Hoeniger, p. 22, 37などを参照。また、初期のロンドン医師協会は特に保守的で知られており、一五五九年にはガレノスも無謬ではないとほのめかしたことでジョン・ゲインズが告発された（ディーバス、一六三―六四頁）。

23　ポーター、ヴィガレロ、四〇五―六頁、マンドレシ、三七四―七五頁。

24　身体の分断や細分化は、解剖学以外の文脈でも見受けられる。例えば、キリスト教において、殉教した聖者の肉体は細分化され切り刻まれる。死後、聖遺物となる殉教者の肉体はどれだけ多くの部分に分けてもかまわなかった。聖遺物として切り刻まれ分割されることで、多くの奇跡的統合（治癒や和解）をもたらすのである（池上、七〇頁）。

25　マンドレシ、三八七頁。

26　Sawday, pp. 1-3.

27　Sawday, p. 44.

28　小田島雄志訳『リア王』（白水社、一九八三）、『十二夜』（白水社、一九八三）。

29　シェイクスピアは anatomy を「解剖」「解剖用の死体」「身体」「骨格」などの意味で用いた (Iyengar, pp. 19-20)。

30　以下、語の分布は Anne Barton and John Kerrigan, eds. *Editions and Adaptations of Shakespeare: A Full-Text Database of Major Historical Editions and Theatre Adaptations of the Works of William Shakespeare* (Cambridge: Chadwyck-Healey Ltd., 1995) で、第一・二つ折り版を用いて検索した。

31　解剖における直視不能の議論は Sawday, pp. 8-9 を参照。

32　アナトミアについては Sawday, pp. 3, 72-77, 183-88 を参照。ソーデイは、アナトミアの起源を、伝統的なヴァニタス (vanitas) の図像にあると述べるが、他にも、アテナ、ヘルメス、ゼウス、アポロンなどの影響も指摘する (Sawday, p. 183)。初期近代ヨーロッパのアナトミアは女神であるが、アリストファネスにおいてはゼウス、ミルトンにおいてはエホヴァのように男神である。ソーデイは、アナトミア（アナトミウス）の性別から、文化の違いによる解剖の意味の違いを論じている (Sawday, p. 188)。

33　シーザー暗殺以後、「遺体」を意味する body は七例、corse と corpse はそれぞれ二例、piece of earth が一例ある。

34 その後、シャルル・エティエンヌやウェサリウスの解剖書では、モンディーノとは反対に、骨からはじめ皮膚へと到達する合成の順序を取った。骨からはじめる手順はガレノスも推奨したもので、体の形と支えは骨に依存するという理由による。（マンドレシ、三八二―八四頁、坂井、四四―四六頁）。ウェサリウスの『ファブリカ』の第一巻は骨格を扱う四〇章からなるが、第一巻末尾の全身骨格図は、前向き、横向き、後ろ向きの骨格が風景の中でポーズを取る。特に第二図の、テーブル上の頭蓋骨に手を置き、物思いにふける骨格人の図は有名である。（坂井、六五―六六、七三頁）。ソーデイは、この骨格図が全身であることに、分割された身体部位が部分としては未だ意味を持ちえなかった当時の意識を読み取る。部分を部分として見ることが可能になったのは一六世紀末から一七世紀以降である (Sawday, pp. 115-16)。

35 Sawday, p. 132.『ファブリカ』の全身骨格図は、英国で出版されたゲミヌスの『解剖学要略』に添えられていた (Hoeniger, pp. 37-38)。

36 Sawday, pp. 72-73. 図版のタイトルは一六〇九年のものが 'the principle of eternal life'、一六一〇年のものが 'the principle of death is born' である。

37 もう一例は『ジョン王』、ブランシュが夫と叔父の戦いに引き裂かれる悲しみを言う「それぞれとつながっているために／私はひきずりまわされて五体がばらばらになるでしょう」("They whirl asunder and dismember me")（三幕一場三三〇）に見られる（小田島雄志訳『ジョン王』[白水社、一九八三]、八九頁）。

38 *OED* によれば、hew には「(斧・剣などで) たたき切る」(2. To strike forcibly with a cutting tool) の意味に先んじて「(強打で) 分断する」(6.a. To divide with cutting blows) という意味があった。その最終例は一四八三年で、シェイクスピアの時代には既に廃れている。

39 『ジュリアス・シーザー』には、エリザベス朝末期の社会不安を読み込むことが可能である。Hadfield はシナ惨殺の場面に描かれた暴徒の狂気を一五九九年冬の危機的状況と関連付け論じる (Andrew Hadfield, *Shakespeare and Renaissance Politics* [London: Thomson Learning, 2004], pp. 148-49)。

40 Barton and Kerrigan による検索結果である。

41 大場、五九頁。なお、松岡訳では「七、八割」となっている（松岡、四七頁）。

42 解剖から生じた部分への意識は、機械の部品の原理を示す機械論哲学へとつながっていく。一六世紀後半以降の解剖学的文献においては、身体の機械化が進み、身体諸部分の配置を熟知するだけで、生命機能を理解し説明するのに十分であるという考えがもたらされた（マンドレシ、三八六―八九頁）。

43 「わかち合う」の意味では、part の他に share も使用される。三頭政治におけるレピダスの役割をこき下ろすアントニーの台詞「だいたいあんな男に／天下を分割してその三分の一を受けもたせる (share) のは適当とはいえまい？」（四幕一場一三―一五）。

44 もう一例は『十二夜』のオリヴィアの台詞にある「一つ一つ財産目録のように書き記して遺言状にはっておけばいいでしょう」(“every particle and utensil labell’d to my will”)（一幕五場二四六―四七）。

45 「ローマ人の真実」(Roman’s part) と自死については Warren Chernaik, *The Myth of Rome in Shakespeare and his Contemporaries* (New York and Cambridge: Cambridge University Press, 2011), p. 79; Eric Langley, *Narcissism and Suicide in Shakespeare and his Contemporaries* (Oxford and New York: Oxford University Press, 2009), p. 164.

46 マンドレシ、三九〇―九一頁。

『リア王』における怒りとその先

松浦雄二

はじめに

『リア王』の一幕一場、王国譲渡の場面に示されるのは、自分のことが見えない愚かな人間の姿である。しかし、この愚か者は並ぶものなき権力者である。そのため、思うがまま権力を振りかざし、あくまで自分のやり方を押し通そうとする。ここには、主人公リアの国王としての高い自己評価が示されている。すなわち、国王として自分が持つ権力・権限は絶対的なものであるという自負、また、周囲は自分に従って当然という意識である。

リアのこの絶対的な自己認識は、「おまえたち三人の中で、一番余を愛しているのは、誰であろうかな」（一幕一場五一）[1]と、王国と引き換えに娘たちから愛の言葉を引き出そうとするリアの姿に如実に示される。これは、国王という地位と権力によって、自分はどのような人間であるかについて無自覚であることを許された人間が、ほしいままに振る舞う姿に他ならない。しかし、愛の言葉によって王国を買い取らせるかのような儀式がいかに独善的であるかは、コーディリアの「何もございません」という短い言葉によって、白日の下に晒され、儀式はリアの思うようには運ばなくなる。コーディリアの言葉は、姉娘らの飾りたてられた空疎な愛の言葉とは正反対に、真摯に愛とは何かという問いをリアに突きつける。その儀式に不似合いな真摯さは、リアの王国譲渡の儀式を崩壊させ、それとともに、絶対的な権力に裏打ちされたリアの自意識を問い直す契機となるのであるが、まだ一幕一場の段階では、主人公はそのことに気がついてはいない。リアが、自分をどのような人間であると認識しているのか、これは『リア王』という作品を通して描かれる大きなテーマである。

松岡和子は、『深読みシェイクスピア』の中で、『リア王』とは「認識の劇」であり、知ることの「幸福」についての劇であると述べた[2]。だが、『リア王』では、終局において、善に見える者も悪に見える者も、多くが死んでしまう。それにもかかわらず、『リア王』に知る幸福があるとするなら、それはどのようなものとしてわれわれに提示されているのであろうか。小論では、知ること、認識の幸福とは何かについて、リアの「知る」過程を検証しながら考察してみたい。特に、リアが自己を「知る」過程で生じさせる怒りを手掛かりに、怒りの沸き起こる原因と、怒りの質の変化、そして怒りの鎮まる様に着目して論じていく。

一　「リアの怒り」とは

リアの怒りについて論ずる前に、「怒り」の定義をしておきたい。この定義の骨子を、古代ギリシャ・ローマからルネッサンスにかけての思想的源流ともいうべきアリストテレス、セネカ（ルキウス・アンナエウス・セネカ）に求めてみたい。まず、アリストテレスは、『弁論術』第二巻第二章の冒頭部分で、怒りを自分自身への不当な軽視であると定義する。

怒りは自分自身なり、自分自身に属するものの何かなりに対する明らかな軽視—それも軽視することがふさわしくないので、それが原因で生ずる復讐への苦痛を伴った欲求である。
（第二巻第二章 1378b（一））[3]

また、怒りは期待に反したものによって起こるとも指摘する。

人が［現に起こっていることと］反対なことをたまたま期待していた場合にも、一層怒る。というのは期待に多く反したものは、苦しめることも一層多いからである、それはちょうどまた期待に多く反したものが、彼の望むものであるなら、喜ばすことも一層多いようなものである。
（第二巻第二章 1379a（一一））[4]

これらの定義を、先の王国譲渡の場面に当てはめるなら、コーディリアの「何もございません」という愛の言葉は、リアの期待に反したものである。と同時に、コーディリアの意図はどうあれ、愛の本質について語ることが、結果的にリアの儀式を妨げ、軽んじることになり、リアの怒りを生じさせたと説明できる。F・D・ホニガー（Hoeniger）は、この場面を取り上げ、アリストテレスの怒りの定義がリアの内に体現されたと評している。[5]

ローマ時代に下って、セネカにおいても、怒りについての同様の考え方が見出される。「怒りについて」の冒頭、セネカは、怒りという情念の激しさについて、他の情念は身体的に「現れる」だけだが、怒りは「ほとばしるのだ」と、その激しさの度合いを強調し（第一巻第一章7）[6]、さらに、怒りに駆られる状況として、「自分が不正をこうむったと思われる場合」と不正を「不当にこうむった場合」とを挙げる（第二巻第三一章1）[7]。

人が何かを不当と判断するのは、こうむるに値しなかったという理由からか、予想していなかったからである。思ってもみなかったことを、われわれはそれに値することとはみなさない。だから、予想と期待に反して起きたことが、いちばん心を揺さぶる。（第二巻第三一章2）[8]

アリストテレスと同様、セネカにおいても、怒りは「予想していなかった」不正をこうむる状況で起こり、また「予想と期待に反して起きたこと」が「いちばん心を揺さぶる」と説明される。特に、右でセネカがいう「不正」とは「何らかの悪をこうむること」（第五章3）[9]もしくは「何であれ、それが降りかかるひとに損失をもたらすこと」（第五章4）[10]である。リアにとってコーディリアの愛の言葉は、「不正」なものに他ならない。

さて、「はじめに」で述べたように、劇の冒頭での主人公リアにとって、彼を取り巻く人間とは自分の命に従い自分にかしづくべき者たちであり、リアは王として周囲の者たちに対する絶対的権力・権限を持っている。このような、自他の許す評価によって、リアは無意識のうちに自己を他者に強要できる。逆に言えば、この強要が周囲に対してどれぐらい有効で可能なのかが、リアの自己評価を左右することとなる。

このことを踏まえ、先に見た古典の先人たちの定義に倣い、小論では「リアの怒り」を、「外部から、自己を否定（「軽視」も含まれる）されて起こる感情」と定義する。「自己を否定される」とは、「自己評価通りのリア像」を否定されることである。このように定義すれば、リアの「怒り」のありようは、リアの自己認識の尺度となる。リアの「怒り」が続くのは、リアの自己評価が高いのに他者からの評価が低い時、すなわち、リアに対する自他の評価が大きくずれている時である。一幕一場、王国譲渡の場面から、嵐の荒野に飛び出すまで、リアは基本的に高い自己評価を維持している。それゆえ、否定されるたび、彼は怒りで反応する。リアの高い自己評価が他者によって承認されるには、他者からのリアへの高い評価が欠かせないが、現実には他からの評価と自己評価との間には相容れない深い溝がある。そして、その溝が解消できない時、嵐の場面のような狂気が生じることになる。さらに、自己への高い評価が幻影でしかなかったと自覚した時、はじめてありのままの自分を受け入れることが可能になるのである。

以下では、リアの怒りを生じさせる心性とは何か、リアの自己評価と周囲の評価のずれを論じていく。その中で、リアの怒りの先に何があるのか、怒りによってもたらされる気づきとは何であるのか、論じていく。

二　国王としてのリアとその自己評価

一幕一場、王国譲渡を宣言する場面では、国王としてリアは、最も高い自己評価に裏打ちされている。それゆえ、自己の判断や決断に何ら迷いはない。

お二人をお待ちする間、余の胸にのみあった計画について、話しておくとしよう。
地図をこれに。よいか、余の王国を三つに分けたぞ。老齢のこの身から
政《まつりごと》の気苦労をすべて振り払うことが、もはや固く変わらぬ余の意思である。
その采配は、より若き力に託し、余は荷をおろしてゆるゆると死を迎えるのじゃ。
余が婿のコーンウォールよ、それに劣らず愛する婿、オールバニーよ、
余は、只今、固い意志をもって公にするぞ、
余が娘たちそれぞれの持参金をな。これが原因で将来起きるやもしれぬ
いさかいを、まえもって避けるためじゃ。

（一幕一場三六—四五）

この台詞には彼の強い自負心が溢れている。すべてはリアの思い通りとなり、王国分割、その後の身の振り方も、すべて彼の一存である。周りの者たちはただ彼の命令に従うだけである。ここに、シェイクスピアは、自己の存在のあり方を全く疑ったことのない人間としてリアを登場させている。[11]

しかし、リアは、王国譲渡の儀式の最後を飾る場面で、最愛の末娘コーディリアから思いもかけない挑戦を受ける。「どのような言い方で、二人の姉よりも豊かな三分の一を引き出すのかな」（一

幕一場八五―八六）と問いかけるリアに対し、コーディリアはただ「何も、ございません（Nothing, my lord)」（八七）とだけ答えるのである。

コーディリア　何も、ございません。
リア　何も、無い？
コーディリア　何も。
リア　何も無い所からは何も出て来ないぞ、言い直してみよ。

（一幕一場八七―九〇）

リアの立場からすれば、このコーディリアの「何も」は、王国譲渡の儀式をだいなしにするものである。絶対的権力者として君臨するリアにとって、王国譲渡の儀式とは、彼の国王としての権力と面目、そして家父長的な慈愛を強調する威厳に満ちた空間となるはずであった。しかし、コーディリアの一言は、儀式の荘重な空気を一変させる。直前まで続いた儀式的韻文の大仰さは影を潜め、コーディリアとリアによって「何も」という言葉がやり取りされる。そのたびに、その言葉の唐突な短さ、音声上の軽さが、リアの儀式の重々しさを軽く転がしていく。さらに、コーディリアの言葉の率直さ以前の問題として、そもそも、愛の本質について語ること自体が、この場では求められてはいない。コーディリアがどれだけ深くリアを愛していようと、愛とは何かという哲学を語ることは、国王リアの儀式においては期待に反する行為であり、リアの怒りを招いて当然なのである。

コーディリアを擁護してリアに諫言するケントも同様である。国王の発言に疑義をはさむことは、すなわち、リアの王権を軽んじることであり、リアの怒りをあおる結果にしかならない。

お前は、余が自分でした誓いを余に破らせようと―そんなことをこれまで余がした
ことがあるか―そして傲岸不遜にも余が王の力をもって決める宣告に口を出そうとした、
そのようなことは、余の気性からも余の立場からも耐えられぬことだ、
であるからには、余の力をみせてやろう、お前がしたことの報いを受けよ。（一幕一場一六八―七二）

リアはこれまで、権力の行使において刃向かわれたことがない。リアにとって、ケントの諫言とは、彼の権力の軽視に等しい。アリストテレスのいう「自分自身に属するものの何かなりに対する明らかな軽視」に対して、リアは激しい怒りを示すのである。しかも、権力者であるリアは、刃向かう者に対しても権力をもってしか対処できない。リアの怒りが権力によって裏打ちされた結果が、コーディリアの相続権剝奪とケントの追放である。愛について語るよう求めたのはリアであったのに、愛について顧みるように促された時、リアは怒りでしか反応できないのである。

王国譲渡の場面は、多くの批評家によって、一七世紀初頭の英国の政治状況と重ね合わされ、王国分割が引き起こす社会不安の観点から論評されてきた。しかし、スティーヴン・グリーンブラットのように、リアの本当の愚かさは王国分割ではなく、コーディリアの相続権剝奪にあるという批評家もいる。[12] 確かに、後の一幕四場で、リアはコーディリアの相続権を剝奪したことを後悔して見せる。

ああ、小さな小さな咎だったのに、
コーディリアが言うと、どうしてあんなに醜く思えたのか！

あの醜く大きく見えた咎が、土台から建物をねじり倒す機械のように、
わしという存在を根こそぎにした。あの小さな咎が、わしの心から愛をすっかり
抜き取り、代わりに苦い胆汁を増加させたのだ。（一幕四場二六六―七〇）

しかし、この言葉は、コーディリアが言わなければ、このような事態にならなかったと言っているという意味で、リアは、自分の怒りとそのあとの行動を正当化している。小さな咎も、コーディリアに対して寄せる信頼が深ければ深いほど、期待を裏切られたという思いも深まり、その咎がより一層大きく感じられたというものである。この台詞で、リアはコーディリアに対する心情を言うのに「愛」という言葉を用いる。このように主人公は愛について言及するのだが、そもそも彼の言う愛とはいったいどのような性質のものであるのだろうか。

三　愛するとは

リアの自己認識は、最高権力者の国王であるという意識とともに、慈悲深い父というイメージから成る。「優しい父ではないか！」（一幕五場三二）、「わしはお前たちに全部与えた」（二幕四場二五〇）など、彼は自分の寛大さ、気前の良さに幾度となく言及する。彼の愛とは、王国と権力を最高のものとして、あえて譲渡するという行為で表されるものである。コーディリアに対しても、国土の最も豊かな部分を譲るという形で、父としての最も深い愛を表現しようとする。劇の前半では、リアが愛を口にする時には、いずれの場合にも、実際には「愛する」という所為について、リアは

何もわかっていないということが示唆される。
王国譲渡の儀式において、リアは娘たちに愛について語るように求めながら、その実、彼が求めたのは、飾りたてた空疎な追従であった。それに応えて、長女ゴネリルは、言葉では言い表せないという愛を、飾りたてた言葉で言い立てる。

ゴネリル　お父様、わたくしはお父様を愛しておりますが、言葉では表せません。
この目よりも、領地よりも、自由よりも、お父様を愛しております。
高価で稀少な値がつくものをはるかにしのぎ、
命そのもの、また神の祝福、健康、美、名誉ともならびたち、
子が父をこれほど愛したためしはなく、父がこれほど子に愛されたためしもない、
言葉で説明しようとして口を開いても、そのような言葉は無く、口をつむぐしかない愛、
こんなに愛しているとは言いきれないほど、あなた様を愛し申し上げております。
（一幕一場五五—六一）

リーガンもまた、無上の愛というものを言葉にしてみせる。

リーガン　わたくしの性根も、お姉様と同じ、
お父様への愛においても同じように値踏みしてくださいまし。お姉様が
わたくしの愛について代弁してくださったと、心より思います。
ただ、お姉様はあまりに言葉足らず、わたくしなら断言いたします、

お父様への愛と並べば、
人の身が感じ知るすべての喜びも、ただの敵、
わたくしは、ただ国王陛下様への愛をのみ、
わが至上の喜びといたします。

（一幕一場六九―七六）

耳に心地よい、飾り立てられた追従に、それ以上の意味はない。しかし、この場面のリアは、これらの言葉の中に愛があると思い違いをしている。リアとは、愛についてその程度にしかわかっていない人間である。

一方、コーディリアは、愛というものを全く違ったように表現する。この場面で、コーディリアの愛の言葉がリアの思惑通りにならないのは、両者の愛についての認識、価値観が違っていて、コーディリアがそれを素直にぶつけてしまったためである。その違いは、「何も」のやり取りに続く場面に示される。

コーディリア　とても不幸なことに、わたくしは心の中にあるものを口まで
持ってくることができないのです。わたくしは、親と子の絆に従って、
陛下を愛しています。それ以上でも以下でもございません。
リア　どうしたというのだ、コーディリア、少しだけ言い直せ、
お前の財産を損ねることがないように。
コーディリア　お父様、
お父様はわたくしをこの世に生み、育て、慈しみ愛してくださいました。わたくしは

お返しに、それにふさわしいだけのきちんとした務めを果たし、
お父様に従い、愛し、そして心から敬います。

（一幕一場九一―九八）

コーディリアの愛の言葉は、姉たちの華やかな言葉に比べるとひどく素っ気ない。だが、親子の絆に従って愛し、それ以上でもそれ以下でもない、という愛し方は、もし仮に子が、父親から授かった恩を無限のものと考えているならば、「それにふさわしい」ものもまた、無限となるはずである。それなのに、怒りに駆られたリアは、コーディリアの心根を推し量ろうともせず、「財産を損ねることになるぞ」と王国譲渡を振りかざして彼女を脅迫する。絶対的な自己肯定感を持つ、自分の判断が間違っているなどと夢にも思わない人間は、他者の考えには一顧の注意も払わないのである。

愛の言葉を財産で引き出そうとするリアにとって、愛は対価交換可能なものである。それは、リアがコーディリアの相続権を奪った直後の、バーガンディにその事情を説明する台詞に明らかである。

バーガンディ　　　　国王陛下、わたくしは、
陛下よりお申し出のあった以上のものを請い願うものではございません、
それ以下でもございません。
リア　　　　バーガンディ殿、
あれが余にとって大事なものであった時には、そのように大切であると
見なしておったが、今ではその値もすっかり下がりましたぞ。

（一幕一場一九三―九七）

バーガンディの結婚の目当てが持参金であることはさておき、リアの語る愛情とは金銭的なもので

ある。「あれが余にとって大事なものであった」という時の「大事な」(“dear”)が併せ持つ「値段が高い」という意味から、「その値もすっかり下がりましたぞ」という言葉が引き出され、コーディリアは完全に対価交換可能な存在へと変容する。リアは、かけがえのない存在としてコーディリアを愛していると思っていたが、実際は、コーディリアをなぜ大事に思うのか、まったく理解できていないのである。その「愛」の源泉、「愛」の拠って来たるところに意識がないから、即物的に「値が下がった」などという比喩を使ってしまっても、一向にその嫌らしさに気が付かない。

愛の本質に無知であるリアの姿は、姉娘らの愛を計量的に測ろうとする態度にも描き出される。以下の場面では、ゴネリルとリーガンの愛の深さは、それぞれがリアに許した供の者の人数によって測られる。

邪《よこしま》な醜い者も、まだ器量よしに見えるものだな、
もっと邪な者がいる時には。邪でも最悪なやつでなければ、
まだほめる所があろうというものだ。[ゴネリルに向かって]わしは
お前と行くことにする、
お前の五十は、まだ二十と五の倍になる、
その分、お前の愛はこやつの倍だ。

(二幕四場二五六―六〇)

もともと、リアは百人の騎士を随行してひと月ごとに順に娘の家に滞在する取り決めであった。しかし、ゴネリルはリアの知らぬ間に騎士の数を五十人に減らす。それに気づいたリアが、リーガン

のもとへ姉娘の非道を訴えに行ったところ、逆に五十人の半分の二十五人で充分とリーガンに突き放される。そこでもう一度ゴネリルの方に向き直り、「お前の愛情はこいつの倍だ」と言う場面である。右の台詞は、ここに示されたリアの愛の計算はあまりにも即物的で、ここはむしろそうしたリアの盲目性が笑いを誘う、という演劇的な効果が第一の目的かもしれない。が、とにかく、リアの愛を測るものさしは、一幕一場でコーディリアを「財産を損ねることになるぞ」と脅し、また、バーガンディに娘の「値が下がった」と言った時から、ゴネリルとリーガンの許した騎士の数で愛の深さを比べる時まで、何ら変わっていないのである。愛することの本質を理解しないままに、愛情について語るリアの姿には、高すぎる自己評価に拠る自己信頼感を誇る人間の愚かさが、余すところなく描き出されているのである。

四　他者を認識すること

劇の冒頭では、リアの自己評価が周りの評価と比べて高くても、リアの国王という地位に免じて許されていた。一方、リアのほうでは、自分に対する周りの評価が高かろうが低かろうが、気にも留めていなかった。国王であるリアにとって、周囲の人間とは、人間リアについて彼らが何を考えどのように認識していようが問題にさえならないような、ただ彼の権力に従うべき存在であったのだ。

しかし、王としての実権を移譲したのち、周囲の人間からの評価がリア本人にもわかるまでに低下すると、リアは自分が国王であることを強く主張しなければならなくなる。リアという老人に対する低い評価は、一幕一場の最後に、王権譲渡が終わったとたん、舞台上に残ったゴネリルとリーガンの会話に、すぐさま現れる。リアの短気と判断力の低下[13]について、「判断力がいかに落ちたかわかろうというものよ」（一幕一場二九〇―九二）と述べるゴネリルに返して、リーガンは、「年をとって弱ったのよね。でも、これまでだって、ご自分のことはよくわかっていらっしゃらなかったけれど」（一幕一場二九三―九四）と放言する。一幕三場でも、ゴネリルは「ほんとうに呆け老人だわ、人にやってしまった権力をいつまでもふりまわそうとするなんて！」（一幕三場一六―八）と、過去の権力にしがみつくリアの姿を酷評する。これらの台詞を、意地悪な娘の意地悪な見方として片づけるわけにはいかない。ここには、リアの考える自己のありようと、他者の目から見たリア像との差異が、またひとつの真実として、示されているのである[14]。

騎士の数を五十人に減らされ、ゴネリルの館を飛び出したリアは、リーガンを追ってグロスターの居城に到着するが、そこで、グロスターからコーンウォール夫妻が「話したくない」と言っていると告げられ、激しい怒りを示す。この怒りには、リアの自己評価はいまだ高いままであること、それゆえ、国王の名にふさわしい扱いを求めて当然とする彼の態度・心情が読み取れる。国王としての立場を軽んじられたことへの怒りは、アリストテレスの定義にあるように「復讐への苦痛を伴った欲求」として描き出される。

リア　復讐してやる！疫病を！死を！破滅を！
火のような？気性だと？　これ、グロスター、わしはコーンウォール公爵とその妻に話がしたいのだ。

グロスター　はい、そのように、お伝え申し上げました。

リア　申し上げた？　おいお前、わしの言うことがわかっているのか？

グロスター　承知しております。

リア　王が臣下のコーンウォールと話したいと言っておるのだ、大切なはずの父が娘と話したいと言っておるのだ、臣下らしく娘らしく仕えよと命じておるのだ。

（二幕四場九五—一〇二）

しかし、この場面でのリアの怒りには、一幕一場でコーディリアの相続権を剝奪し、ケントを追放した時とは、異なる様相が加わり始めている。すなわち、自己評価の実質的低下である。癇癪の爆発は相変わらずだが、一旦怒りを爆発させてしまったのちは、ずいぶんと気弱になる。それは彼の言葉の端々に見受けられる。例えば、一幕一場では、リアは自分自身に言及するのに、国王の立場にふさわしい「君主の we」[15]を一貫して用いていた。しかし、右の台詞では "me" に変わり、一人の人間として発言していることが示される。自分の置かれた立場の変化はリアも重々承知しているのだ。さらに、命令権者が誰であるのか強く確認を迫るようなことは、自己評価が高い時にはありえなかった。ここでリアが確認を求めているのは、自分が王国の最高権力者であること、そして一家の長であることである。[16]それは、王であり父であるというリアの自己評価の拠り所となる部分である。落ちぶれてしまったリアは、王であることにどうしても執着しなければならない状況に陥っている。怒りの爆発には、彼の自己評価が低下していく惨めさが、狼狽する様とともに、描き出されているのである。

実は、リアの自己評価の揺らぎは、すでに一幕から始まっている。それはゴネリルの館で粗略にされていると感じ始めたリアが「わしは誰ですかな」（一幕四場七八）と尋ねて、オズワルド[17]に「奥方様のお父君かと」（一幕四場七九）と返される場面である。オズワルドに対しては、リアは怒りでもって殴りかかるが、その直後、ゴネリルが、「近頃のこの気まぐれ、おやめくださるといいのに、本来のご自身はどこへやら」（一幕四場二二〇―二二）と嫌みを言うのには、全く異なる反応を示す。それは自己のあり方の再確認である。

リア　ここにいる者たちの中でわしのことを知っている者はおるか？　これはリアではない。
リアがこんな風に歩くか？こんなしゃべり方をするか？　リアの眼はどこにある？
頭の力が落ちているのか、五感が
弛んだのか――ふん！わしは起きているぞ。そうじゃないのだな。
わしが誰だか知っているものはあるか。

道化　リアの影法師だよ[18]。　　　　　　　　（一幕四場二二六―三二）

もちろん、これはゴネリルの嫌味に対して、嫌味を返しただけと受け取ることも可能で、自分はまだ偉大な王として君臨しているという気持ちがある段階である。それでも、表層的な言葉の上では、自己の存在のあり方への問い直しが開始されている。リアにとって「わしが誰であるか」とは、玉座にある時には、自明のものであった。そのようなことを考える必要さえなかった。しかし、玉座から降りた時、自明当然の自己は消失し、この時リアは、道化が言うように、すでに「リアの影法師」に過ぎない。それなのに、リアの自己認識は、かつて玉座にあった時と変わらない。右のリアの物言いは、自分がどのような人間であるのか考えもしなかった時代にリアが身につけていた所作である。自明のものを問い直すとは、リアにとっては茶番に過ぎない。一方で、道化は、権力を失った状況を右の台詞の前にも、的確にリアに語っている。

リア　お前、わしのことを阿呆と呼ぶのか?
道化　生まれた時に持ってたもののうち、阿呆以外の呼び名は全部ひとにやっちまったじゃないか。

（一幕四場一四八―五〇）[19]

これは、後に嵐の場面で、リアが認識することになる人間の姿である。しかし、まだこの段階では、落ちぶれた状況にもかかわらず、リアはなんとか高い自己評価を維持しようと懸命であり、先に引用した道化の「リアの影法師だよ」という言葉が持つ本当の苦味は、まだわからない。ゴネリルの仕打ちに対しても、自分が放棄した実権を取り戻そうと、怒りをもって応じる。

そのうちに見ておれ、
わしは、永久に棄ててしまったとお前が思っている
昔の姿を取り戻してやるぞ。

（一幕四場三〇八―一〇）

リアは常に自分が「わしとはこのような人間である」と考える姿を、自分の現実の姿とみなして、

それを疑わない。このようなリアの姿があるので、二幕四場のグロスターの館でのリアの怒りが一層意味を持つ。グロスターの館の前で曝し台にかけられたケントを見て、「わしの王冠は飾り物か！」（二幕四場一一二）と怒るのも、自分に権力があると思っているからこそである。

さて、権力委譲後に偽りの愛の仮面をつける必要がなくなった姉娘たちから、リアは容赦なくその存在を否定されていく。ゴネリルからは、自分の態度を「あれやこれや無分別になさることは、人を嫌な気持ちにさせないとおっしゃいますか、／耄碌なさったこと」（二幕四場一九六―九七）と非難され、またリーガンからは、「あなた様は、ご自身よりも／その王冠にふさわしいご分別でもって／ご自分を律していかれなければ」（二幕四場一四八―五〇）とか、「お願いです、お父様、実際はもう力無く弱っていらっしゃるのですから、それらしくなさって」（二幕四場二〇二）[20]とか、「お父様の癇癪も無理からぬことと思うような方々は、／もうお歳だからと考えて、我慢なさっているわけですから」（二幕四場二三四―三五）と、次々と酷い言葉を浴びせられる。しかし、その存在のあり方を否定されても、リアは、ただ怒ることしかできない。権力を失ったリアにとって、権力の行使に代わるものが怒りなのである。

リアの怒りは、自然にも向かう。嵐の中に飛び出し、嵐に向かってまでも怒りをぶつける。しかし、その怒りの中には、新たな認識が芽生え始める。それは、嵐に対しての無力さの自覚である。「そうだ、わしはお前たちの奴隷だ、哀れな、頼りない、弱い、蔑まれる年寄りだ」（三幕二場一九―二〇）という台詞には、後のコーディリアとの再会の場面に示される「阿呆の耄碌爺《じじい》」という自己認識の萌芽が見られる。しかし、すぐさま嵐をゴネリルとリーガンの「ご機嫌取りの手先」（三幕二場二一）となじり、怒りを新たにする。怒りを鎮めることは容易ではないのである。

嵐の中、リアに付き従う道化は必死にリアの怒りと悲しみに応え、その苦しみを歌に笑い飛ばそうとする。寒さに震える道化の姿に、リアは初めて他者を気遣ってみせる。「ほれ、小僧。どうした小僧？ 寒いのか？ 寒いぞ、わしも」（三幕二場六八―六九）という台詞は、自分を苦しめるものに、他の者も苦しめられているということへの気づきである。しかし、リアの気づきのレベルはまだ初心者である。他の者の苦しみには、他の者なりの事情があるということには、まだ思いが至らない。それゆえ、「哀れな不幸な物乞い」（四幕六場六八）の「トム」に身をやつしたエドガーに、「お前も二人の娘に全部くれてやってしまったのか？ それで今こんな風になってしまったのか？」（三幕四場四九―五〇）と訊いたり、「やつの娘たちのせいで、やつはこんな苦しみを受けているのか？」（三幕四場六三）と述べる。確かにこれらの台詞には、哀れな姿をさらして苦しむ他者に対する同情の芽生えという、従前のリアには見られなかった感情も見て取れる。それと同時に、他者の苦しみの原因が自分と同じであると決めつける、世界の中心が自分であるという認識から抜けきれないままのリアの姿もいまだ窺える。それでも、自分と同じように苦しむ他者の存在に気づいたばかりのリアにしてみれば、これが精一杯の洞察であろう。

他人の苦しみへの洞察がいかなるものかについて、シェイクスピアは、リアにではなく、エドガーに語らせている。物乞いから別の人物になりすまして父に接するエドガーは、死を願って神に祈る盲目のグロスターに手を差し伸べ、グロスターから「あなたはどういうお方なのでしょう」（四幕六場二二〇）と問われる。エドガーは息子の名乗りはあげず、自分がどのような人間であるか、以下のように語る。

運命のあれやこれやの試練には逆らえない、ただの哀れな人間です。
でも、たくさんの悲しみがあることがわかるようになって、たくさん胸に沁みて、
今ではいつでも、ちゃんとした憐れみを人様にかけようという気になっているのです。
（四幕六場二二一―二二三）

苦しみを知ることで、悲しみを知り、そして他者への憐れみを抱けるようになる、このエドガーの台詞には、「知ること」についてのひとつの洞察が示されている。この場面は、リアがコーディリアとフランス軍の陣営で再開する場面の前、グロスターの命を狙うオズワルドをエドガーが打ち取る場面の直前に挿入されている。劇が終盤に向けて動き始めるその直前に、このエドガーの台詞は、苦しみによって得られるものが何であるか、『リア王』という劇世界に示すのである。(21)

さて、リアの怒りがおさまるのは、四幕七場のコーディリアとの再会の場面においてである。眠りから目覚めたリアは、祝福を求めるコーディリアに対して、自分がどのような人間であるかを語り始める。

わしは、阿呆の耄碌爺、
歳は八十は優に過ぎている、それはまあ間違いない。
そして、素直に言えば、

どうも、正気ではない、と思う。
（四幕七場五九―六二）[22]

この新たな自己認識には、劇の前半の高い自己評価はみじんも見られない。自分がどこにいるのか、昨夜どこに泊まったのかもわからない。わからないことだらけのリアは、自分が正気であるかも確信できないような、これまでで最低の自己評価を示す。嵐の中、狂気の内に、リアは、かつての高い自己評価の拠り所であった権力とは、実体のない追従、飾り立てた衣服によって形作られた幻影でしかないことに気づく。その気づきを経て、リアはようやく意識的に素直に「阿呆の耄碌爺」という自己像を受け入れることができるようになったのである。

「阿呆の耄碌爺」たる自分を受け入れたリアは、コーディリアの気持ちを思い遣ろうとする。もちろん、彼が考えるコーディリアの気持ちは、相変わらず自己中心的で見当違いで、彼女が父のことをどれだけ深く愛しているかを理解しているとは言い難い。それでもリアは少なくとも、彼女の気持ちを推し量ろうとするのである。

毒を飲めと言うなら、飲もうぞ。お前はわしを愛していない、
なぜなら、お前の姉たちのほうが――覚えておるぞ――
わしを酷い目に遭わせたのは姉たちのほうで、お前ではないからな。
お前にはわしを愛さない立派な理由があるが、やつらにはない。
（四幕七場七一―七四）

かつてのリアは、他の者が何を考えているかなど、考えもしなかった。他者が何を考えているかな

ど、彼には何の意味もなかったのである。しかし、権力喪失の過程において、リアは、他者が自分と同じ感情を持つ存在であることに気が付くようになる。その気づきは、リアが他者を思いやるきっかけとなる。寒さに震える道化の姿に、リアは自分と同じ苦しみを味わう他者の存在を見出した。そして、コーディリアと再会した時、自分がゴネリルとリーガンを恨むように、コーディリアもリアを恨んで当然と、自分が辛く当たった娘の気持ちを思いやるのである。もちろん、ここでのリアの共感は的外れである。物乞いトムに扮したエドガーの不幸を娘のせいと決めつけたように、コーディリアに自分を嫌う理由があると考えるのは、リアの他者への認識が、いまだ自分の経験に基づいた自己中心的なものでしかない証拠である。しかし、少なくとも、他者を自分と同じ感情を持つ存在として、認めるようにはなったのである。

五幕三場、コーディリアとともに囚われの身となった時のリアは、もはや怒りで反応しない。姉たちと会って父だけでも助けようとするコーディリアに対して、リアは次のように語る。

いや、いや、いや、いや、牢屋に行こう、
二人だけで籠の鳥のように歌おう。
お前がわしに祝福を乞えば、むしろわしは
ひざまずいて、お前から赦しを乞うのだ。
（五幕三場八―一一）

ここに示されるのは自分の大事なものに気がついたリアの姿である。リアは、もはや王権に固執する権力者ではなく、自分の一番大事なものを見つけて、それとともに在り、ともに生きることで、満足する一人の老人である。この老人は、自分の進んできた道、すなわち王としての来し方を、振り返り惜しむようなことはしないで、世事には係わらず、ただ

祈り、歌い、昔話を物語り、ちっぽけではかない者たちを
笑い飛ばし、哀れな阿呆どもが宮廷の噂に
持ちきりの様子を耳にし、おしゃべりの種にし、
（五幕三場一一―一四）

世界（宮廷）の傍観者たらんとするのである。実に、これこそが、リアからコーディリアへの愛の言葉である。一幕一場、コーディリアは儀式に不似合いな言葉で、父への愛を語った時、彼女の愛は王国とも王権とも関係のないところにあった。そして今、国王の実権を老父に取り戻そうとして敗れた末娘に対して、愛することに王国も王権も必要ないことをリアは伝えているのである。文字通り最も愛おしい（“dear”）存在であるコーディリアと共有する空間と時間を、至福のものとすることを伝えているのである。

結　語

『リア王』という芝居において、自己存在のあり方を露も疑ったことのなかったリアは、何を知ったのか、知ることの幸福とはなんであるのか、そのような問いを立てて、リアの自己認識と怒りについて論じてきた。リアが知ったのは、自分が「阿呆の耄碌爺」であるということである。その気

づきに至る過程で、思い通りにならないものに対して、リアは怒りをぶつける。しかし、怒りは何も生み出さない。怒りの中で、リアは自分と同じように苦しむ他者の存在を認識し、他者の苦しみへ共感することを知る。また、同時に、リアの自己評価の拠り所であった権力や王権というものが、追従で飾られた空疎なものでしかないと思い至る。最終的に怒りが静まった時、リアはあるがままの自己を受け入れる。そして、その「阿呆の耄碌爺」であるという自己認識は、リアにこの上ない幸福な認識をもたらす。それは、自分にとって大切なものは何かという認識、愛の本質についての気づきであり、愛する者と時間と空間を共有するという幸福である。

さて、愛と言えば、『リア王』の中で一番大事なことを伝えていたのはコーディリアである。愛を語るようにとリアに命ぜられた時、「何も」とリアに答える前に、コーディリアは何と言っていたのか。コーディリアがリアに「愛」について語ろうとした時、彼女は人を愛するとはどのようなことであるか舞台上で示していたのである。「ただ愛していよう、言葉にせず」（一幕一場六二）、この言葉は、あくまで静かで小さいが、しかし「この阿呆ばかりの舞台」[23]である『リア王』の世界への一つの光明である。『リア王』は、悲劇である。しかし、悲劇的な結末の前に、リアはこの上ない幸福を手に入れる。人間が自己のあり方を否定されたのち、いかにそれを修正し、生き直していくのか、そこに必要とされるものは何であるのか、『リア王』には余すところ無く示されている。王である時のリアには理解できなかった、しかし、「阿呆の耄碌爺」となった時、初めて気づきに至る境地とはなにか、『リア王』において、現代のわれわれも、永遠に大事なものについて、思いをいたすことができるのである。

注

1　小論におけるシェイクスピア作品の引用の幕・場・行数については、Houghton Mifflin 社版の *The Riverside Shakespeare* に従った。筆者の日本語訳もこの版に基づいている。

2　松岡は『リア王』に「know ＋人」という構造がシェイクスピアの作品中最も多用されていることをもとに、この劇が「認識の劇」であると述べる。松岡和子『深読みシェイクスピア』（新潮社、二〇一一）、九一—九九頁。

3　アリストテレス著、山本光雄訳「弁論術」、出隆監修、山本光雄編『アリストテレス全集16』（一九九五、岩波書店、一九六八）、一〇〇頁。

4　アリストテレス「弁論術」、『アリストテレス全集16』、一〇四頁。

5　F. David Hoeniger, *Medicine and Shakespeare in the English Renaissance* (Associated University Presses, 1992), p. 312.

6　セネカ著、兼利琢也訳「怒りについて」、兼利琢也・大西英文編『セネカ哲学全集Ⅰ』（岩波書店、二〇〇五）、八一頁。

7　セネカ「怒りについて」、『セネカ哲学全集Ⅰ』、一五八頁。

8　セネカ「怒りについて」、『セネカ哲学全集Ⅰ』、一五八頁。

9　セネカ著、兼利琢也訳「賢者の恒心について」、『セネカ哲学全集Ⅰ』、四六頁。

10　セネカ「賢者の恒心について」、『セネカ哲学全集Ⅰ』、四六頁。

11　この台詞を始める“Meantime”という語について、デレク・コーエンは、リアが過去、現在、未来の均衡を保持する試みであると述べる。Derek Cohen. *Searching Shakespeare: Studies in Culture and Authority*

(University of Toronto Press: 2003), pp. 108-9.

12 Introduction to *King Lear*, Stephen Greenblatt, et. al. ed., *The Norton Shakespeare: Based on the Oxford Edition*, 2nd ed. (W. W. Norton & Company, 2008), p. 2309.

13 リアの政治的判断力は必ずしも鈍っているわけではない。王国譲渡において、オールバニーの方がコーンウォールよりお気に入りであるにもかかわらず、リアは好き嫌いに左右された割譲をしていないと、劇の冒頭部分で、グロスターも指摘する。Mark A. McDonald *Shakespeare's King Lear with The Tempest: The Discovery of Nature and the Recovery of Classical Natural Right* (University Press of America, 2004), pp.19-21.

14 ゴネリルがリアの騎士を五十名に減らした理由として、リアと騎士の暴力的態度が強調されているが、特に第一・二つ折り版では、リアと騎士の暴力が強調され、ゴネリルの言い分をもっともであるとする描き方がされている。R. A. Foakes, *Shakespeare and Violence* (Cambridge University Press, 2003), p. 145. J・L・ヘイリオは、第一・二つ折り版で加筆された部分にはシェイクスピア自身の考えが反映されていると述べる。Ed. Jay L. Halio, *King Lear* New Cambridge Shakespeare (Cambridge UP, 1992), pp. 69-70.

15 リアの“we”の使用には、彼と彼を取り巻く人間との関係が明示される。国王としての実権がある時には「余」の意味で「君主の we」を用いる。三幕二場で他者の苦しみを認識した時、“we”は初めて一人称複数の意味で使用される。さらに、五幕三場、コーディリアとともに捕らえられた時の“we”は、リアとコーディリアの二人を指す。Marianne Novy, *Shakespeare and Outsiders* (Oxford University Press, 2013), pp. 132-35.

16 この場面ではリアの王権と家父長としての権力をともにかけた意味の語が幾つも使用される。例えば、“Death on *my state*!”（「わしの国など破滅してしまえ、だ！」二幕四場一一二、イタリクスは筆者）では、「国家」「権威」の意味とリアの「心情」の二重の意味で用いられ、“Do you but mark how this becomes *the house*!”（「これが王家にふさわしい行いか、よおく見よ」二幕四場一五三、イタリクス筆者）

では、「王家」の意味と「父権」を象徴する「家」の意味が二重に重なっている。

17 オズワルドに対するリアの低い評価は、オズワルドに対する悪態が「やつ」(fellow)から、「頓馬」(clotpole)、「野良野郎」(mungrel)、「奴隷」(slave)（一幕四場四六—五二）のように、厳しいものに変化していることからも読み取れる。

18 高橋康也は『道化の文学』の中で、エラスムス『痴愚神礼賛』の表題解釈をしながら、「愚」と「愚」、「愚」と「賢」が互いに相手を相対化しつつ意味空間の奥行きを広げていく「愚」（＝「道化、阿呆」）の機能について、合せ鏡のイメージに寄せて説明している（高橋康也『道化の文学』（中公新書、一九七七、二〇〇六）、二八—三二頁）。『リア王』において、後にリアを阿呆呼ばわりする「道化」＝「阿呆」の存在は、まさしく、リアを始めとする「この阿呆ばかりの舞台」(“this great stage of fools”)（四幕六場一八三）の世界の住人達におのれの姿を見せつける合せ鏡であるかのようである。

19 この部分は第一・二つ折り版にはない部分である。

20 原文は“being weak, seem so”だけのやや曖昧な言葉であるが、野島秀勝訳『リア王』（岩波書店、二〇〇〇）の「お父様、ありもせぬ力がまだあるかのようにお振舞になるのはおやめになって」という訳のように、この短い表現には老齢による体力の消失、王権委譲による権力の喪失へのあてこすりが読み取れる。

21 エドガーのグロスターに対する態度には、一幕一場の王国譲渡の場面でコーディリアが語った、父子の絆による愛の深さが示されている(McDonald, pp.169-70)。

22 リアの怒りと狂気からの解放は、侍医の台詞「あの錯乱狂気(the great rage)も、御覧のように、もはや絶えております」（四幕七場七七—七八）に示される。

23 注18参照。

『マクベス』を観劇するジェイムズ一世
――魔女、大逆罪、王位継承権

熊谷次紘

はじめに

ジェイムズ一世（一五六六―一六二五）は、一六〇六年に『マクベス』を観劇したと考えられている。多くの有力な状況証拠が揃っているため、これはほぼ学会の定説となっている。[1] 一六〇六年七月から八月にかけて、ジェイムズ一世王妃アンの弟、クリスチャン四世デンマーク王が訪英したが、八月七日に宮中で観劇会が催された。その出し物の一つが『マクベス』であったと推定されている。二幕三場の門番の場に、偽誓して地獄へ落ちる二枚舌のいかさま師への言及があるが、これは火薬陰謀事件に連座した廉で逮捕されたイエズス会神父、ヘンリー・ガーネットのことであるとされる。彼は曖昧さ（エキボケーション）教義でみずからを正当化しようとして話題になった。四幕二場のマクダフ夫人と子供の間でも謀反、偽誓、処刑をめぐる会話があり、これもこの事件への言及とされる。首謀者の一人ガイ・フォークスが大逆罪で処刑されたのが一六〇六年一月三一日である。『マクベス』は、大逆罪が主題で、ジェイムズ王の遠い祖先とされていたバンクォーとフリーアンスが登場するスコットランドの古い歴史を扱う劇である。シェイクスピアが宮中観劇会用に急いで書き上げたと考えると、この劇が特別に短い悲劇であることも含めて、すべてが符合してくる。また文体修辞の傾向、中身の濃い充実した悲劇であること、『リア王』（一六〇五）とこの悲劇に虚無意識が通底していることでも、円熟した悲劇時代の作であると考えるのが妥当である。一六〇六年の『マクベス』の宮中観劇会は確定した事実ではないが、ジェイムズが観劇した可能性は非常に高く、これを否定する明確な証拠もこれまで出されてはいない。そこで本稿では、もし彼が観劇していたとすれば、彼がどのように反応したかを推定してみたい。こうした推定は、ジェイムズ王を中心とした当時のスコットランドとイングランドの政治社会情勢と文化、ロンドンの舞台事情を理解する上で、大いに有益であろう。

この劇では、生来善悪正邪を峻別する人であるはずのマクベスが、魔女達に「王になる」と予言され、いわば魔がさし、良心の呵責に悩んだ末、王を暗殺する。彼は（史実はさておき）この王が善政を行う徳高い王と考えており、その暗殺が悪事であり、何よりも大逆罪であると意識している。マクベスと魔女達との関係は、この悲劇を展開させる最も大きな動因である。魔女達の、マクベスが王になるとの予言は、現国王の命にかかわる予言である。それは大逆罪を唆す行為であり、彼女達が国王の命運を左右する力を行使していることを意味する。彼女らはまた魔女集会を開いている。これらの魔女達の行為は、実はジェイムズ一世が新法令で死罪として厳しく禁じたことである。

ジェイムズは、二〇代半ばに、「魔女」達と驚くべき異様な関係を取り結んだ国王である。彼は魔女達に命を奪われそうになった、と固く信じる出来事に遭遇した。魔女達が、王たる自分に対する大逆罪を彼の従兄に教唆した、とも信じた。彼は多数の「魔女」達を捕縛し、自ら取り調べにあたり、彼の命を脅かす魔女集会が実際に存在したと確信し、裁判に介入し、彼女らを苛酷な拷問にかけ、絞首刑、火刑に処した。さらにまた彼はその経験を基に、『悪魔学』(*Daemonologie*, 1597) なる冊子まで出版した。魔女を扱ったこの書は版を重ね、ヨーロッパ大陸でも翻訳されて、忌わしい魔女狩りの歴史に大きな汚点を残した。また彼は大逆罪の陰謀を摘発したことも度々あった。

ここではそれらの問題に関連づけて、本劇が宮廷で演じられた一六〇六年頃、何がどのように起こっていたか、また主材源の『ホリンシェッド年代記』第二版（一五八七）[2]、シェイクスピア、時の国王ジェイムズ一世が、どのような関係にあったかを、なるべく事実に即して記述してみたい。そしてジェイムズが、『マクベス』劇をどのように観たかを推定する。またシェイクスピアが、ジェイムズにこの劇をどのように見せようとしたかも詳述する。

一　ジェイムズ六世と母メアリー女王、大逆事件、魔女狩り

(1) 魔女の時代

この劇に登場する魔女達の背後には、今日の平均的観客にはいささか想像し難い歴史的、社会文化的、政治的背景がある。それは第一に中世からルネッサンス期のヨーロッパとアメリカを席巻した魔女狩りと魔女裁判の暗い歴史であり、また第二にスコットランドとイングランドの大逆事件と

王位継承権をめぐる諸事情である。この二つともジェイムズ一世の人生に深く関わる事柄であった。

欧州で猖獗を極めた魔女狩りと魔女裁判が英国でピークを迎えた時期は、ジェイムズとシェイクスピアが生きた時代とほぼ重なっている。イングランドでは一五六三年にエリザベス一世によって『呪術、妖術、魔術禁止法』(An Act against Conjurations, Enchantments, and Witchcrafts)が制定された(3)。シェイクスピアの生まれる前年である。同じ年にスコットランドでは女王メアリーが同様の魔術禁止法を制定している(4)。イングランドでの魔女裁判は一五六六年のチェルムズフォード魔女裁判が最初とされる。エセックスのチェルムズフォードで三人の女性が魔術を使った罪で告発され、うち一人が絞首刑に処された(5)。しかしイングランドでの魔女狩りは全体としてヨーロッパ大陸に比べてはるかに穏やかだった。これに対しジェイムズ六世が主導したスコットランドのノース・ベリック魔女裁判は、大陸に劣らず苛烈で残虐であった。

(2) ジェイムズ、メアリーの生涯と大逆事件

『マクベス』の主題は主君に対する謀反、大逆事件であるが、ジェイムズとその母スコットランド女王メアリー(一五四二―一五八七、在位一五四二―一五六七)の生涯は、それぞれ幾つもの謀反、反乱、大逆事件に彩られている。この母子が経験したそれらの事件は、『マクベス』の中での出来事と通じるところがある。

母スコットランド女王メアリーは、謀反と大逆事件の波に呑み込まれて悲憤の一生を送った人である。彼女は父ジェイムズ五世の急死で、生後わずか六日で王位を継承する(一五四二)。しかしスコットランドの政情不安のためフランスの宮廷で育てられた。五八年に一五歳でフランス王太子フランソワと結婚、その後間もなく義父王の急死で夫がフランソワ二世として即位し、彼女はフランス王妃ともなった。ここまではまずまずであった。ところがその夫も急死し一七歳で未亡人となってしまった。彼女は帰国して二三歳で従弟のヘンリー・スチュアート、ダーンリー卿 (Henry Stuart, Lord Darnley)（一五四五―一五六七）と再婚した。この二人の間に出生したのがジェイムズである。メアリー、二三歳、父ダーンリー卿は二一歳である。二人の仲はしかしすぐに冷却した。そしてジェイムズ生後七カ月の六七年二月に、父ダーンリー卿が暗殺される事件が起こったのである。その三カ月後の五月に母メアリーは、ジェイムズ・ヘップバーン、第四代ボスウェル伯 (James Hepburn, 4th Earl of Bothwell)（一五三四―一五七八）と早すぎる再婚をする。ハムレットの母ガートルードを地で行く速さである。この再婚者とメアリーには、ダーンリー卿殺害の強い嫌疑がかけられた。カトリック教徒の彼女は、たちまちプロテスタントの貴族達の反乱に遭い、退位を余儀なくされた。女王の座を追われた彼女は、イングランドに逃亡し、エリザベス一世の庇護と監視のもとに置かれる。しかしその後彼女はエリザベス廃位の陰謀に加わった廉で、一五八七年に女王によって大逆罪で処刑された。メアリーにはイングランド王位継承権もあったことが災いした。メアリー四四歳、ジェイムズ二〇歳の時である。(6)

ジェイムズは、幾つもの謀反、大逆事件に苦しめられた王である。彼は政情不安の続く中、母メアリーの長子として出生した。シェイクスピアより二歳二カ月年下である。当時のスコットランドの不穏な政治情勢と彼の置かれた危険な立場からすれば、彼が不幸な生涯を辿ったとしても、少しも不思議ではなかったはずである。彼はしかし全体としては幸運な一生を過ごした人である。父の暗殺とそのすぐ後の母の、父暗殺者とおぼしき人物との再婚、そして母の父暗殺加担疑惑は、彼にとってハムレット並みの只ならぬ不幸であったはずである。しかし幼いジェイムズは事件の顚末を知らないまま、母に代わって、同年七月にわずか一歳一カ月でジェイムズ六世として王座に就いた。

ジェイムズは父母、兄弟姉妹のいない孤児として、孤独で寂しい幼少期を過ごした。彼は、生来体が弱く、六歳になるまで一人で歩くのも難しかったほどだった。彼の体質は生涯を通して虚弱で強靭さを欠いていた。とはいえ狩猟と弓術は彼の得意とする趣味であった。[7] 彼はプロテスタント王として、摂政達に保護されていたが、その摂政たちは暗殺、病死、処刑などで頻繁に交代した。

しかし彼が少年時代に受けた教育は、厳しいけれども、きわめて質の高いものであった。教育の担当者に指名されたのは、当代切っての人文学者、老史家のジョージ・ブキャナン (George Buchanan) と、著名な学者ピーター・ヤング (Peter Young) である。ジェイムズが幼い頃から著しく高い知力と驚嘆すべき記憶力を示したことはよく知られている。ブキャナンはとりわけ厳しく高度な帝王教育で幼いジェイムズを畏れさせ苦しめた。彼は激しくブキャナンに反抗したが、結果的に十分にブキャナンの期待に応えた。ジェイムズは語学に秀でたブキャナンに、ラテン語、ギリシャ語を教え込まれ、長じてはフランス語、イタリア語、スペイン語を自由に話した。ジェイムズに学芸への情熱を植え付けたのもブキャナンである。ジェイムズが後に劇団、詩人たちのパトロンとなったのも、ブキャナンの影響が大きかったとされる。他方ヤングは、ブキャナンの協力のもと、ジェイムズがいまだ幼い頃、この国王のために膨大な書物を蒐集した。それはプルターク、カトー、イソップたちを始めとするギリシャ・ラテン語の原書古典、それらのフランス語、イタリア語、英語の翻訳書、金言集、欧州各国の歴史書などで、総数六百冊を超える、当時のスコットランドでは最大級のライブラリーとなった。こうしてジェイムズは幼い頃からラテン語で聖書を徹底的に教え込まれたのである。(8)

ジェイムズの人生で最大の幸運はエリザベス女王に世継ぎがなかったことである。女王が死去したのち、血縁の近いプロテスタントのスコットランド王であるジェイムズ六世がイングランド王位を継承することは、彼女の生前に暗黙の既定事項となっていた。それはイングランドの王座が労せずして我が物となり、彼がスコットランドとイングランドを統合して治める英国史上最初の王となる幸運を意味した。そこで母メアリーを大逆罪で処刑したエリザベス女王が、その処刑の翌一五八八年に、スペインとのアルマダ海戦に臨んだ際、ジェイムズは女王に、「あなたの血縁の息子、あなたの国の同胞」と書き送り、支持を確約した。(9) イングランド王位継承が現実となったのは一六〇三年三月、彼が三六歳（シェイクスピア三八歳）の時である。

彼の治政後半はアメリカ植民が本格化した時期であり、彼は米国史上初の植民地、ジェームズタウンにその名を残している。また彼は、熱心な聖書研究家であったことで知られるが、それは彼が王権神授説の根拠を聖書の中に見ていたことと深く関係している。(10) 彼は最初の本格的な英訳聖書で今日でも英語圏で標準訳の一つとなっている『ジェイムズ王欽定訳聖書』（一六一一）の編者として、長くその名を後世に残すこととなった。この点でも彼は運の良い国王だった。

彼の一生は、若くして暗殺された父ダーンリー卿や、大逆罪で処刑された母メアリー、そして公開処刑で斬首された息子チャールズ一世に比べると、格段に幸せであったと言える。それは決して運の良さのせいばかりでなく、戦乱によってではなく巧緻な交渉と妥協、宥和によって争いごとを打開しようとする彼の性格と、彼の著しく優れた知力にもよっていたと言える。彼の学殖の豊かさは伝説的で、その著書はヨーロッパ大陸でもよく読まれた。[11] しかし他方で、彼は剛毅に欠け、優柔不断、衒学的で、また思慮の浅い人物であったという評価も定着している。[12] 後述の通り、彼が仕切った陰惨な魔女裁判の経緯は、彼の思慮の浅さが事実であったことを裏付けていると言えよう。

（3）謀反人第五代ボスウェル伯

ジェイムズはスコットランドとロンドンで幾度も発生する謀反と大逆事件に深く悩まされ続けた王である。特にスコットランド時代には、王位継承権を持った貴族が大がかりな謀反を仕掛けてくるため、軟弱で妥協的性格のジェイムズは、断固たる措置を取り損ねて、これらを鎮めるのにてこずった。こうした謀反にはプロテスタント派とカトリック派との争いが絡んでいた。

ジェイムズは、魔女裁判では、後述のように、無辜の庶民に残虐を極めた拷問と処刑で臨んだが、彼のこの庶民への高圧的弾圧的姿勢に比べて、貴族達の謀反事件に対処する際の彼の弱腰、優柔不断は、きわだって対照的である。これは一面ジェイムズ自身の融和的な性格によるが、他面では彼の国王としての地盤の脆弱さにもよっていた。彼がいまだ若く権力基盤を固めきれない頃は，カトリック系の貴族達は、プロテスタントのジェイムズを、至高の権力を有し忠誠を誓うべき絶対君主としてではなく、単なる一封建領主ほどにしかみなしていなかった。彼らはそれぞれ地元に戻れば一国一城の領主であり、したがってジェイムズに反抗しても大きな罪になるとは必ずしも考えてはいなかった。[13] 実際一五八七年春には、彼らとジェイムズの双方の軍勢合わせて数千人にもなる兵士達が平原で対峙するという、一触即発の事態も発生している。この事件は明白な謀反事件であったにもかかわらず、ジェイムズは首謀者達を大逆罪で処刑するどころか、寛容に形ばかりの刑を科し、ひたすら宥和に努めただけであった。

貴族達の中でもとりわけジェイムズを苦しめたのが、フランシス・ヘップバーン・スチュワート、第五代ボスウェル伯 (Francis Stewart, 5th Earl of Bothwell)（一五六二—一六一二、以下ボスウェルと略）である。彼はジェイムズと同じくジェイムズ五世の孫で、二人は従兄弟である。またボスウェルの母方の伯父、第四代ボスウェルは先述の通り、ジェイムズの母メアリーの三番目の夫である。この伯父は、メアリーとともにスコットランド内乱で失脚するが、彼女と別れて逃避行を重ね、最後にデンマークで獄死した。甥のボスウェルはこの伯父の失った地所財産を持ち前の才覚で回復すると、その激しい気性と虚を突く大胆無法な行動で、短時日でスコットランドの一大勢力にのしあがった。その力はジェイムズの王座を脅かしかねないほどだった。[14] ボスウェルとその徒党は、ジェイムズが貴族達の謀反制圧のため北方に出払っている隙を突いて、エディンバラのキャノンゲイト地域やダルキースの町々を、好き放題に放埓な振舞で荒らし回った。ジェイムズは帰還後、当初こそ彼の謝罪を受け入れず反逆罪でノース・ベリックのタンタロン城に拘禁したが、すぐに釈放してしまった。[15] 二年後の八九年五月にはまたも貴族達の謀反があった。ボスウェルはこの時大胆にもジェイムズを捕縛する目的で、エディンバラのホリルードハウス宮殿に乱入する事件を起こした。この件の裁判で首謀者全員に大逆罪の有罪判決が出されたが、またもジェイムズの特別の計らい、軟弱な宥和策で、執行は猶予された。若い時代の彼は、このように大逆事件に幾度も悩まされ、窮地に追い詰められたのである。

(4) ジェイムズの結婚と魔女

国王は王家を安定させ内乱を避けるために、なるべく早く結婚によって世継ぎを作って王家の基盤を強固にしておく必要があるが、ジェイムズは二三歳となって、当時の基準では結婚適齢期を過ぎつつあった。彼が魔女や魔術、呪術に強い興味を持つようになったきっかけは、彼の結婚にまつわる出来事である。

一五八九年八月、彼は、デンマーク王フレデリック二世の二女アン(Anne of Denmark)(一五七四—一六一九)と結婚した[16]。アンは一四歳であった。これは代理結婚だったので、二人は実際に会う以前にすでに夫婦であり、したがってアンはスコットランド王妃だったのである。アンを乗せたデンマークの艦隊はスコットランドに向かったが、大嵐に遭遇し、やむなく彼女の船は修理のためノルウェーのオスロに停泊した。王妃の護衛責任を問われたコペンハーゲン知事クリストファー・ファルケンドルフは、最高裁判所で、暴風雨を魔女のせいとする証言を行った[17]。知らせを受けたジェイムズは、果敢にオスロに航海し彼女に合流、正式な結婚式を十一月二三日にオスロの教会で挙げた。その後二人はデンマークに向かい、そこで一冬を過ごした。その間にジェイムズは当地でデンマークやノルウェーでの魔女騒動について情報を得たようである。ところがスコットランドへの帰路、艦隊はまたしても激しい嵐に遭遇した。アンにとっては二度目の海上での災難である。それも艦隊で航行していたのに、（真偽のほどはともかく）二人が乗っていた船だけが、向かい風を受けたという。彼らはまた濃い霧にも包まれた。[18] ジェイムズがこの出来事で、魔女達に命を奪われかけたと確信したことは、その後の魔女裁判の経緯で明らかになる。二人は一五九〇年五月一日にスコットランドに帰国したが、その同じ五月にコペンハーゲンでは、最初にアンをスコットランドに向けて護衛していた艦隊が嵐に阻まれた出来事で、魔女裁判が開始された。魔女として告発された女性は、これは呪術によるものだったと「告白」し、さらに他の「魔女」達の名を挙げた。彼女達も大多数が尋問され、裁判にかけられた。彼女達は、聖ミカエル祭（九月二九日）の日に謀議したと証言した。実はその日までには船はすでにオスロに入港していた。それにもかかわらず、彼女達には死刑が宣告された。[19]

二　ジェイムズ六世の魔女狩りと『悪魔学』

（1）ノース・ベリック魔女裁判―『スコットランド便り』

ジェイムズ六世がノース・ベリックの魔女狩りと魔女裁判に深く関わりこれを主導するのは一五九〇年の秋からで、彼が二四歳の時である。その経緯を詳しく伝える小冊子、『スコットランド便り』(*Newes from Scotland*)6が、グラスゴー大学と、オックスフォード大学に残っている。事件から間もない一五九一年にエディンバラでまず発行され、その後ロンドンでもコピーが売り出された。

その標題は、

特筆すべきまじない師フィアン呪医の、おぞましき人生と死を明らかにする。エディンバラにて去る一月に火刑、一五九一年。当呪医は悪魔の記録係でノース・ベリック教会にて多数の名うての魔女達に幾度も説教。前述呪医と魔女達が、スコットランド国王ご臨席のもと、供述した通りの真実の審問記録。如何にして彼らが、デンマークからご帰国途上の国王陛下を、魔術により海中に沈めんと企てたか、並びにその他解明された過去例を見ない驚くべき諸出来事(21)

となっている。この扇情的文書には、ジェイムズ六世自身が魔女取り調べと裁判に深く介入した事実、それも王の具体的挙動と発言までもが細かく記されており、ある意味では著しく不穏当であるが、それだけに王自身がその内容をよく把握し、彼の許可のもとに発行されたことは明らかである。事件の概要は以下の通りである。

一五九〇年秋のことである。エディンバラ近郊の町トラネントにディビッド・シートンという市政官代理がいた。彼の家にはギリー・ダンカンという手伝い女が住み込んでいた。このギリーがひそかに一晩おきに家を抜け出すようになった。同じ頃この女は、近所の人々の困りごと、病気、障害など何でも悩みを引き受けて、すぐに巧みに解決、療治してみせるようになった。不審に思った主人のシートンは疑惑を募らせ、女を問い質したが何も答えない。そこで他の者の助けも借りて、手指を潰す責め道具などでこの女を拷問にかけた。また女の身体に悪魔の印が付いていないか探したところ、喉にその印が見つかった。すると女は、すべては悪魔の誘惑のせいで、魔術を使っていたと自白した。投獄された彼女

ノース・ベリック魔女裁判で、アグネス・トムプソンらを取り調べるジェイムズ六世（右端）。『スコットランド便り』（1591）掲載の挿し絵。

の自白で、次々に多数の魔女、呪術師が芋づる式に摘発、捕縛された。最年長のアグネス・サンプソン、アグネス・トムプソン、教員のフィアン呪医、船長のロバート・グリアソン、その他おびただしい数の者達である。中には教養があり正直さで評判だった女性もいた。アグネス・サンプソンはホリルードハウス宮殿に連れて行かれて、国王陛下と評議会の厳しい尋問を受けたが自白しない。そこで獄舎に移され、苛烈を極めた辱めと拷問ののち、再び国王陛下と評議会の前に連れ出されると、次のように自白した。

彼女たちは、先の[22]ハロウィーン (Allhallows eve) の夜、二〇〇人ほどの魔女達と一緒に、各自ワイン瓶を持ってふるいで海を渡り、飲み騒ぎながらノース・ベリックの教会に向かった。上陸して手を取り合って声を合わせて歌い踊った。ギリー・ダンカンは口琴を吹きながらノース・ベリック教会まで魔女達を先導した。

この自白に国王陛下は大いに驚き、ギリー・ダンカンを呼び寄せると、女は御前で実際に口琴を吹きダンスを踊ってみせた。陛下は不思議さにうたれ、取り調べに立ち会ったことをとても喜ばれたアグネス・サンプソンによると、この教会にはまた、男の姿をした悪魔がいた。悪魔はスコットランド国王を、口を極めて罵った。魔女達は悪魔になぜ国王陛下がそれほど憎いのか問うと、悪魔は、「ジェイムズ王はこの世で悪魔の最大の敵だからだ」と答えた。

アグネスはその他驚くべき事柄を数多く自白した。国王は、嘘ではないか、と疑ったが、アグネスは真実である証拠に、オスロで国王が新婚初夜にアン王妃と交わした会話を王の耳元でささやいてみせた。王は大いに驚きアグネスの自白の真実性を確信した。彼女は王と王妃がデンマークから帰国する際、その船を魔術で転覆させようとした経緯を細かく説明した。そしてもしジェイムズ王のあついキリスト教信仰が悪魔と魔女達の意図にまさっていなかったら、王は決して無事帰国することはなかったと述べた。

魔女達はまた、悪魔の使いになる誓いを立てる時、冷たい体の悪魔と肉体的に交わったと告白した。

フィアン呪医は悪魔の記録係であったが、彼もブーツと呼ばれる責め具を穿かせられ両脚を締め上げるなどの苛烈な拷問を受けたのち、国王陛下の前に連れ出されると、悪魔との深い関係について色々と不思議なことを自白した。彼は国王に悔悛してキリスト教徒としての正しい生活を送ると誓ったが、獄舎から脱走した。再度逮捕されると、国王の前で、これまでの自白はすべて拷問による虚言だったと言い張った。そのため彼はより凄絶な拷問にかけられた。爪を剝がされ、その指それぞれに二本の針を深く突き刺され、ブーツで両脚を血と髄液がほとばしり出るまで潰された。それでも彼は、悪魔が深く心の中に入り込んでいたため、何も話そうとしなかった。そこで国王陛下と評議会の深いご配慮と正義の法の手続きにより、見せしめに絞殺ののち火刑に処せられた。すでに多くの者達が処刑されたが、まだ処刑されていない魔女達は、獄中に留め置かれて裁判と国王陛下のご意思を待っている。

『スコットランド便り』は現存する多数の取り調べ調書をもとにしているが、しかしここに描かれている「魔女」達の自白は、すべてが苛烈な拷問によるもので、一つとして信用できるものはない。この事件では最終的にフィアン呪医など男性を含む百人を超える「魔女」達が処刑されたと推定されている。(23)

(2) ボスウェルの反逆と失脚

しかしこの事件には、もう一つ、政治的側面があった。ジェイムズは、ノース・ベリック魔女事件で、多数の関係者を悪魔に操られた、危険な魔女とみなしたが、実は彼らを操った黒幕の悪魔は、謀反事件を執拗にくり返し、王位を脅かし続けたボスウェルの関係者だったというのである。この謀反貴族の失脚をもくろむ王の最高顧問ジョン・メイトランドとジェイムズの側近たちが、この事件を利用して密かに政敵ボスウェルを追い落とそうとした可能性が高いのである。先のアグネス・サンプソンが王の前で自白したところによると、彼女達は魔女集会で、悪魔の指示によって、歌いながらジェイムズ六世王の蠟人形を焼き尽くした。悪魔によれば、このまじないはボスウェルの依頼によるものである。ボズウェルからは金貨、銀貨、食べ物が貰えることになっていたという。ジェイムズはこの自白を当初信じなかったが、もう一人リッチー・グレアムという男が引き出され、ボスウェルは、「ジェイムズ王はあと何年の命があるのか」と悪魔に尋ねた、と証言した。この問いは、それだけで反逆罪となる。一五九一年四月にボスウェルは呪術で王の命を奪おうと試みた廉で捕えられ、エディンバラ城に拘禁されて正式に告訴された。[24]

しかしその後、ボスウェルは裁判の前に城を脱出し（六月）、ホリルードハウス宮殿に乱入したり（十二月）、三百人の兵士を従えてフォークランド宮殿を急襲したり（九二年六月）、またホリルードハウス宮殿の王の寝室に闖入したり（九三年七月）してジェイムズを苦しめ続けた。しかし国王軍とボスウェルの軍がエディンバラとリースの間の地域で衝突した事件（九四年四月）を最後に、彼の運も尽き、結局土地財産は没収され、謀反人として弾劾され、国外逃亡を余儀なくされた。

その後彼はフランス、スペインなどに潜伏したが、一六一二年にナポリで貧困のうちに客死した。[25]ジェイムズはこうして王位を脅かす最大の政敵を、魔女取締りを絡めた大逆罪で国外追放することで、ようやく自らの王位を安定させることに成功した。

（3）ジェイムズ王著『悪魔学』（一五九七）

この冊子はジェイムズが魔女裁判での経験をもとに書いたものである。ここには当時の彼の魔術、呪術、魔女、霊媒師等についての見解と信念が明快に記されている。書名は『悪魔学』(*Daemonologie*)となってはいるが、その実態は「悪魔談義」というほどのもので、独断と偏見に満ちており、到底科学的実証に耐えうる論述ではない。この書は悪魔について無知なフィロマテスという人物の抱く疑問に、賢明で博識なエピステノン（ジェイムズの分身）が答える、という対話の体裁を取っている。彼はこの著書を最初単独で書きあげ、その後家臣に手を入れさせ、また自らも数多くの書き直しを行った。前者はオックスフォード大学ボドレアン図書館に、後者はワシントンDCのフォルジャー・シェイクスピア・ライブラリーに残っている。その内容を簡略に言えば、魔女は実在し、彼女らは悪魔の手先であり、彼らの使う魔術は極めて危険で人々に大きな害悪を及ぼすので、徹底的に摘発し、拷問にかけ、厳罰に処すべし、ということになる。彼はこの書中で、

魔女と呪術師については、性別、年齢、身分に関係なく、神の法、民事法、国法、及びすべてのキリスト教国の国内法に従って、死刑に処すべきです。

と述べ、厳罰主義の立場を鮮明にしている。また彼は同じ箇所で、

君主に対する反逆罪の場合は、子供、女、あるいはどんなに悪評にまみれた人物であっても、法によって十分に証人になりうるのです。[26]

とも述べ、国王に対する反逆罪に関する限り、いかに信用のおけない証人であっても、その証言を採用すべきである、と主張している。これは彼自身がノース・ベリック魔女裁判で不確かな証言をもとに指揮した拷問の正当化でもあろう。王権神授説を唱える彼は、神に仕えるという意図のもとで行動する限り、いかなることをしても許される、と考えていた。[27] 彼はこの著書で、くり返し神の意志の体現者たる彼自身と、悪魔及び悪魔の手先たち（魔女、魔術師、呪術師、霊媒師、陰謀家、逆徒）との対決、という構図を鮮明にしている。この書でジェイムズはまた、次のようにも述べている。

（魔女達は）導き手である霊の力で、大地の上空でも、海の上空でも、彼らが集会を開く場所へと迅速に運ばれて（身体を移動させて）いるのは、まず間違いありません。[28]

彼は魔女のこうした力を、少なくとも『悪魔学』を出版した時点では、真面目に信じていた。国王の地位にあり、聖書についての学殖も豊かなはずの彼は、これほど異様な考えに捉われていたので

ある。しかし当時、霊媒師達が死体を掘り出し、その一部を使い死霊と交わり、呪詛や予言を行うという風習が欧州にあり、またそれが謀反事件と結びつく恐れもあって、政治、宗教の権力者、指導者たちは、呪術、魔術を危険視していたのである。『悪魔学』が書かれる土壌は確かにあった。もっとも彼はその後、魔女を告発する者達の中に、明らかに告発する相手に対する恨みと悪意、敵意を抱いている者が少なからずいる事実に気づくようになり、しだいに魔女の告発には慎重になっていった。とはいえ魔女や霊媒師、呪術師、魔術師達に対する彼の不信感と警戒感は生涯揺らぐことはなかった。

三　ジェイムズ一世の魔女取締りと大逆事件

(1) 魔術禁止法の改訂

彼がジェイムズ一世としてイングランド王に即位して最初に行ったことの一つが、一六〇四年に、旧『呪術、妖術、魔術禁止法』（一五六三）を改正して、新たに『呪術、魔術、並びに悪魔、悪霊との交霊禁止法』(An Acte against conjuration Witchcrafte and dealinge with evill and wicked Spirits)を公布したことだった。[29] この法令では、次のように魔女の取締りについて包括的、具体的に、きわめて厳しく定めている。

前記犯罪を、よりよく取締まり、さらに厳しく処罰するために、前述権能により以下の通り、一層明確に定める。すなわち次回の大天使マイケル聖人祝祭日より以降、何人といえども、いかなる悪魔、悪霊を呼び出す祈願、祈祷であれ、これを使い、実践し、または実行するか、若しくはいかなる目的、または意図であれ、いかなる悪魔、悪霊に対してであっても、相談を求めたり、誓約したり、供応したり、役立てたり、食物を与えたり、報酬を与えたりしたならば、或いは、いかなる男、女、または子供の死者であっても、彼、彼女、または彼らの、墓から、または死体の安置されているその他いかなる場所からでも、あるいはいかなる死者の皮膚、骨、またはいかなる部位であっても、いかなる方法による魔術、妖術、呪術、または魔法においても、役立てるか、使ったりするために、それらを取り出したならば、あるいはまた、いかなる魔術、妖術、呪術、または魔法を使い、実践し、または実行することによって、いかなる者であっても、その彼または彼女の身体、またはそのいかなる部位であっても、殺したり、破壊したり、衰弱させせたり、消耗させせたり、憔悴させせたり、或いはまた不具にしたりしたならば、すべてのそうした犯罪者、並びにその幇助者、援助者、及び助言者は、前述犯罪により、正当かつ合法的に、有罪を宣告され、私権剝奪の上、重罪犯として死刑に処せられ、聖職者及び聖域の特権と恩恵を失うものとする。

エリザベス一世の旧法令とジェイムズの法令との主要な違いは、罰則の対象である。旧法令では厳しく罰せられるのは、魔術、呪術を使って実際に殺人や傷害などの罪を犯した場合に限られたのに対し、ジェイムズ一世の法令では、いかなる形の魔術、呪術であれ、それを使う行為だけで、それは悪魔との交霊なので重罪となる。エリザベスの法令では魔術、呪術を使っても、殺人に到らなければ一年の禁固ですむが、ジェイムズの法では絞首刑に処される。(30)

この年には「ノリッチの少年事件」も起きている。これは少年の魔女告発が欺瞞であることが発覚した事件で、ジェイムズが魔女告発者達に懐疑の目を向け始める大きなきっかけとなった。彼は魔女摘発にはきわめて慎重に臨む必要がある、という認識を強めた。とはいえ彼が魔女の存在そのものを否定したわけでは決してなかった。

(2) ロンドンでの大逆事件

ジェイムズはまた、ロンドンに移って間もなく、大小合わせて三度の大逆事件に直面している。最初の二つは戴冠式（一六〇三年七月二四日）前後の時期で、一つはメイン・プロット事件（一六〇三年七月）である。これはウォルター・ローリー卿（Sir Walter Raleigh）（一五五四―一六一八、米国ヴァージニア州の名付け親、エリザベス一世寵臣）が、スペインの援助を得て、ジェイムズの代わりに、アーベラ・スチュワートという従妹の女性を王位に就けようと企んだとされる事件である。この事件では、ローリーを含む二名がロンドン塔に幽閉された。彼は一三年後に釈放されたが、一六一八年に別件で斬首刑に処せられた。もう一件はカトリック教徒が主体となってジェイムズの身柄拘束を企んだバイ・プロット事件（一六〇三年六月―一二月）である。規模ではこの事件の方が大きく、関係者三人が処刑された。

ロンドンで発生した三つ目の、かつ最大の大逆事件は先述の火薬陰謀事件である。今日の十一月五日の祭り、ガイ・フォークス・ナイトに首謀者の一人の名を残すこの事件は、カトリック派の謀反である。

四　『マクベス』を観劇するジェイムズ

（1）宮廷観劇会

こうした背景を持つジェイムズ一世が、『マクベス』の舞台をどう観たかを推定してみたい。この観劇会は、デンマーク王クリスチャン四世（一五七七―一六四八、在位一五八八―一六四八）歓迎行事の一環であった。ジェイムズが、妃アンの弟クリスチャンを歓待したのである。それは多忙な日程の中での一コマであった。クリスチャンにとっても、スコットランド王妃にすぎなかった姉アンが、イングランド王妃へと華麗に転身した中での、晴れやかな観劇であった。それはまたジェイムズが、エリザベス時代の宮内大臣一座を、国王一座へと名称変更して間もない頃の出来事でもあった。この変更は学芸に関心が深く詩作も嗜むジェイムズには自然な成り行きだったが、一座にとっては、新たに晴れて国王陛下のお墨付きを賜った重大な出来事であったはずである。したがってこの度の宮廷観劇会は、一座にとって文字通り晴れの舞台であったと推定される。シェイクスピアも強い緊張感をもって臨んだであろう。彼がこの時期に、全く偶然にスコットランドを舞台とし魔女を扱う王国史劇を書いたとは考えにくい。逆に、彼は新王にぴったり照準を合わせてこの劇を書き下ろしたと考えると、すべてが符合してくる。シェイクスピアはジェイムズ著『悪魔学』の存在を知っていた可能性さえある。

ジェイムズはシェイクスピアからのメッセージをしっかり受け止めたであろう。但し、彼の観劇の仕方、劇から受けた感銘は、今日の平均的観客のそれとは全く違っていたはずである。

　この劇で彼の関心を真っ先に引いたのは、これがスコットランドの王権争いの古い歴史劇であり、まさしく彼自身の祖先にかかわる劇であったことである。そのことは、事前に彼に知らされていたはずで、王の許可なしに、国王一座が王権にかかわる微妙な劇で宮廷上演を行うことは、まず考えられない。とりわけこの劇には舞台上にジェイムズ自身（の霊）までが登場するのである。国王たる彼にとって、その観劇体験は、他の誰にもない特殊な感興を伴うものだったであろう。

　ジェイムズは当然、特別席から観劇した。その席がどこにあったかは断定できないが、舞台が最もよく見える席であった。また彼は、義弟クリスチャン四世、妃アンと一緒に『マクベス』を観劇した可能性がきわめて高い。アンとクリスチャン姉弟にとっても、魔女問題は結婚時の事件以来身近な事柄だった。先述の通りアンの結婚時の海上での大嵐遭遇事件は、デンマークでも魔女の引き起こした事件として明確に認識されていた。(31)

（2）三人の魔女

　劇は三人の魔女の会合が終わったところから始まる。彼女たちは戦いが終わる日没前に、ヒースの原野でマクベスに会うために、再び集まる約束をして消える。

第一の魔女　いつまた三人で会おうかい？
かみなり、稲妻、雨の中？

第二の魔女　大騒動が済んだときさ、
　いくさに勝って負けたとき。
第三の魔女　それじゃあ日が沈む前。
第一の魔女　場所はどこだい？
第二の魔女　　　　　荒れた野原さ。
第三の魔女　そこで会おうさ、マクベスと。
第一の魔女　おや灰色の猫だ、今いくよ。
第二の魔女　ヒキガエルが呼んでいる。
第三の魔女　ではじきに。
全員　きれいはきたない、きたないはきれい
　霧をくぐって汚い空を飛んで行こう。
（一幕一場一―一二）

魔女達に強い関心を持っていたジェイムズは、この冒頭の場で一気に劇の世界に引き込まれたに違いない。当時のジェイムズは、魔女は悪魔の手先であり、悪魔に操られており、彼女らの背後には、間違いなく悪魔がいると確信していた。第一の魔女と第二の魔女がここで呼びかける灰色の猫(Graymalkin)とヒキガエル(Paddock)が、魔術師や魔女が飼う使い魔(familiars)であることは、ジェイムズは直ちに理解した。使い魔は彼ばかりでなく他の観客にとっても馴染みのものであった。魔女達が四幕一場冒頭の魔女集会で言及している虎猫(brinded cat)、ハーピア(harpier)も使い魔である。使い魔の「不思議な力」を知っていた彼は、『悪魔学』で次のように述べている。

使い魔によって魔術師は、どんな種類のご馳走でも、ただちに眼の前に持ってこさせることができます。[32]

ジェイムズは少なくとも『悪魔学』を執筆した時点では、魔女達が使い魔として小動物を飼っていると知っていたのはもちろん、それらが超自然的な力を持つことまで信じていたのである。

（3）魔女の起こす大嵐と船の遭難

一幕三場は雷鳴の響くヒースの原野で、魔女達が再会してマクベスを待ち受けるところから始まる。第一の魔女は、水夫の妻が憎いので、ふるいに乗って海を渡り、水夫の船に大風を吹き付けて苦しめてやる、と語る。

第一の魔女　だがふるいに乗って海を渡ろう。
そして尾無しの鼠に化けて
やってやるさ、やってやるさ。
第二の魔女　お前さんに風を送ってあげよう。
第一の魔女　そりゃご親切。
第三の魔女　あたいがもう一つ送ってあげよう。
第一の魔女　他の風は自分で吹かそう。
港はどこでも風よ、吹け、
世界の四隅で風よ、吹け、
水夫の海図のどこだろが、

やつは干上がり干し草だ。　（一幕三場八―一八）

この魔女と嵐が結びつくくだりでも、ジェイムズはデンマークから帰国する途上で、船が大嵐に遭遇した折の経験を想起した可能性がある。またジェイムズの脳裏にはスコットランドでの魔女裁判が横切った可能性も高い。この一連の魔女裁判で、ジェイムズが自ら「魔女」のアグネス・サンプソンを取り調べた際に、彼女は夫妻の船を魔術で転覆させようとしたと自白した。またアグネスはその際、彼女ら「魔女」達がふるいに乗って海を渡ったとも自白していた。この場で魔女達はマクベスに会う直前に輪になって、「怪しい姉妹が手を取って、／海も陸地も急ぎ旅／ぐるぐるまわる、飛びまわる」（一幕三場三二―三四）と歌いながら踊っているが、その有様も『スコットランド便り』に記されたアグネスのダンスとよく似ている。

（4）魔女達の予言

この後マクベスとバンクォーが登場し、最初に魔女達と遭遇する有名な場が続く。

マクベス　こんなにきたなくてきれいな日は見たことがない。
バンクォー　フォレスまではどれくらいかな？ なんだ、こやつらは、
萎びたその異様な身なりは、
とてもこの世に住むとは思えぬが、しかもなお
そこにいるとは？ 生きているのか？ 聞けば

口を開くのか？　（一幕三場三八―四三）

「きたなくてきれい」なのは霧に包まれているからで、ジェイムズとアンはデンマークから帰国する船上で深い霧に包まれた。その経験の記憶がここにも続いている可能性もある。

しかしスコットランドで魔女として摘発された女達は、ここに描かれている妖婆達のような者達ではなかった。実際にジェイムズが取り調べた女達の中には、若い女性もいたし、社会的に尊敬されていた身分の高い女性もいた。シェイクスピアはここで魔女達を幻想的に描いているが、彼女達は、ジェイムズには彼が実際に尋問した「魔女」達とは大きく違っており違和感も覚えたであろう。彼が尋問した「魔女」達は、むしろ普通に見かける女達だったからである。

とはいえシェイクスピアがここに描いたような妖気漂う魔女達の実在については、ジェイムズは自然に受け入れたはずである。こうした魔女像は当時社会に定着していた画一的なイメージであった。実際、次の魔女達の予言、

第一の魔女　ばんざい、マクベス！　ばんざい、グラーミスの領主殿！
第二の魔女　ばんざい、マクベス！　ばんざい、コーダーの領主殿！
第三の魔女　ばんざい、マクベス！国王になられるお方！
・・・・・・・・・・・・・・
第一の魔女　マクベスより小さいが、もっと大きい。
第二の魔女　マクベスほど幸せではないが、ずっと幸せ。

第三の魔女 王にはなれないが、代々の王が生まれる。
だからばんざい、マクベスとバンクォー！
第一の魔女 バンクォーとマクベス、ばんざい！
（一幕三場四七—六九）

というくだりは、シェイクスピアが主材源とした『ホリンシェッド年代記』（初版は一五七七年）に、ほぼそのまま出ているばかりか、ホリンシェッドが依拠した史書、ヘクター・ボエス（Hector Boece）（一四六五—一五三六）の『スコットランド国民の歴史』（*Historia Gentis Scotorum* [*The History of the Scottish People*], 1527）に、次のようにすでに同じ内容で描かれている。この史書は『マクベス』上演の八十年ほども前の出版である。

女姿の第一の幻影は次のように答えた。「いや、わしらはお前にはあれよりもずっと大きなことを見通している。あの男は君臨するが、悪い死に方をして、この国の正統の国王となる子孫は一人も残さない。だがお前の方は王にはならないが、代々続く子孫は、長くスコットランドを統治する。」こう述べると彼らは視界から消え失せた。(33)

言うまでもなくこうした妖婆の魔女のイメージは欧州社会に定着して久しかったのである。
そしてこの御前公演を見ている全観客の中で、ただ一人だけ、第三の魔女が言及したバンクォーの子孫の「代々の王」に含まれる実在の人物がいる。それが他ならぬ特別席で観劇しているジェイムズ一世である。どこまでシェイクスピアがこうしたきわどい趣向を意図的に行ったかは断定できないが、ジェイムズはこの場に敏感に反応して引き込まれた可能性は十分にある。

もっとも魔女を心底嫌悪するジェイムズにすれば、妖婆達がマクベスを「国王になる」と予言すること自体が、それだけで重罪になる言語道断の行為である。ジェイムズには彼女らが仮に実在すれば、即座に捕縛し、拷問にかけ、火刑に処すべき不埒集団に見えたはずである。

(5) ジェイムズにマクベスはどう写ったか

『マクベス』の御前公演は、初演か初演に近い舞台であるが、上演史では『オセロー』のように初演当時からたちまち大きな評判となった記録は残っていない。シェイクスピアも国王一座の幹部になってはいたが、ジェイムズから見れば一介の座付作者にすぎない。ジェイムズにとってはまた、義弟のデンマーク王歓待に心を奪われている中での観劇会である。こうした条件の中でジェイムズが『マクベス』を観たとすれば、この劇は彼には、彫の深い人間観察にとりわけ優れた大悲劇としては、まず見えなかったであろう。ジェイムズは何よりも、スコットランド王国内の権力闘争の面に強く関心を引かれたと推測される。マクベスは、悲劇の主人公ではなく、王位簒奪を企てて神聖不可侵の王権に逆らい、悪魔の誘惑に乗り、大逆罪に突き進み自滅する不埒な逆臣にしか見えなかった。また第二に、魔女、死霊、幻影が劇を展開させていくこの劇では、彼はそうした超自然的存在の関与する幻想的活劇としての側面に強く引き付けられた可能性が高い。したがって第三に、マクベスの良心の葛藤をめぐる重大なせりふ、たとえば

彼の美徳が
ラッパを吹き鳴らす天使のごとく訴えて
彼の命を奪う地獄堕ちの罪を非難するだろう
そして憐みは裸で生まれたばかりの赤子の姿で
疾風に跨りケラビム天使が馬を駆るごとく
大空の目の見えぬ早飛脚に乗って、万人の目に
このおぞましい行為を吹きつけるだろう。
（一幕七場一八―二四）

ネプチューンの大海がこの手の血をきれいに
洗い流してくれるだろうか？ いやむしろ、
この手の方が大海原を朱に染めて、緑の海を
真紅に変えてしまうだろう。
（二幕二場五七―六〇）

などは、ジェイムズには大逆罪を企てる論外の謀反人の心理としてしか聴こえなかったであろう。主人公のせりふに深い心理の襞を聴き取る気持ちは、ジェイムズにはついぞ湧かなかったと推測される。

『マクベス』を観劇するジェイムズにはまた、魔女の予言に力を得て国王弑逆を企てる謀反人マクベスの姿に、彼自身に謀反を仕掛けてきた幾人もの反逆者達の姿が意識の底で重なって揺曳した可能性が指摘できる。彼にとって劇中の大逆事件は到底他人事ではなかった。特にスコットランド時代にジェイムズに反逆をくり返し、彼を執拗に苦しめ続けたボスウェルが、脳裏に浮かんだ可能

性は高い。ボスウェルがノース・ベリックの魔女集会で、悪魔役の人物を介して、魔女達にジェイムズの命の長さを予言させた、という自白を、ジェイムズは拷問で「魔女」から引き出していた。

(6) 時事問題

火薬陰謀事件は、ロンドンに来たジェイムズが経験した最大の大逆事件であることは先に指摘したが、シェイクスピアがこの事件を、門番のせりふに織り込んだことは周知の事実である。

誰だ、そこに来たのは、別の悪魔の名にかけて? ほう、二枚舌だな。二つの天秤のどっちでも、あっちの天秤が悪いと誓いを立ててさ、きさま、神様のためと称して大逆罪をやっちまったな。だが、やっぱり天国じゃ、その二枚舌は通用しなかったか。やあ、二枚舌、地獄へよくきたな。

(二幕三場七—一一)

ジェイムズがここで、事件で処刑した人物達の幾人かを思い浮かべたことはまず確実である。カトリック過激派一味によるこの陰謀は、ジェイムズにとって彼の身を議事堂で爆破し殺害しようとした、彼の生死にかかわる政府転覆事件だった。一味の内四人は事件発覚時に殺害され、捕縛された九人の内八人は見せしめに苛烈な拷問を科され、一六〇六年一月に、残忍な方法で処刑された。二枚舌を弄したヘンリー・ガーネット神父は、『マクベス』御前公演が事実とすれば、僅かその三カ月前の、五月三日に絞首刑に処された。実際の処刑執行許可を出したのはジェイムズ自身である。この事件は彼をこれまで苦しめ続けてきた幾つもの大逆事件の中でも、直近のものであった。ジェイムズは門番の語るせりふに敏感に反応し、複雑な思いでこれを聞いたことは間違いない。シェイクスピアはジェイムズに与えるインパクトを十分に意識しつつ、このせりふを書いたことになる。これはシェイクスピアからの、ジェイムズの事件処理の正当性と妥当性を称揚する、メッセージそのものだったと言える。

（7）魔女集会

四幕一場の冒頭は魔女集会の場で、彼女達は大釜を囲んで悪霊、幻影を呼び出す儀式を行っている。これはジェイムズにとって到底他人事ではなかった。彼女達は踊りながら次のように語る。

第一の魔女　虎猫が三度鳴いたぞ、ニャー
第二の魔女　針の鼠が、四度、フギャー
第三の魔女　鳥の化け物が、今だ、今だ、今だとさ。
第一の魔女　大釜囲んでぐるぐるまわれ、
　毒のはらわた投げ入れろ。
　ひと月冷たい夜昼に、
　寝ぼけて潜んだ石の下、
　毒が出てきたガマガエル、
　魔術の釜でゆであがれ。（四幕一場一―九）

ここに言及されているガマガエルの毒液は、ノース・ベリック魔女裁判で、ジェイムズが容疑者達

を自ら取り調べた時、アグネス・トムプソンが、ジェイムズを殺害する目的で集めたと自白した代物である。『スコットランド便り』は次のように述べる。

このアグネス・トムプソンは、悪魔に説得されて次の方法で国王陛下の殺害を意図し実際に試みた、ただ一人の女である。この女は次の通り自白した。彼女は黒いガマガエルを手に入れ、これを踵で三日間吊り下げ、滲み出て滴り落ちる毒液を牡蠣の殻で受けて集めると、これを密かに隠し持ち続けた。そして国王陛下のシャツ、ハンカチ、ナプキン、その他何でもよかったが、汚れた亜麻布を少々手に入れることにした。彼女はこれを、ジョン・カーズという国王陛下の部屋係に手伝ってもらおうと謀った。二人は古くからの知己だったからである。しかし前述カーズは、それはできないと言ってこれを拒否した。前述アグネス・トムプソンは捕縛されると、宣誓した上で、王がお召しになって汚れた亜麻布を一つでも入手できていたら、魔法をかけて王を殺していただろう、王は針山の鋭いトゲの上に寝ているような、恐るべき激痛に苦しんだはずだ、と証言した。(34)

ジェイムズはここでアグネスのこの自白も思い出したかもしれない。それは今日の観客とは大きく違った肉体的感覚だったはずである。またジェイムズが非常に警戒し、危険視していたのは、魔女達が密かに死体を使って悪霊、死霊を呼び出し交霊する魔術であった。魔女達は、

神を罵るユダヤ人の肝臓、
・・・・・・
トルコ人の鼻、タタール人の唇、
売女が溝に産み落とし

すぐに絞め殺した赤児の指、　（四幕一場二六―三二）

などを大釜に投げ込んでいるが、これはまさしくジェイムズが先述の新法令『呪術、魔術、並びに悪魔、悪霊との交霊禁止法』で、「いかなる死者の皮膚、骨、またはいかなる部位であっても、いかなる方法による魔術、妖術、呪術、または魔法においても、役立てるか、使ったりするために、それらを取り出したならば、・・・死刑に処せられ」ると、厳しく禁じたばかりの行為そのものである。ジェイムズにとって、魔女達とマクベスの行為は、この法を破る著しく危険な犯罪である。彼はそうした意識でこの場に引き込まれた可能性が高いことになる。

（8）バンクォーと八人の国王

四幕一場でマクベスは、魔女達が呼び出した霊から、「女から生まれた者がマクベスを倒すことはない」、「バーナムの森が動くまではマクベスは敗れない」と告げられるが、なお安心できない彼は、バンクォーの子孫が代々スコットランドの国王になるのは確かな事実か教えるよう彼女らに迫る。するとハ人の王達の霊が次々に現れ、最後にバンクォーの霊が、笑いながら彼らを指さす。その最後の王は鏡を持ってバンクォーの子孫達が王位を継承していくことを示唆する。マクベスは言う。

貴様、バンクォーの霊にそっくりだ、失せろ。
貴様の王冠は俺の眼玉を焦がす。その髪の毛、
次の奴の黄金を被った額も最初の奴にそっくりだ。

三人目もその前の奴に似て。汚い鬼婆どもめ、
なぜこれを俺に見せる？ 四人目か？ 目が飛び出すぞ！
最後の審判の日にラッパが鳴るまで続くのか？
またもう一人？ 七人目か？ もううんざりだ。
だが八人目が出てきた。鏡を手に持って、
まだいっぱい写っていやがる。宝玉を二個、
王笏を三本、持っているのもいるぞ。
恐るべき光景だ。分かったぞ、本当だったのだ。
血糊をべっとりつけたバンクォーめ、笑って
おのれの子孫だと指さしている。くそっ、そうなのか？
（四幕一場一一二―一二四）

王達の行進はシェイクスピアがジェイムズ一世に向けた賛美そのものである。右の言葉をその重み通りに受け取ることのできる観客は、ただジェイムズ一人だけなのである。シェイクスピアがそのことを十分に意識していたことはまず確実である。ここに登場する八人のスチュアート家の国王達とは、ロバート二世（一三七一―一三九〇）、ロバート三世（一三九〇―一四〇六）、ジェイムズ一世（一四〇六―一四三七）、ジェイムズ二世（一四三七―一四六〇）、ジェイムズ三世（一四六〇―一四八八）、ジェイムズ四世（一四八八―一五一三）、ジェイムズ五世（一五一三―一五四二）、そしてジェイムズ六世（＝ジェイムズ一世）の八人である。実際には五世と六世の間にジェイムズの母メアリーがいるのだが、シェイクスピアは彼女を故意に省いたと推定できる。このせりふの前に付されている第一・二つ折り版（The First Folio, 1623）のト書きは、「八人の王（Kings）が次々に現

れ」、となっており、ここに女王(Queen)は含まれていない。[35] シェイクスピアがメアリーを省いたのは、まず彼女はエリザベス一世女王によって大逆罪で処刑された人物だったこと、第二に、彼女がカトリック教徒だったこと、そして第三に、前年にカトリック過激派による火薬陰謀事件が発生していたことのためであろう。シェイクスピアはロンドンの政治状況を周到に配慮して、メアリーを注意深く省いたと推定できる。ジェイムズも言うまでもなく誰よりもそうした政治事情は承知していたので、この場に母親が登場しないことに、特段の不快感は覚えなかったはずである。

ジェイムズはここのせりふ中の「だが八人目が出てきた。鏡を手に持って、／まだいっぱい写っていやがる。宝玉を二個、／王笏を三本、持っているのもいるぞ」という部分が、スコットランドとイングランドの両方で戴冠式を行った彼自身を指すことを直ちに理解したはずである。しかしこの箇所には矛盾があるとも言える。なぜなら、鏡を持っている王も、宝玉二個と王笏三本を持っている王も、ジェイムズ一世その人だからである。(王笏はロンドンの戴冠式では二本持ったため、スコットランドでの一本と合せて三本になった。) ジェイムズ一世が二人いるというこの矛盾はしかし、宝玉二個と王笏三本を持つ王は、鏡に映った彼自身を含む、後に続く国王達を指すとみなすと解消する。事実英語原文では、“*some* I see / That two-fold balls and treble scepters carry”であり、そうした王は some で複数である。

いずれにせよこの王達の行進は、シェイクスピアによるジェイムズ賛美であり、それはのちにもう一度、彼が『ヘンリー八世』の中で、エリザベス王女誕生を描いて、大司教トマス・クランマーの口を借りて、エリザベス一世に続くジェイムズ一世を、口を極めて賛美したのと同工異曲である。

そのお方は、栄光の女王の聖なる灰から
星の如く立ちのぼり、女王と同じく偉大なる名声を得て
不動の王となられましょう。平和、豊穣、愛、真実、畏怖が、
この選ばれた幼子に召使いとなって仕え、それらはまた
そのお方のものとなり、葡萄の蔓の如く成長することでしょう。
大空に太陽が明るく輝くところいずこにも
この方の栄光と偉大な声望があり、
それは新たな国々を作り出すことでしょう。

（『ヘンリー八世』、五幕五場四五—五二）

（9）ジェイムズはバンクォーを始祖と認識したか

ところでジェイムズ一世は、『マクベス』を観劇しながら、バンクォーを彼自身の遠い祖先と認識したかどうかであるが、まず間違いなく彼は認識したと推定できる。

バンクォーをスチュアート家の始祖であると初めて特定したのは、前述の歴史家ヘクター・ボエスである。彼は先述の史書『スコットランド国民の歴史』で、

ロッホアーバァの王族領主バンクォーは、我が国の現代に続く国王達を生み出してきた長い家系、かのまことに高貴なるスチュワート一族の一人であるが、[36]

と書いている。しかしこのボエスの説は作り話にすぎず、今日では完全に否定されている。史実ではスチュアート家はブルターニュから出たアングロ・ノルマンの家系である。[37] ボエスの右の主張は、当時のパトロン、スコットランド王ジェイムズ四世に向けた賛美と追従であった。これがホリンシェッド経由でシェイクスピアの『マクベス』に受け継がれた。結局、ボエスのジェイムズ四世王への八十年前の賛辞と追従は、シェイクスピアの所属する国王一座のパトロン、ジェイムズ一世王への賛辞と追従へと引き継がれたわけである。

しかしながら、ボエスの説いたこの「史実」は、スチュアート家にとって、その王家としての正当性と長い伝統を誇示できる絶好の材料だったはずである。ジェイムズはしたがって、幼少時ジョージ・ブキャナンとピーター・ヤングによる帝王教育を受けた時期に、生得の王位継承権の根拠として、このボエスのまことに都合の良い「史実」を、しっかりと教え込まれたと推定される。先述の通りブキャナンとヤングは、幼いジェイムズのために、スコットランド最大級のライブラリーを作りあげ、多くの各国史書を蒐集した。また史家のブキャナン自身ラテン語の『スコットランドの歴史』(*Rerum Scoticarum Historia*, 1582) を著したが、その際彼はこのボエスの史書に大きく依拠した。[38] こうした事情からブキャナンがジェイムズにボエス説を取り入れてスチュアート家の歴史を教え、ジェイムズがバンクォーを王家の始祖と見なすようになっていた可能性は非常に高い。

ところで先の『マクベス』四幕一場によれば、バンクォーの子孫が代々国王になるはずだが、劇終幕で実際に新国王の座に就くのは、ダンカン王の長子マルカムである。ではバンクォーの子孫はいつからスコットランドの代々の王になった(とされた)のか。観客にはせいぜい数年後か十数年後ほどのことであるかのように思えてしまうが、それは全くの錯覚である。史実ではマクベスの没年は一〇五七年、スチュアート家から初めてロバート二世が国王の座に就いたのは一三七一年である。だから第三の魔女によるバンクォーへの「王にはなれないが、代々の王が生まれる」との予言が「的中した」のは、実にマクベスの死後、三一四年も経た後の話だったことになる。これはボエスの記述がいかに白々しい虚説であるかの証左である。実際の王家としてのスチュアート家はジェイムズ一世が『マクベス』を観劇した一六〇六年から数えて二三五年前に始まったわけだが、ボエスの虚説のおかげで、スチュアート王族の歴史はさらに三〇〇年以上もさかのぼり、ジェイムズは当時およそ五五〇年にもわたる長い家系の伝統を誇ることができるようになっていた。

(10) 魔女のスチュアート家永劫の繁栄の予告

『マクベス』四幕一場を観劇しているジェイムズにとって、スチュアート家永劫の繁栄の予告は、一応非常に快いものではあったであろう。しかし他方で、矛盾するが、霊魂を魔術で呼び出し交霊することを法令で厳禁して間もない彼にとっては、かなりの心地悪さも感じたはずである。そもそもバンクォーの霊は死霊である。彼が悪魔の手先とみなす魔女達が呼び出した幻影に、王家の久遠の繁栄を約束されても、決して心から喜べるわけがなかった。ただそうした心穏やかならぬ感覚も、この劇が遥か遠い五五〇年昔の「出来事」を、シェイクスピアが想像力でジェイムズを喜ばせ、観客を楽しませる目的で描いた創作であることは、ジェイムズも十分承知していたので、それはそれとして彼は興味深く観劇し、これを堪能したに違いない。

スチュアート家は、一六四九年にジェイムズの子チャールズ一世が公開斬首刑されたことで断絶の危機に陥るが、結局ジェイムズを含め六人の君主を生みだし、彼が『マクベス』を観劇したとすれば、それ以降、同家最後の君主アン女王が没する一七一四年まで、一〇八年続いた後、途絶えた。しかし彼の血筋は、その後一人娘エリザベス・オブ・ボヘミアを通して生き延び、ハノーバー朝ジョージ一世（ジェイムズの曾孫）に受け継がれ、現在のエリザベス二世まで続いている。

注

1　John Dover Wilson (ed.), *Macbeth*, The New Shakespeare (Cambridge: Cambridge U. P., 1947, rpt. 1968), pp. xxviii-xxxi; Kenneth Muir (ed.), Macbeth, The Arden Shakespeare (London: Methuen & co. Ltd., 1951, rpt. 1974), pp. xiii-xxii.

2　*Holinshed's Chronicles — England, Scotland, and Ireland, vols. 1-6*, with a new introduction by Vernon F. Snow (AMS Press, 1976). 初版 1577, 2nd ed. 1587 でシェイクスピアが利用したのは第二版。

3　Marion Gibson (ed.), *Witchcraft and Society in England and America, 1550 – 1750* (New York: Cornell U. P., 2003), pp. 3-5.

4　この法令本文と意義については、Julian Goodare, *The Scottish witchcraft act*, Church History, 74 (2005), pp. 39-67 in Edinburgh Research Explorer (The University of Edinburgh, Download date: 23. Oct. 2015).

5　田中雅志『魔女の誕生と衰退』（三交社、二〇〇八）、二〇四―五頁。Marianne Hester, Lewd Women and Wicked Witches : a Study of the Dynamics of Male Domination (London: Routledge, 1992), pp. 166-171.

6 メアリーの大逆罪の経緯と、母処刑をめぐるジェイムズの反応の詳細については、以下を参照。David Harris Willson, *King James VI & I* (London: Jonathan Cape Ltd., 1956), pp. 73-78; Alan Stewart, *The Cradle King: The Life of James VI & I, the First Monarch of a United Great Britain* (New York: St. Martin's Press, 2003), pp.79-81; Pauline Croft, *King James* (London & New York: Palgrave Macmillan, 2003), pp. 21-23.

7 Stewart, pp. 176-81; Donald Tyson, *The Demonology of King James I* (Minnesota: Llewellyn Publications, 2011), p.1.

8 D. H. Willson, pp. 19-27; Allan Massie, *The Royal Stuarts: A History of the Family That Shaped Britain* (London: Jonathan Care, 2010), p. 147; Stewart, pp.41-45; Croft, pp. 12-13.

9 Croft, p. 23: "During the Spanish Armada crisis of 1588, he assured Elizabeth of his support as 'your natural son and compatriot of your country.' "

10 ジェイムズ一世は一六一〇年の議会演説 (*A Speech to the Lords and Commons of the Parliament at White-Hall*) で王権神授説（the theory of divine right) を主張したが、これは『新約聖書』の「ローマの信徒への手紙」一三にある、「権威者は、あなたに善を行わせるために、神に仕える者なのです。」(『新共同訳聖書』) という一節が根拠になっているというのが定説である。

11 Richard Oram (ed.), *The Kings and Queens of Scotland* (Gloucestershire: Tempus Publishing Ltd., 2001), p. 269 によれば、ジェイムズの著書・著述、*Basilikon Doron* (1599), *Trew Lawe of Free Monarchies* (1598), *Daemonologie* (1597), *Counterblast to Tobacco* (1604) 等は版を重ねた。

12 Massie, pp. 144-45; Tyson, pp.1-2.

13 D. H. Willson, p. 96.

14 Robin G. Macpherson, *Francis Stewart, 5th earl Bothwell, c 1562-1612: Lordship and Politics in Jacobean*

Scotland, PhD thesis (University of Edinburgh, 1998), pp. 3-5, pp. 371-429.

15 Stewart, pp. 103-104.

16 以下の経緯については、Tyson, pp. 22-23; D. H. Willson, pp. 85-95; Stewart, pp. 105-23による。

17 Stewart, p. 124.

18 Tyson, p. 22.

19 Stewart, pp.124-25; Tyson, 12-13.

20 原文はTyson, pp. 284-300による。また、Strangedaze: Paranormal Investigation, http://strangedaze.doomby.com/pages/scottish-witchcraft-trial-1591.html に公開されている。

21 以下すべての引用の訳は原文からの筆者訳。シェイクスピアの作品引用の訳は、*The Riverside Shakespeare* (Houghton Mifflin, 1973, 2nd ed. 1997) に基づく。

22 Tyson, p. 213によれば、実際の取り調べ記録では九六人、バーバラ・ネイピアの自白では一四〇人ほど。

23 Stewart, p. 125.

24 Sewtart, pp.125-26; Macpherson, pp.380-85.

25 Sewtart, pp.129-38; D. H. Willson, pp.100-115.

26 Tyson, pp.279-83; King James VI, *Daemonologie, in Forme of a Dialogue*, Chapter VI, the Thirde Booke.

27 注8で指摘したようにジェイムズは一六一〇年の議会演説で王権神授説を唱えたが、彼はすでにその二〇年前の一五九〇年のノース・ベリック魔女裁判の頃には、国王は神の使いである、との考えを持っていた。彼が取り調べた「魔女」アグネス・サンプソンが、「悪魔にとってジェイムズ王は最大の敵」(the King is the greatest enemy he hath in the worlde, *Newes from Scotland*) と「自白」した時、ジェイムズが大いに喜んだのはこのためである。この時彼の心には、「悪魔に対決する信仰にあつい国王（＝神の使い）」、という構図があった。

28 James VI, *Daemonologie*, Chapter IV, the Seconde Booke.

29 原文は Tyson, p. 301 を参照。また Primary Resource: "An Acte against Conjuration Witchcrafte and dealing with evill and wicked Spirits" (1604), Encyclopedia Virginia, http://www.encyclopediavirginia.org/_An_Acte_against_Conjuration_Witchcrafte_and_dealing_with_evill_and_wicked_Spirits_1604 に公開されている。

30 Tyson, pp. 6-7.

31 なお William E. Burns, *Witch Hunts in Europe and America, an Encyclopedia* (Connecticut: Greenwood Publishing Group, 2003), p. 64 を参照。

32 James VI, *Daemonologie*, the Preface.

33 原文は Hector Boece, *The History of the Scottish People,* Book XII, 9; Hector Boethius,*Scotorum Historia* (1575 version), A hypertext critical edition by Dana F. Sutton, The University of California, Irvine, Posted February 26, 2010 による。

34 *Newes from Scotland*, pp. 15-16; Tyson, pp. 292-93.

35 Muir, p. 114, note 119: "Shakespeare refers to kings only, omitting all mention to Mary, Queen of Scots."

36 Boece, *The History of the Scottish People,* Book XII, 2 に "Banquo, the royal thane of Lochaber, a member of that very noble clan of Stewart, a long line that has produced our king today" とある。

37 Massie, pp. 5-10.

38 "George Buchanan made heavy use of Boece in his Rerum Scoticarum Historia (1582)." Wikipedia, 'Hector Boece'. この記述は Royan, Nicola, "Boece, Hector", Oxford Dictionary of National Biography (online ed.) による。

シェイクスピア劇における人物の行動規範と観客の共感の原理についての一考察*

五十嵐　博久

はじめに

シェイクスピアの人物の中には、マルヴォーリオのように妄想に駆られて奇行に走る人物もいれば、フォールスタッフのように行動を起こすことを回避しようとする人物もいる。また、オセローのように貞節な妻を殺害する人物や、ハムレットのように決断ができない人物も登場する。そして、彼らの行動は、しばしば、シェイクスピアの芝居世界が提示するキリスト教の倫理的観念や他の行動規範からもかけ離れているように感じられることがある。しかし、彼らの行動（ないしは非行動）は、芝居においてドラマティクな瞬間を創りだし、おそらく人間模倣（ミメーシス）の原理からは逸することなく人物像に自然な奥行きを与え、しばしば観客の共感を誘う。劇中の登場人物は各々がその行動によって主体形成されてゆくというのが、すでに古典的となったジュディス・バトラー (Judith Butler) の説く考えであった。[1] 舞台芸術における登場人物は、その実存性が行動という形をとって顕在化するまでは「無（ゼロ）」の状態であり、その「無（ゼロ）」が表象の領域において形成しようとする仮想的主体である。換言すれば、一人の役者が芝居の登場人物として主体形成を行うとき、その人物の行動は役者に帰属するものではなく、役者が演じようとしている人物の実存性を規定するものである。役者には自分ではない他者を演じることが要求され、観客はその役者の演技に共鳴することで登場人物への共感を達成する。つまり、登場人物という仮想的主体を架け橋として、ドラマのコミュニケーションは成立している。シェイクスピアの芝居では、そうした瞬間に一体何が起きているのか。また、初演当時は、そうした場面の醍醐味はどこにあったのだろうか。本稿では、このような素朴な疑問に発展的な議論を展開しうる可能性が切り拓かれつつあることを確認したい。

最近のシェイクスピア研究の傾向として、芝居を伝統的なルネッサンスの思考様式と絡めて解釈するのではなく、当時抑圧されていたと考えられる古い、あるいはしだいに萌芽しつつあった新しい価値観や世界観と絡めて論じる方法が確立されつつあることが挙げられる。特に注目すべきは、シェイクスピアの芝居を近代というセキュラーな思考様式の黎明期におけるテクストと考え、当時の先鋭的な思考様式と絡めて分析してゆく批評方法が確立されたことである。

本稿では、まず、この観点から脚光を浴びつつある先行研究を二つ紹介し、次に、シェイクスピアのいくつかのテクストを俯瞰しながら、先行研究において提示されている所見について検証してゆきたい。

一　近代的思考様式とシェイクスピア的人間表象の原理――二つの先行研究を巡って

私たちに一つの有効な思考のヒントを与えてくれる最近の先行研究として、ジョール・オルトマン(Joel B. Altman)の『「オセロー」における不可能――修辞的人間表象とシェイクスピア的自己形成』(二〇一〇)がある。[(2)] シェイクスピアの芝居において右に述べたドラマのコミュニケーションを可能にしているのは、「修辞的人間表象(rhetorical anthropology)」と呼ぶべき人間表象の原理であるというのがオルトマンの主張である。

オルトマンによると、シェイクスピアの言説の基調となっているのは、聖アウグスティヌス(St. Augustine of Hippo)の「個」と意志(will)の働きについての教えであるという。[(3)] アウグスティヌスの考えでは、「個」は、意志が聖と俗の二つの方向に誘われて分離し、一方ではその究極の目的である神へと向かい、もう一方では実存する他者を「個」の仮想的主体として模倣しようとすることで生じる。現実の他者を模倣することはできるが、神は「個」にとっての仮想的主体とはなりえないため、意志は世俗の他者を模倣し、神への信仰を放棄しようとする。しかし、同時に、他者を模倣しようとするもう一方の意志の働きを抑止しようともする。この意志による他者という仮想的主体の模倣と否認のプロセスにおいて「個」が成立する。シェイクスピアの芝居における登場人物は役者や観客にとっての他者であり、彼らの意志が向かう仮想的主体であると、オルトマンは主張する。

シェイクスピアの芝居が描くオセローは、キリスト教世界として表象されるヴェネチアに所属する主体であると同時に、『オセロー』初演当時の地誌学的言説（具体的には、ジョン・マンデヴィルやリチャード・ハクルートの言説[4]において表象される野蛮で残忍な黒いムーア人であり、キリスト教徒にとって異邦の世界であるイスラム教世界に由来する人物である。初演の舞台においてオセローを演じたとされるリチャード・バーベッジ（Richard Burbage）は白人のキリスト教徒であったので、自分が演じようとする「黒いムーア人」は彼にとって他者であったし、初演当時のおそらくすべての観客にとっても同じことであったと推測される。しかし、どのようなからくりによって、バーベッジが、嫉妬狂いから貞節な妻を殺すという野蛮で残忍な行為を遂行する他者の心理を捉えてその行為を演じることが可能だったのか。そして、観客は、その行動を理解し、場合によっては共鳴することができたのか。

オルトマンはこう解説する。[5] ヴェネチアというキリスト教社会に所属するオセローは、まず、ドラマのコミュニケーションの前提として、バーベッジや彼の観客とも意志／信仰を共有している。したがって、彼／観客は、その意味においてはオセローを自分と同一視することができたという。一方では、当時の言説が作り上げていた野蛮で残忍な異邦人の姿が同じ主体のもう一つのペルソナとして提示され、それはバーベッジ／観客が同一視「不可能（improbable）」なオセローの一面である。しかしながら、イアーゴーの巧みな騙しによって残忍な殺人者へと化してゆくオセローの心理的推移については、決して理解できないということはない。妻の不貞を裏付ける数々の状況証拠が提示された後、ハンカチという「目に見える証拠（ocular proof）」（三幕三場三六〇）が示されれば、貞節を重んじるキリスト教徒の精神は脆く崩れ、刹那的にではあれども生々しい感情の奴隷となって然るべきである。この人格的崩壊が起こる瞬間、バーベッジ／観客は、オセローのもう一方の人物像とその世俗的な行動に自らの「個」の本質を映し見ることができたのではないかという。[6]

　キリスト教徒としての人格が崩壊してゆくオセローの中では、アウグスティヌスのいう意志の分離が生じていると、オルトマンは主張する。具体的には、分離した一方の意志は信仰によって形成されたペルソナを維持しようとし、もう一方の意志はそれが近づいてゆく「化け物 (monster)」という仮想的主体へと向かい、キリスト教徒として形成されつつある主体性を否認しようとしているというのである。『オセロー』では、そうした意志の分離がオセローという主体において起こりうる状況が提示されているため、役者／観客は、その行動を受け入れ、「黒いムーア人」という他者を意志が達成可能 (probable) な仮想的主体として受け入れることができるというのである。

　もう一つの先行研究は、ローナ・ハットソン (Lorna Hutson) の『疑惑の究明』（二〇〇七）である。[7]ハットソンは、シェイクスピアが活躍を開始した一五九〇年代には、イギリスでは慣習法に基づく法廷弁論術や裁判の方法が、すでに広く一般庶民の思考様式にも影響を与えるようになっていたと主張する。[8]疑惑 (suspicion) が解き明かそうとする真相は宗教や国家の権威によって規定されるものではなく、客観的証拠 (evidence) とそれをつなぐ語りによって究明 (invent) されるべきものであるという近代的な考え方が、シェイクスピアの時代には広く一般化されていたという。そうした思考様式は、グラマー・スクールにおいてはキケロー (Cicero) やクインティリアヌス (Quintilian)

の弁証法のテクストを学ぶことで、生徒たちがそれを身につけていったという。裁判型の思考様式(forensic thinking)が人々の知の枠組み(エピステーメー)を形成していた知的風土の中で紡がれた、『間違いの喜劇』をはじめとするシェイクスピアのさまざまな芝居に影響を及ぼしたテクストがジョージ・ガスコイン(George Gascoigne)の『想い違い』(一五六六出版)である、とハットソンは主張する。

『想い違い』にはフィロガノという老人が登場する。フィロガノの息子エロストラートは召使いのデュリッポを伴い、フェラーラにて留学生活を送っている。その間、エロストラートは富豪の娘ポリネスタとの恋に落ち、その恋を成就させようと、デュリッポと服を交換し、召使いに変身して、ポリネスタの父親に仕える。一方、エロストラートに扮するデュリッポは、主人の結婚を成就させるべく走りまわる。たまたまフェラーラを通りがかった間抜けなシエナの商人を出し抜き、彼にフィロガノを名乗らせ、主人の偽装結婚に一役演じさせようとする。その一連の出来事を知らないフィロガノが、息子の下宿を訪れると、そこで目にするのは、デュリッポが自分の息子に扮し、そして、見知らぬ異国の商人が自分に扮しているという信じがたい光景である。「息子の召使いとして、あいつに仕えさせようとここに来させた男が、あいつの喉を掻き切ってしまったのか…(中略)おお、なんと惨めなフィロガノ、なんと不幸な老人。不滅の神よ、裁きはないのですか。裁判官はいないのですか。私が報復を求めて訴えてもいい権力はないのですか」(四幕八場一二五―一三四)と彼は嘆く。[9]

この場面を特徴づけているのは、人間の思い込みのおそろしさであると同時に、それが呼び起こす観客のフィロガノへの共感であり、ある種の悲劇的情緒であるとハットソンは言う。この芝居のプロットじたいは、テレンティウス（Publius Terentius Afer）やプラウトゥス（Titus Maccius Plautus）に代表されるローマ新喜劇におきまりのものである。しかし、ローマ新喜劇では騙していた者たちがあわてふためくことで、即興的なドタバタシーンへと展開してゆくのが一般的であるのに対し、ガスコインは、フィロガノというその心理がリアルに描写された人物を登場させ、その人物の思考過程を示すことで、観客の共感を誘っているというのである。フィロガノと観客を結びつけていたものは、真相究明の手段としての裁判への意識であると同時に、近代初期の裁判によって育まれたと考えられる論理的かつ科学的な思考様式である。ガスコインの芝居が最初に上演されたのは早くからロンドンに存在していた法学生たちの学舎の一つであるグレイ法学院であった。ガスコインの周辺には、サックヴィル（Thomas Sackville）、ノートン（Thomas Norton）、イエルヴァートン（Christopher Yelverton）、ウェットストーン（George Whetstone）などの当時の先駆的な詩人や、オエン・ホプトン卿（Sir Owen Hopton）やウィリアム・フリートウッド（William Fleetwood）などの平民出身でありながら裁判の在り方に関する当時の論客となった面々も存在していた。新しい人間表象の原理は、近代的な法律や裁判とのかかわりの中で生まれたのではないか、というのがハットソンの推理である。

ハットソンの主張するこの人物表象に関する考え方は、その根底においてオルトマンの考えと一致する。つまり、シェイクスピアの芝居が一人の人物を規定する際にその人物の行動に対して役者／観客の共感を誘う場合、人物の行動や思考の根拠となっているものは、裁判における真相究明の手続きや法廷弁論を特徴づけている近代的・科学的思考傾向であって、中世に由来する伝統的な宗教観や倫理観のみに固執するものではないという考えが、両者の主張の根底にある。シェイクスピアの芝居を、当時すでに古くなっていた宗教的倫理観に代わって広く受容され民衆のエピステーメーを形成していたと想定されるセキュラーな近代的・科学的思考様式――以下、本稿では「裁判型思考様式」と呼ぶことにする――と絡めて解釈するという新しい批評の可能性が提示されているのである。[10]と同時に、これらの批評は、シェイクスピアの登場人物たちの行動を、宗教が示す絶対的な真理へと向かう意志の働きによるものではなく、世俗的な方向へと傾くもう一方の意志の働きによるものであるという考えを推し進めるものである。

裁判型思考様式がシェイクスピアの芝居における人物たちの行動規範をなし、それが人物模倣の原理の礎となっていたかもしれないという考えは、魅力的である。しかし、シェイクスピアの演劇が、近代という世俗化した時代における新しい思考様式の枠組みの中でのみ成立していると単純に結論づけることもできないように思える。たとえば、ハムレットのように亡霊や神の摂理という理性や人間の哲学が及ばないものへの信仰が行動規範となり、観客の共感を誘う形で主体形成を遂げてゆく例もある。このことを念頭に、以下、いくつかの芝居を取り上げ、「シェイクスピア劇における人物の行動規範と観客の共感の原理」について考察を深めてゆきたい。

二　行動規範としての裁判型思考 (forensic thinking) と信仰――『間違いの喜劇』再考

最初に、『間違いの喜劇』において展開される双子兄弟たちの取り違えという行動とそれに対して起こる観客反応に注目してみよう。『間違いの喜劇』が初演されたのは、ガスコインの『想い違い』が初演された場所と同じグレイ法学院であったと考えられている。[11] つまり、この芝居もまた、裁判の方法を学ぶ法学院の学生を中心とした知的エリートたちの嗜好を意識して書かれたものであると推測される。芝居の冒頭では、エフェソスに漂流したシラクサの商人イージオンを法に照らして「財産没収」のうえ「死刑」に処せねばならない公爵の苦難が提示される。イージオンの身の上話に憐れみの情を露にし、慈悲の涙を流す公爵であるが、あらゆる状況証拠によって、このシラクサの商人が「財産没収」および「死刑」の判決を免れないことが明らかとなる。かくして、芝居の冒頭において、エフェソスという公爵領においては慣習法によって秩序が維持され、人々はみな、目に見える証拠をもって判断の基準とする裁判型思考様式を行動の規範としていることが示される。つまり、芝居が描くこの時空は、慣習法による裁判を日頃から学んでいた法学生やその周辺に存在した知識人たちの価値観が投影された時空として表象されている。イージオンの息子である双子のアンティフォラス兄弟とその双子の召使いであるドローミオ兄弟の「取り違え」を中心としたメイン・プロットが動き出すのは、エフェソス公爵によってくだされようとしているイージオンへの裁きが背景として提示された後であることに注意すべきであろう。

見た目には同じ二組の双子が登場することで、取り違えの連鎖が起こってゆくメイン・プロットでは、登場人物たちの行動はみな、目に見える証拠を確認して状況を判断するという裁判型思考様式に基づいている。彼らの「取り違え」は、その行動を俯瞰する観客の目にはコミカルな「愚行」として映る。しかし、メイン・プロットと絡む登場人物たちはみな、宗教が行動規範となっていた中世の文学的時空から遊離し、目に見える証拠と状況判断によって真相を紡ぎ、それを価値判断や行動の拠り所とする。そして、芝居の巧妙なからくりによって、メイン・プロットとかかわる登場人物たちの行動を滑稽なものとみなす観客の笑いの矛先は、人物の行動に投影された自らの仮想的主体へと向けられることになる。

この点に関して、リチャード・マッコイ(Richard C. McCoy)の著書『シェイクスピアにおける信仰』(二〇一三)が注目すべき見解を示している。[12]『間違いの喜劇』では、アンティフォラス兄弟とその父イージオンとドローミオ兄弟が再会を果たし、その結果として、死刑が確定していたイージオンに恩赦が与えられるという、理性の枠組みではとうてい考えられない「奇跡」が起こる。すると、それまで登場人物たちの行動規範となっていた思考様式(=裁判型思考様式)に揺らぎが生じることとなる。シラクサのアンティフォラスは海で生き別れたと信じていた父イージオンの姿を認めると「父イージオン様ではありませんか、それとも彼の亡霊」(五幕一場一九〇)と述べ、彼は亡霊という実存しないものを受け入れる心的モードに入る。他方、それまで一連の事件を俯瞰してきた観客は、この時点ではその現象がすべて理性によって解明できるものであると確信している。しかし、この芝居の最終場面には五幕において生じた観客と登場人物の価値観の隔たりを融和させるある仕掛けがなされている。観客のだれもが修道女であると信じこんでいたその人物が、アンティフォラス兄弟の母エミーリアであったことが判明するのである。このとき、観客は、彼らよりも一足先に裁判型思考様式の枠組みを脱し、筋の通らない奇跡的出来事を「ありうる」と考え始めている登場人物たちと同じ視点に立たされることになる、とマッコイは主張する。観客がその裁判型思考によって紡いできた事件の真相についてそれまで盲点となっていたもの——つまり、常識的には考えられない「奇跡」——が「事実」として提示されることで、裁判型思考様式は一時的にその権威を失うことになる。芝居は、理性に即して解明できない現象への信仰を要求し、それが少なくとも一時的に達成されるというのである。

優れた芸術的模倣には「ありえない (improbable)」ものを「ありうる (probable)」かのように錯覚させる力があるという考えは、古くから存在する。一九世紀の詩人・文学批評家のサミュエル・テイラー・コールリッジ (S. T. Coleridge) は、巧妙な詩には、「ありえないものへの一時的な信仰 (willing suspension of disbelief)」を誘う技巧が凝らされていると主張した。[13] そして、その同時代人ジョン・キーツ (John Keats) は、シェイクスピアの芝居に特有のその力を「ネガティヴな受容性 (negative capability)」と呼んで称賛した。[14] ロマン主義の時代には「崇高 (sublime)」という曖昧な言葉で称されていたシェイクスピア劇のこの特性は、今日では、ルネッサンス時代に流行した「逆説（パラドックス）」——ある陳述についてその非蓋然性を誇張して語ることで、それが「真」であることを証明する修辞的技法——を応用したものであると考えられている。[15] そして、しばしば、「通念的な教えに対して疑問を呈し、議論を呼び起こす目的で」シェイクスピアがこの修辞的技法を応用していたかもしれないと考えられてきた。[16]『間違いの喜劇』についてのマッコイの解釈は、こうした古くからの常識の延長線上にある。

しかし、彼の主張について不可解な点は、近代初期の宗教と文学のかかわりの問題を長年の研究テーマとしてきた彼が、シェイクスピアの芝居における人物の行動規範や観客の心的反応の問題を、そこに絡んでいると考えられる宗教的意味合いを頑なに排除して論じようとしていることである。確かに、芸術によって達成された「崇高」なるものへの信仰は、宗教が要求する信仰（religious faith）とは違う。また、デイヴィッド・カスタン（David Scott Kastan）（『信じる意志―シェイクスピアと宗教』、二〇一四）が主張するように、シェイクスピアの芝居は、宗教を常にその背景におく一方で、作者の宗教観を前面に提示してくることはない。[17]しかし、通念的な思考様式から観客の意志を遊離させるというからくりがある以上、遊離した意志が向かってゆく対象が明確に提示されていなければならないだろう。その対象こそが、芝居の背景にある宗教的倫理観ないしは神への信仰（religious faith）ではないのか。すでに述べたように、『間違いの喜劇』ではその冒頭において、慣習法を重んじる法治社会であるエフェソスにおける絶対的価値としての法的正義と、「恩赦」や「憐れみの情」という宗教的倫理観が提示される。そして、芝居は、取り違えのメイン・プロットを通じて裁判型思考様式の弱点を浮き彫りにし、観客の意志をその思考様式の枠組みから遊離させてゆくのだが、その場合、意志はまだ決して否認はされていない宗教的倫理観を拠り所とするのではないのか。

マッコイの主張にもう少しだけ耳を傾けてみよう。[18]法学院の観客を想定して書かれたと考えられる『間違いの喜劇』において演劇的信仰 (theatrical faith) を誘うというからくりは、シェイクスピアの他の大衆向けの芝居においても確認できると、マッコイは言う。たとえば、『お気に召すまま』では、『間違いの喜劇』とよく似た取り違えを中心とする人物たちの「愚行」がドラマの核をなしている部分がある。五幕二場で、ギャニミードに扮するロザリンドがオーランドーに、自分をロザリンドであると信じて求愛してくれれば、明日にはロザリンドが現れるようにすると告げる。そして、「もし私が男の望みをかなえられるなら、あなたの望みをかなえる」（五幕二場一一四—一一五）と言い、現実的にはありえない「奇跡」への信仰を要求する。ロザリンドはまた、観客に対しても、「もしお気に召しますなら、私にはありえないことができると信じてください」（五幕二場五八—五九）という要求をしている。この時点で、観客は、ロザリンドを信じようという好奇心に駆り立てられることはおそらくなく、この場面でオーランドーが示す「一時的な半信半疑 (temporary Half-Faith)[19]」から生じる行動を「愚行」とみなして侮蔑することになる。しかし、五幕四場に用意されたある巧妙なからくりによって、登場人物たちと同様に観客もまた、ロザリンドのいう「奇術」を「ありうる」と考えるモードへと入ってゆく。この場面では、ロザリンドがハイメンに率いられて舞台に登場するという観客にとって想定外の演出がなされ、ハイメン自らが、これまで見ていた「奇妙な出来事」を「まこと」と信じることを観客に要求するのである。

このとき多くの観客は、芝居を愉むというその行為じたいが、「ありえないこと」を「ありうること」として信じるという「愚行」を前提として成立していたことに気づかされるのである。エピローグにおいてロザリンドは、自分が少年俳優の演じる女性登場人物（ロザリンド）であり、同時に、その女性の演じる青年（ギャニミード）であり、また同時に、その青年の演じる女性（オーランドーにとっての仮想的主体であるロザリンド）として舞台に存在していたことを再確認する。つまり、ロザリンドという人物の性別を含めた主体性そのものが、この役者をロザリンドであると積極的に信じる者たちの信仰によって成立していたにすぎないという現実を観客に突きつける。ここに、観客を登場人物たちの行動に共鳴させるからくりがあるという。ただし、この場合も、登場人物の行動規範および観客の心的反応は、宗教の要求する信仰とは一切関係せず、すべてが虚構からなる「演劇への信仰のみに拠っている[20]」というのがマッコイの説明である。

しかし、『間違いの喜劇』の冒頭シーンにおいて、厳格な慣習法によって裁かれようとするイージオンに対する憐れみの情や恩赦というキリスト教的な良心が観客の心に想起されるように、『お気に召すまま』では人物たちを（キリスト教では罪とみなされる）絶望の淵から救済はできないものかという思い（良心）が、芝居を通じて観客の心に存在し続けるのではないだろうか。つまり、芝居によって達成される観客の心的反応は宗教とはまったく無縁の「演劇への信仰」のみからなるとは考えにくいのではないか。

先にふれた『オセロー』に関するオルトマンの主張では――オルトマンが正しいと仮定するなら――、聖なる意志という大前提が最初から存在し、そこから分離した意志の一方が「黒いムーア人」というキリスト教徒にとっての他者の残忍で罪深い行為に共鳴してゆくことになるという。その場合、宗教は、ドラマのコミュニケーションが成立するための前提となるであろう。『間違いの喜劇』や『お気に召すまま』は、オルトマンの考える『オセロー』の場合とは逆で、宗教を、分離した意志が最終的に向かう目的として提示しているのではないのか。遊離が起こる前に意志が帰属している場所が法学院の知的風土を母胎とするセキュラーな裁判型思考様式であって、ドラマのコミュニケーションは意志をそこから遊離させ、聖なる方向へと誘ってゆくとも考えられるのではないだろうか。

三　『十二夜』、『ロミオとジュリエット』、『マクベス』にみる人間表象と観客反応

シェイクスピアの芝居を俯瞰すると、多くの人物たちの行動は、おそらく当時の民衆の間にも広く普及していたと考えられる裁判型思考様式の影響下におかれている。(21) しかし、彼らの行動に観客が共鳴するとき、しばしばその行動は、観客の意志をその思考様式の枠組みから遊離させ、芝居の背景として提示される宗教的価値観もしくは神への信仰へと回帰させることがある。

こうした例を確認するために、最初に注目したいのは、『十二夜』における人物たちの行動である。『間違いの喜劇』や『お気に召すまま』と同様に、この芝居においても裁判型思考の核をなす視覚的認知が人物たちの行動や思考の規範となっている。オーシーノーはオリヴィアに求愛し続けるが、芝居の冒頭場面において彼は次のように述べている。

私の眼がはじめてオリヴィアを見たとき、
［省略］
その瞬間に私は鹿に変えられ、

それからというもの、欲望が残忍な犬どものように、
私を攻め立ててくるようになった。

（一幕一場一七―二二）

オーシーノーを求愛行動へと駆り立てるものは、彼がその視覚によって認識した「美」である。『十二夜』の原話である『インガンナッティ』の伝える物語が当時広く知られていたと仮定するなら、この公爵の恋が実らないことはすでに観客の予想するところであったかもしれない。一方、この芝居では、話の結末が「神意」によって定められたオーシーノーとヴァイオラの結婚へと向かうことが(22)、芝居の冒頭におけるヴァイオラと船長との次の対話において暗示される。

ヴァイオラ　この領地を治めておいでのかたは。
船長　ご立派な公爵です。家柄と同様にお人柄も。
ヴァイオラ　お名前は。
船長　オーシーノー様です。
ヴァイオラ　オーシーノー。父がその方の名を言ったことがある。
そのときはまだ独身でおいでだった。

（一幕二場二四―二九）

イリリアと同じアドリア海沿岸のキリスト教領地であるメサリーンの公爵であったヴァイオラの父が、まだ独身であるオーシーノーについて触れ「その方の名を言った」ということは、オーシーノーとヴァイオラの縁組が意図されていたからに違いないと多くの観客は推測する。そして、シ

ザーリオという小姓の姿に変装し、その装いの内にてオーシーノーに魅かれ、彼に献身的に仕えるヴァイオラの行動を見る観客は、芝居のプロットが「神意」によって意図された結末へと向かっていることを予見している。(23)

他方、オーシーノーは、小姓に扮したヴァイオラを寵愛し続ける。ヴァイオラ（シザーリオ）とともに道化の歌を聴いては「それが胸の悶えを和らげてくれた」（二幕四場四）という感覚さえ経験し、次のような心情を露にする。

われわれ男の恋心なんていうものは、女のものに比べれば、
浮気でうつろいやすい。女よりも恋い焦がれるが、
飽き易く、すぐに冷めてしまう。

（二幕四場三三―三五）

オーシーノーのオリヴィアへの恋は、この時点ですでに揺らいでいる印象を与える。ヴァイオラとオーシーノーを隔てるものは、ヴァイオラの扮する小姓の姿（シザーリオが恋の相手にはならないという証し）であり、一方、オーシーノーをオリヴィアへの求愛行動へと駆り立てるものは彼の眼に「珠玉の女王」（二幕四場八五）と映る彼女の姿である。オーシーノーの求愛を傍観する観客は、この時点ではオーシーノーに共感できると思われるが、ヴァイオラとオーシーノーの結婚成立と、そして、その結婚によって達成されるアドリア海域におけるキリスト教世界の盤石化という「神意」が導くであろう結末をも同時に予見している。

『十二夜』では、多くの者たちが命を落としたメサリーン船の難破、そして、イリリアの伯爵家

を見舞った度重なる不幸に象徴される陰鬱が、幕開けから芝居世界に影を落とす。しかし、メサリーンとイリリアの「結合」によってその陰鬱が解消され、アドリア海のキリスト教世界に秩序が再生されてゆく過程が描かれている。冒頭場面におけるオーシーノーの憂鬱や、ハムレットを彷彿とさせるオリヴィアの憂鬱は、キリスト教世界における聖なる秩序の崩壊を暗示しているものと考えることができる。そして、その憂鬱こそが、目に見えるものを本質の証しと捉える思考様式（裁判型思考様式）を育む母胎となっている。[24] オリヴィアがシザーリオ（／兄セバスチャンを模倣した姿）に変装したヴァイオラの容姿に魅了されるのも、同様の思考様式による。そして、その思考様式は、聖なる秩序を再生しようとする神意とは逆の方向性を示す行動規範として提示されている。

イリリアにおける聖なる秩序の崩壊とそれを示唆する陰鬱が最も劇的に具現化するのは、マルヴォーリオという人物の主体性においてである。伯爵家に仕える執事と伯爵令嬢が結婚し執事が伯爵となることは、聖なる秩序の崩壊を意味するが、マルヴォーリオの想像世界においては、それが可能であることがあらゆる状況証拠によって裏付けられてゆく。一六〇二年二月二日、ミドル・テンプル法学院にて『十二夜』の上演を観たという法学生ジョン・マニンガムは日記に、病的な思い込みが引き起こすマルヴォーリオの愚行を笑いものにするマライアたちの遊戯について特筆しているが、この法学生が評している通り、その遊戯こそが「この芝居における上手いたくらみ」といえる。[25] 裁判型思考様式を有する観客がマルヴォーリオの愚行を笑うとき、観客の意志は自らの思考様式を否認し、秩序の再生へと芝居を進行させてゆく「神意」へと向かうことになる。この同じ意志の働きによって、裁判型思考様式を有するオーシーノーやオリヴィアの視覚的判断からなる「愚行」

に笑いが向けられてゆく一方で、「神意」によって導かれる縁組成立への期待が高まってゆく。そして、最終場面（五幕一場）では、舞台上の主要な人物たちはみな、それまでの思考様式の枠組みから脱し、「神意」を受け入れるモードへと入ってゆく。神秘的な力によって結ばれたセバスチャンとオリヴィアが、その結婚を「自然の導き」（五幕一場二六〇）として受け入れると、次にオーシーノーが、「私もこの幸運な難破船に乗せてもらおう」（五幕一場二六六）と言ってそれまでの行動規範を放棄し、ヴァイオラと結婚する決意をする。そこでマルヴォーリオが再び舞台に登場し、彼を「愚行」へと駆り立てた動機の一部始終について詳しく弁明するが、裁判型思考では筋の通った彼の申し開きは嘲笑の的でしかない。かくして芝居は、観客に理性の否認を促し、「神意」として表象される神秘的な力への一時的な信仰を求めて幕を下ろすように見える。

このように裁判型思考傾向が人物に「愚行」を促し、それによって観客の意志が、裁判型思考様式とは別の次元に存在する神意ないしは宗教的行動規範へと向かう例は、悲劇でも確認することができる。

『ロミオとジュリエット』に注目してみよう。モンタギュー、キャピュレットという権威ある二つの家に継承されてきた「いにしえの遺恨」（前口上、三）が、両家の子孫に生じた「愛」とともに埋葬されてゆくという悲劇的結末が、前口上によって観客に提示されるこの芝居では、まず、冒頭において、芝居の舞台となるヴェローナが裁判型思考を助長する法治社会であることが提示される。治安を乱した者に対してなされる慣習法に基づく大公の裁きが秩序を維持し、グレゴリーやサンプソンの会話に窺えるように、法の裁きへの強い意識が街の人々のエピステーメーを形成している。そして、それは、モンタギューやキャピュレットをはじめとする主要な人物たちの日常の価値観にも影響を与えていることが示される。たとえば、一幕二場の冒頭、キャピュレットがパリス伯爵との縁談を進めようとするシーンでは、キャピュレットの思考モードが提示される。この場面でのキャピュレットの目論みは、その夜の宴会においてジュリエットをパリスにお披露目することである。「華美に着飾った(well-apparell'd)」(一幕二場二七)乙女たちの美しさを「目でご覧(look to behold)」(一幕二場二五)になり、そして、「貴公の目に最も価値があると見える一人を選ばれたし」(一幕二場三二)と言う。一幕三場では、キャピュレット夫人も夫と同様の思考様式を有していることが明らかとなる。パリスの眉目秀麗な容姿に「美神がその筆で描いたような喜び」(一幕三場八二)が読みとれると夫人は言う。さらに「装いの美は内なる美を覆うもの」(一幕三場九〇)であり、「きらびやかな装丁がなされ目に黄金と映る書物は、そこに書かれている内容も金のような価値がある」(一幕三場九一—九二)とも言う。『十二夜』の人物たちのように、彼らは見えるものを価値判断の根拠とする思考様式を有し、「内なる美」という本来目には見えない観念的な価値でさえ目で見て測ることができると信じている。

一方、芝居が提示する神意は、それとは相反する方向性を有している。ロミオとジュリエットが恋に落ちる一幕五場では、少なくともジュリエットは、恋人の顔すら確認していない。というのも二人の出会いの場では、ロミオの顔は仮面で覆われている設定になっているからである。他方、ロミオは、それまでロザラインの美しさを視覚によって判断し、そして他の美人と比較することで

「特に際立った美人」（一幕二場二三六）であると判断してきたその価値基準をいとも簡単に放棄する。かくして裁判型の思考様式ではない行動規範が提示される。ただし、この「ありえない」恋の成立を見る段階では、観客の意志が直ちに裁判型思考様式を放棄してこの神秘を受け入れるとは考え難い。

しかし、悲劇の歯車がまわり出す三幕一場になると、観客の思考モードは裁判型思考様式の枠組みから脱してゆくことになる。ティボルトを殺傷したロミオは、ヴェローナの法に照らして死刑となるはずである[26]。観客が目撃した通り、あらゆる証拠からロミオがティボルトを殺したことは証明されており、また、殺人事件の発端について大公に説明したベンヴォーリオは、ロミオの友人であることからロミオをかばっている可能性が高いのではないかというキャピュレット夫人の主張（三幕一場一七六―七七）も間違ってはいない。しかし、判決は「追放」である。後にロレンスがロミオに「神の恵みがおまえに味方している」（三幕三場一四一）と述べているように、この裁判では、大公の示す慈悲という形をとって神意が働いていたことは明白である。そして、観客の意志は、ロミオの死刑を求めるキャピュレット夫人の主張に共鳴するというよりは、むしろ慈悲で法を曲げた大公の判決を支持する方向へと傾くことになるだろう[27]。

また、芝居は、ジュリエットの偽装死というトリックを用いることで、裁判型思考様式の脆弱性を浮き彫りにする。薬で眠るジュリエットを死んだものと思い込んで霊廟に納めるというキャピュレット家の人物たちの行動は、裁判型思考様式を規範とするものである。ジュリエットを死んだと思い込んで悲嘆に暮れるパリスの行動もまた同じである。そして、その思い込みの思考様式はロミオをも絡めとり、彼に時ならぬ死をもたらしてしまう。そうした彼らの「愚行」を傍観する観客は、思い込みのおそろしさを経験すると同時に、彼らのエピステーメーを形成しつつあったセキュラーな思考様式の脆弱性について認識を新たにすることになる。この場面に続く、ジュリエットの死と大公による裁きを含む最終場面では、一連の悲劇をもたらしたのは「憎悪に対する天罰」（五幕三場二九二）であったという結論が大公によってなされ、モンタギュー、キャピュレットの両者がその考えを受け入れることになる。つまり、大公の判決は神意を積極的に肯定するものである。そして、その判決を受け入れる登場人物たちの反応に対し、観客が反発を覚えることはおそらくない。換言すれば、この芝居の最終場面における登場人物たちの行動は、観客に裁判型思考様式から古い宗教的思考様式への一時的な回帰を求めてくるものであるといえるだろう。

人物たちの行動が観客に同様の反応を要求してくる悲劇の代表格の一つと考えられる芝居が、『マクベス』である。この芝居には、マクベスやバンクォーを筆頭とする貴族たちが、宗教によって聖なる権力が約束された王であるダンカンに対して絶対的な忠誠を示す宗教的価値観が提示される一方、マクベスが自らの力とその策略によって王権を簒奪ようとする筋書きが用意されている。マクベスが王への忠義を棄て、魔女の予告によって焚きつけられた野望に行動の手綱を渡してしまうのは、彼の裁判型思考傾向による。一幕三場にて、

魔女一　万歳、マクベス、グラーミスの領主様。

魔女二　万歳、マクベス、コーダーの領主様。
魔女三　万歳、マクベス、やがては王となられるおかた。　　（一幕三場四八―五〇）

という挨拶を魔女たちから受け、「偉大な出世と王位への希望を託され／茫然」（一幕三場五五―五六）とした状態に陥るマクベスの心の中では、すぐに次のような論理的思考が作動し始める。

サイネルの死によって、今や私はグラーミスの領主であることは分かる。
しかし、コーダーの領主とは何か。コーダーの領主はご存命であるし、
将来も約束されている…　　（一幕三場七一―七二）

しかし、続く場面において、王の伝令として登場するロスとアンガスによって、コーダーが大逆罪で失脚し、マクベスがコーダー領主に任命されたことが報告される。さらに、続くダンカンとの謁見の場面（一幕四場）では、マクベスに絶対的な信頼をおくダンカンがマクベスの居城であるインヴァネス城に滞在することが伝えられる。それによって、魔女たちに予告された未来が現実味を帯びて感じられることになり、王を殺害して王位を奪うことが可能であるという確信が、彼を行動へと駆り立てることになる。

この場合、マクベスの行動規範となっているのは裁判型思考様式であって、それは神への信仰が彼に植え付けていた王への忠義や罪への意識とは相容れないものである。初演当時、観客にとってマクベスのこの心理状況を理解することは容易に可能であったと想像される。しかし、王を殺害し

たマクベスが、罪の意識を抑制することができないように、観客の心理状況もまた良心による制御を受けることになる。というのもマクベスの心理において支配的となる裁判型思考傾向は、芝居を通じて魔女という陰鬱な存在に誘われて生じるものとして提示されるからである。シェイクスピアはバンクォーにこう語らせている。

不思議なことだが、
よくあることだ。悪魔の手先どもは、
我らに悪事を働かせようと、まずは真実を伝え、
些細なことでその気にさせておき、
大事に至っては裏切ってどん底まで突き落とすということは。
（一幕三場一二二―一二六）

マクベスを行動へと駆り立てる思考傾向が、「悪魔の手先」ともとれる魔女との邂逅によって動き始めたという事実を、芝居はその冒頭において観客に強く印象づけているのである。

二幕二場でダンカンを殺害し、後に魔女の予告通りに王位を手に入れたマクベスの精神は、聖なる意志が生じさせる罪の意識に苛まれ崩壊してゆくことになるが、その一方で、彼は、自らを崩壊の淵に追い込もうとする神意を裁判型思考によって否認しようともする。天罰への恐怖と相俟ってマクベスの心に最初に生じる杞憂は、バンクォーの子孫によって王位が奪われるかもしれないというものである。マクベスはバンクォーとその息子フリーアンスを殺害することで、その杞憂を拭い去ろうとする。杞憂を生じさせる要因が取り除かれるのなら、神秘は否認されうるのである。しか

し、バンクォーの殺害は成し遂げられたものの、フリーアンスは逃げたとの報告を受けると（三幕四場一九）、聖なる意志に対する恐怖が増大し、マクベスは錯乱状態に陥る。そして、彼はその恐怖を「厳しい試練を積んでいない入門者が抱くおそれ」（三幕四場一四二）だとし、四幕一場で再び闇の存在である魔女たちの教えを乞うことになる。

四幕一場で魔女たちは、バンクォーの末裔が王笏を手にする姿をマクベスの脳裏に焼きつけるが、同時に三つの予告をする。一つは「マクダフに気をつけよ」ということ。二つ目は「バーナムの森が動きダンシネーンに押し寄せるまで、マクベスは滅びない」ということ。そして、三つ目は「女から生まれた者によってマクベスが滅ぼされることはない」ということである。マクベスはそうしたことは絶対にありえないという信念に縋りながら、転落してゆく自分の運命を否認しようとする。が、皮肉なことに、マクベスの信念は、後に提示されてゆく一つ一つの「証拠」によって打ち砕かれてゆくことになる。魔女たちが舞台から退場すると、すぐにマクベスに伝えられる知らせは、マクダフがイングランドへ逃げたという知らせである。四幕二場でマクダフ一家を襲撃し、一族を根絶やしにするも、五幕二場でケースネスが伝えるように、マクベスは「その錯乱狂気を／自制心という帯で締めることができない」（五幕二場一五―一六）状態に陥ってしまう。

そして、五幕五場。夫人の死が報告され、自分と夫人の血を継承する正統な世継ぎによって王位が嗣がれる可能性が否定されると、すぐに続いてバーナムの森が動き出して迫ってくるのを見たという知らせが届く。バーナムの森が動いたのは、実際には、マルカムの軍勢が森の木を切り取ってそれを身につけて進軍したからであることを観客は知っているが、錯乱状態のマクベスには、このことは彼の信念を大きく揺るがす重大な事実として提示される。最後にマクベスの精神にとどめの打撃を与えるのは、五幕八場で明かされるマクダフは女から生まれた者ではないという事実である。この事実も、観客にとっては、(一) マクダフは母親から月足らずで生まれた、(二) すなわち、帝王切開によって母胎から引き出されたので、(三) 彼が生まれたときすでに母親は死んでいた、(四) したがって、マクダフは女から生まれたとはいえない、というチョップ・ロジックにすぎない。しかし、裁判型思考様式を行動規範とするマクベスにとっては、こうした事実の一つ一つが、自分を玉座から転落させ、崩壊へと導いてゆく聖なる力を肯定する証拠として作用する。マクベスが自暴自棄となってマクダフの前に盾を投げつける(五幕八場三三) とき、その行動は、彼の思考が偉大なる神秘の前に完全に敗北を喫したことを示唆しているように思われる。

マクベスの悲劇的人生をここまで傍観してきた観客には、裁判型思考様式の脆弱性について思いを新たにすることが迫られる。つまり、王位を簒奪しそれを維持しようとするマクベスの行動を「ありうる」とみなしてきた観客の意志は、その判断を可能にしていた思考様式の殻を脱し、最初から提示されていた宗教的倫理観へと回帰してゆくことになる。

結び

シェイクスピアでは、このような例が、右に触れた芝居以外にも実に多く見られるが、本稿では個々の例について詳しく論じる余地はない。いくつかの例については別の機会に稿を改めて論じたいと考えている。本稿を結ぶにあたり、ここでは、最後にもう一度、オルトマンの論じるオセローに話を戻そう。

オルトマンによると、オセローを演じる役者と観客の間に意志の向かう目的としての「神意」という前提がまず共有され、分断された意志の片方が、他者として表象される「黒いムーア人」の行動に共鳴してゆくという。その解釈は間違ってはいないと思われる。しかし、「黒いムーア人」というオセローの他者性を構築しているものは、近代初期のキリスト教社会においてそのようにステレオタイプ化されていたと考えられるイスラム教徒のイメージだけではない。オルトマンも言うように、芝居を通じてオセローは、不義や不貞という目には見えないものを「目に見える証拠」で証明しようという極端な裁判型思考傾向によって特徴づけられた主体として表象され、それが宗教的世界として表象されるヴェネチアにおける彼の他者性を際立たさせている。

他方、夫に不貞の疑いを着せられるデズデモーナはオセローとは対照的であり、神意によって結ばれた（と少なくとも彼女はそう固く信じている）夫に忠義と礼節をもって従うことで神への信仰を形に表している。換言すれば、デズデモーナは、『オセロー』において背景として提示されているキリスト教徒の行動規範から逸することはなく、神への信仰を心の拠り処として生き抜こうとする主体であるといえる。オセローから「売女(bawd)」と呼ばれ罵倒されても、彼女の夫への忠義は揺らぐことはないし、最終的には夫に絞殺されても、彼女は「(私が死ぬのは）誰のせいでもない。私が悪いのよ。さようなら。／どうか私の優しい夫によろしくお伝えして」（五幕二場一二四―一二五）とエミーリアに言い遺して死んでゆく。デズデモーナのこの行動は、『リア王』において、父を「虐待する根拠」（『リア王』、四幕七場七四）を有するコーディリアが、姉のゴネリルやリーガンとは対照的に、「愛と、老いた父の大権への忠義」（『リア王』、四幕四場二八）を貫くために挙兵し、姉たちとの戦いに臨んで果てゆく姿を彷彿とさせるものである。病的な裁判型思考傾向を有するオセローは、「告発者の口を封じる権力」（『リア王』、四幕六場一六九―七〇）を有しながらもその歪んだ眼識と価値判断によって美徳と悪徳の見分けがつかなくなってしまったリアとよく似ている。『リア王』がコーディリアの行動に対する共感ないしは憐れみの情を呼び起こす芝居であるといえるなら、『オセロー』は、最終的には、オセローではなくデズデモーナに対して同様の心的反応を生じさせる芝居であるかもしれない。事実、一六一〇年にオックスフォードで国王一座の『オセロー』を観たというある観客は、「(デズデモーナが)ベッドに横たわりながら、その表情で観客の憐れみの情を乞い求めて死んでゆくとき、特に心が動かされた」と書き遺しており[28]、この観客がデズデモーナの死を深く憐れんだことを示している。デズデモーナの死後、事件の真相が解明されると（真相は裁判的手続きによって解明されてゆく）、オセローの主体は、「ターバンを巻いたトルコ人(turban'd Turk)」や「割礼した犬(circumcised dog)」という言葉で表現される宗教的他者と、とめどなく涙を流すキリスト教徒という二項に分断される。そして、後者が前者を殺害するがごとく、彼は喉を掻いて自刃する（五幕二場三五六）。オセローのこの行動は観客の分断された「意志」の状態を図像化しているように思われる。つまり、裁判型思考様式を行動規範とするオセローの他者性に共鳴していた観客の意志が、それを責め苛むという形をとりながら宗教的価値観へと回帰してゆくとき、観客は自刃するオセローの行動に自らの主体性を映し見るのではないだろうか。

シェイクスピアの人間模倣の真の醍醐味は、初演当時からこうした瞬間にあったと思われる。つまり、セキュラーな裁判型思考様式を人物の行動規範として提示し、観客もまたそれに共鳴するドラマを成立させながら、「逆説」の手法を用いて、背景として描かれた古い宗教的価値観へと役者／観客の意志を回帰させてゆくという演劇的からくりがドラマの骨格を形成しているように思えるのである。

＊本稿は平成二十七年度科学研究費助成事業学術研究助成基金助成金 基盤研究（C）（一般）〔課題番号15K02318〕による研究成果の一部である。

注

1 Judith Butler, "Psychic Inceptions: Melancholy, Ambivalence, Rage," *The Psychic Life of Power: Theories in Subjection* (Stanford: Stanford University Press, 1997), pp. 167-98 を参照。

2 Joel B. Altman, *The Improbability of "Othello": Rhetorical Anthropology and Shakespearean Selfhood* (Chicago: University of Chicago Press, 2010).

3 St. Augustine, *Augustine: Later Works*, trans. John Burnaby, Library of Christian Classics 8 (Philadelphia: Westminster Press, 1965), p. 83. Altman, p. 169 を参照。

4 マンデヴィル (Sir John Mandeville) の『東方旅行記』（一三六〇年頃執筆）やハクルート (Richard

Hakluyt) の『ハクルートの初航海記録』（一五九八）は、近代初期のイギリスにおいてムーア人のイメージを形成した文献として知られている。

5 Altman, pp. 317-38.

6 Altman, p. 333.

7 Lorna Hutson, *The Invention of Suspicion: Law and Mimesis in Shakespeare and Renaissance Drama* (Oxford: Oxford University Press, 2007).

8 イギリスで慣習法が重視されるようになったのは、一九世紀以降のことであると一般的には考えられているが、ハットソンはこの考えに懐疑的である。フランスやドイツの例とは異なり、イギリスでは、反逆罪や重罪などではない民事的な内容の裁判においては、平民である志願者が訴訟人や調査人を務めていたという事例があり、シェイクスピアの時代にはすでにトップダウンではない慣習法による一般民衆参加型の裁判様式が定着していたという。

9 George Gascoigne, *The Supposes*, in *Hundreth Sundrie Flowres*, ed. G. W. Pigman III (Oxford: Clarendon Press, 2000). Hutson, p. 195.

10 筆者の知る限り、Quentin Skinner, *Forensic Shakespeare* (Oxford: Oxford University Press, 2014) が、当時の裁判的言説 (forensic discourse) がシェイクスピアの作品を織りなす言説に色濃く影響を及ぼしていることを詳細に解説した最新の研究書である。

11 この法学院の『記録』(*Gesta Grayorum*, 一六八八）には、一五九四年のクリスマス祭典の出し物の一つとしてこの芝居が上演された様子が記されている。

12 Richard C. McCoy, *Faith in Shakespeare* (Oxford: Oxford University Press, 2013). 特に『間違いの喜劇』を論じた第二章 (pp. 28-52) を参照している。

13 Samuel Taylor Coleridge, *Biographia Literaria*, ed. J. Shawcross (1907, Oxford: Oxford University Press, 1979), vol. II, p. 6.

14　John Keats, "Letter to George and Thomas Keats (21, [27?] December 1817)," *Selected Poems and Letters*, ed. Douglas Bush (Boston:Houghton Mifflin, 1959), p. 261.

15　Henry Peacham, *The Garden of Eloquence* (1593, Gainesville, FL: Scholars' Facsimiles and Reprints, 1954), p. 112. Peter G. Platt, *Shakespeare and the Culture of Paradox* (Farnham: Ashgate, 2009), p. 52.

16　Platt, p. 52.

17　David Scott Kastan, *A Will To Believe: Shakespeare and Religion* (Oxford: Oxford University Press, 2013), p. 7.

18　ここから始まる二つの段落は、マッコイ (Richard C. McCoy) の前掲書の第三章 (pp. 53-81) を参照している。

19　マッコイは「一時的な半信半疑」というコールリッジの言葉を用いている。McCoy, p. 77.

20　McCoy, p. 81.

21　スキナー (Quentin Skinner) の前掲書は、当時のグラマー・スクールにおいてキケローやクインティリアヌスの弁証法が積極的に学ばれていた事実を指摘している。Skinner, pp. 25-33.

22　イスラム教世界とキリスト教世界が鬩ぎ合っていた地中海沿岸地域において、キリスト教の領地同士の縁組によってキリスト教世界が盤石なものとなってゆくのは、この芝居世界を支配している「神意」によるものと考えられる。メサリーン公爵であるヴァイオラの父がヴァイオラとイリリア公爵との縁組を望んでいたとすれば、それはキリスト教世界をより盤石なものとする政策であり、「神意」に従おうとする行動であるといえる。

23　『インガンナッティ』では（ヴァイオラにあたる）シラが（オーシーノーにあたる）コンスタンティノープル公爵と結婚することになっているので、その物語を知る観客にはヴァイオラとオーシーノーが結婚するという予測はついていたと思われる。

24　憂鬱が裁判的思考傾向を促す例は、オセロー、レオンティーズ、ハムレットなどにも認めることができる。

25 Geoffrey Bullough, *Narrative and Dramatic Sources of Shakespeare, II, The Comedies, 1597-1603* (London: Routledge, 1958), p. 269.

26 一幕一場九六—九七で大公は「通りで再び騒ぎを起こせば、治安を乱した罰として死刑を言い渡す」と明言している。また、ロレンスは、「お前の罪は国法では死刑だ」（三幕三場二五）と言っている。

27『ヴェニスの商人』の人肉質入れ裁判の場面において、法律を盾に正義を貫き通すシャイロックではなく、キリスト教の考えを重視して法を曲げてしまうベラリオ（ポーシャ）の側に多くの観客が共鳴するのとよく似ているといえるかもしれない。

28 Geoffrey Tillotson, "*Othello* and *The Alchemist* at Oxford in 1610," *TLS*, 20 July 1933, p. 494.

『シェイクスピアのソネット集』における黒い女再考
——錬金術と黒い聖母崇拝からの考察*

藤澤博康

はじめに

科学史の観点から近年のシェイクスピア研究を眺めてみた場合、興味深い研究動向の一つとして、『シェイクスピアのソネット集』を錬金術の観点から読み解こうとする試みがある。(1) この分野については、すでに紹介記事を別の機会に書いたので概略だけを示すことにするが、フランシス・イェイツの『世界劇場』、『薔薇十字の覚醒』、『シェイクスピア最後の夢』などの一連の思想史からのシェイクスピア読解が一段落した後、錬金術関連の一次資料に詳しく、ユニークな『リア王』論を含むチャールズ・ニコルの『化学劇場』が一九八〇年に発表される。さらに続いて、ルネサンスのオカルト哲学がエリザベス朝の主要な劇作家に与えた影響を論じたジョン・メーベンの『ルネサンスの魔術と黄金時代の帰還』が一九八九年に、スタントン・リンデンの英文学と錬金術の関連を通史的に論じた『黒い表徴』が一九九六年に、といった具合に重要な著作が散発的ではあったが発表された。[2] ただ、この間、マルクス主義などの唯物論に基づいた文学理論に傾斜したシェイクスピア研究が主流となり、精神史からの地道な裏づけを必要とする錬金術の観点からシェイクスピアのテクストを読み解こうとする試みは、批評の表舞台から後退してしまった印象は否めなかった。もちろん、『ソネット集』と錬金術の関係について英語圏で最初に単著で論じたトマス・O・ジョーンズや、ケンブリッジでのゲーテ研究を通して学んだ錬金術の知識をこの詩集の解読に生かしたロナルド・グレイなど、『ソネット集』に錬金術の影響の痕跡を辿る試みも行われてはいた。[3] しかし、これらの研究はイェイツ流のヘルメス主義オカルト哲学を無批判に議論の前提としていたり、ジョルダーノ・ブルーノ (Giordano Bruno) や薔薇十字思想など知的想像を刺激する言葉が飛び交ったりしているものの、十分に『ソネット集』自体を吟味せずに論を組み立てる傾向が否めず、真剣な学問的精査の対象にはなりえない部分を含んでいた。ところが、二〇一一年に発表されたマーガレット・ヒーリーによる『シェイクスピア、錬金術、創造的想像力』の出版によって、『ソネット集』に錬金術の観点から新たな光が当てられようとしている。[4]

この新たな研究動向を紹介するために本論では、まず『ソネット集』の概要とその錬金術とのかかわりについて説明を行い、この詩集の中でも特に黒い女と錬金術との関係に焦点を当てる。次にヒーリーの著作の黒い女を扱った章の内容を紹介し、それについて吟味を行う。さらに、これを補完する要素として、主にヨーロッパ・カトリック圏で見受けられる黒い聖母崇拝に着目し、『ソネット集』の黒い女と黒い聖母信仰の共振し合う部分を指摘する。最後に、西欧社会における黒をめぐる錬金術的思考と『ソネット集』の接点について考察を加える。また、このような論証の手続きと同時に、本文と注において初期近代英文学と錬金術に関する基本文献を可能な限り網羅するのが、本論の目的である。

一　『シェイクスピアのソネット集』と錬金術

そもそも『ソネット集』自体が、エリザベス朝のソネットの中でもシェイクスピア自身の全作品の中でも、非常に謎めいた詩集であった。一五九一年にサー・フィリップ・シドニーの『アストロフェルとステラ』が出版されて以降、一五九〇年代から始まったイギリスでのソネットの大流行のほぼ最後を締めくくる、一六〇九年に出版されたこのソネット連作は、イタリアから、スペイン、ポルトガル、フランスを経てイギリスに流入してきたソネットの伝統と照らし合わせてみても、顕著な違いを多く含む詩集であった。(5) まず、ソネットを捧げる対象自体が斬新で、従来のソネットの大半が金髪で青い瞳をした美女に捧げるのが常套であったにもかかわらず、シェイクスピアは「詩人」の仮面を借りて、まず絶世の美男子に詩集全体の大半にあたる一二六篇のソネットを捧げる。さらに、「若者」を描いた詩群に引き続いて、二六篇のソネットを費やし、外見上決して美しいとはいえない髪も瞳も黒い、「黒い女」に対して愛憎入り混じった感情を吐露する。(6) 最後に、それまでの一五二篇のソネットとはあまり脈略のない、愛の神キューピッドの松明が泉に浸けられて温泉に変わるエピソードを扱ったソネット二つを最後に、この詩集は唐突な形で完結している。このような内容面での難解さに加えて、献辞で言及されている Mr W. H. が誰なのか、若者はサウサンプトン伯、ヘンリー・リズリー(Henry Wriothesley)なのか、ペンブルック伯、ウィリアム・ハーバート(William Herbert)なのか、黒い女はシェイクスピアの夫人、アン・ハサウェイ(Anne Hathaway)であるのかなど、シェイクスピアの周辺にいた具体的な人物の誰をモデルにしているかといった問題に、学者たちはさまざまな説を展開してきた(7)。

また、この詩集の主題の一つが時の侵食との闘いに打ち勝ち、若者の美を後世に残すことであるというのも、卑金属から黄金を作り出そうとする錬金術と相通じる要素があって興味深い。シェイクスピアの全テクストを検索してみると、「錬金術」("alchemy")という言葉が用いられているのは、『ジュリアス・シーザー』での一例と『ソネット集』での二例の計三例しかない。『ジュリアス・シーザー』では、ローマ人の心を掌握しているブルータスの顔が貴族たちの欠点を「みごとな錬金術のごとく」("like richest alchemy")美徳や価値に変えてしまうと評されている(8)。また、「ソネット三三番」で天空に輝く太陽が放つ、朝の光がまだ暗い「鉛いろ」の風景を金色に変えていく姿を詩人は「天空の錬金術」に譬えて賞賛している。

私はこれまでに何度も見てきた、光まばゆい朝が
王者の眼ざしをなげかけて山の嶺々をはげまし、
金いろの顔をみせてみどりの牧場に接吻をおくり、
天空の錬金術をもって鉛いろの流れを金に変えるのを。

(「ソネット三三番」一―四行)

この後、詩人の視線は天空の太陽から地上の太陽である若者へと移り、詩人はこの二つの太陽に類

似性を見出している。実際の太陽でも曇ることがあるのだから、若者という太陽に雲がかかる（おそらく、若者の浮気を暗示しているのであろう）としても仕方ないと詩人は自らを慰めている。さらに、「ソネット一一四番」では、詩人の心が錬金術を用いて低劣なものすらも美しい若者の似姿に変え、真実を見通せなくなっている可能性に触れている（「ソネット一一四番」一—八行）。これらの事例からも分かるように、シェイクスピアが「錬金術」という言葉を用いる場合、すぐれた美徳や権威をもった人物から発せられる黄金の光が、その光を浴びる者たちを畏怖させる特別な光として捉えられていること、さらにその輝きには低次のものを高次のものに変える働きがあることなどが錬金術の特徴として挙げられる。そして、万物を黄金に、あるいは高次のものに変える働きをもつものの典型が、『ソネット集』の場合では若者となっている。(9)

さらに、これら二例にとどまらず、『ソネット集』には錬金術のイメージが散見できる。たとえば、「ソネット五番」では、詩人は若者が年老いた未来を想像しながら、若者の美を蒸留によって永遠のものとして後世に残す必要性を訴えている。

そのときに、夏の花から蒸留した香水をとっておかないと、
いわば、ガラス瓶に液体の囚人を閉じこめておかないと、
美がつくりなすものも、美も、ともに奪いとられてしまう。
あとには、美も、美の思い出もなにひとつのこらない。
　でも、花を蒸留しておけば、たとえ冬にめぐりあっても
失うのは見かけだけ、実体はとわに芳しく生きるのです。

（「ソネット五番」九—一四行）

このソネットでは香水（おそらくバラから抽出されたバラ水）が、ホムンクルスのごとく「ガラス壜に閉じ込められた液体の囚人」（"A liquid prisoner pent in walls of glass"）として描かれ、若者本人を芳しい香りを発するバラになぞらえ、バラ水を造るように若者のエッセンスを蒸留し、後世に時による侵食の影響を受けない形で伝えようとする詩人の試みが表明されている。これらの蒸留を扱ったソネットと関連して、『ソネット集』では献辞で「このソネット集の唯一の生みの親なるW・H氏にすべての幸福と永遠性を」と言葉が添えてある。(10) この事実と英語の "beget" には「男性が女性を孕ませる」という意味があることを考え合わせると、詩人は自らの頭を「ガラス瓶」として捉え、一種の子宮として機能させ、そこに若者のエッセンスが注入されて妊娠するイメージを想い浮かべていたのかもしれない。さらに、このソネットの内容を引き継ぐ「ソネット六番」では、詩人はもっとあからさまな言い方で蒸留と生殖行動を結びつけている。

だから、冬のあらくれた手がきみの夏を醜いすがたに
変えるまえに、ご自分を蒸留してしまいなさい。
どこかのガラス壜に馥郁たる香水をつめてやりなさい。
美が腐らぬうちに、どこかに美の宝を仕込んでおきなさい。

（「ソネット六番」一―四行）

「ご自分を蒸留してしまいなさい」という若者への忠告には、肉体から若者の精髄を抜き取るほかに射精のイメージが、またそれを受けて「ガラス壜に馥郁たる香水をつめ」、「どこかに美の宝を仕

込」めという助言にはあきらかに性行為への暗示がある。たとえ若者が年老いてその身体が朽ち果てても、子孫が生殖行動を通じて永遠にその美を伝え続ければ、永遠に若者の美が滅びることはないと詩人は固く信じているようである。

以上のように錬金術の観点から『ソネット集』を読み直そうとすると、若者の美しさや美徳だけを永遠のものにしようとする側面が強調されがちになるかもしれない。しかし、「ソネット二〇番」や「ソネット一四四番」を見る限り、若者と黒い女の相補性を考慮せず、若者だけに焦点を当てて『ソネット集』と錬金術の関係について考察をするだけでは不十分である。パラケルススの錬金術的知見に学んだ小関恵美が、一九八六年に発表した先駆的な論文で指摘しているように、「ソネット二〇番」で詩人が若者に呼びかける際のあの有名な呼称、「わが情念をつかさどる男の恋人よ」("the master-mistress of my passion")は、若者の両性具有性を認識した上で発せられた呼びかけであるように思われる。[11]また、「ソネット一四四番」でも詩人は、自分には二人の恋人がいて、「二つの霊」のごとく彼に影響を及ぼしていると告白している。

　慰安をもたらすのと、絶望に追い込むのと、二人の恋人がいて、
　二つの霊のように、たえず私にはたらきかける。
　いい方の天使はまことに色の白い美貌の男だが、
　わるい方の霊は黒い色をした不吉な女だ。

（「ソネット一四四番」一―四行）

これらの詩から推察されるように、若者と黒い女は不可分かつ相互補完的な存在として、一対に

なって詩人に霊感を与える存在として立ち現われている。ミヒャエル・マイヤー(Michael Maier)の『逃げるアタランテ』で描かれる双頭の人間の姿をした両性具有のような存在を、詩人は若者と黒い女について思い描いていたのかもしれない。[12] いずれにせよ、錬金術を意識して『ソネット集』に向き合う場合、若者と黒い女を二つの相補的な極として理解すべきである。

二　黒に対する時代的価値転換

絶世の美男子である若者に向けて書かれたソネットの美と真理への賛美から一転して、黒い女を詠った一連のソネットの筆頭を飾る「ソネット一二七番」は、次のように始まる。

むかしの人は黒が美しいとは思わなかった。よし、
そう思っても、口に出して美しいとは言わなかった。
だが、当今では、黒が美の相続人になりあがり、
美のほうは、私生児めなどとあしざまに罵られている。

（「ソネット一二七番」一―四行）

このソネットは、当時の黒という色に対する世間の見方の変化を物語っているのかもしれない。[13] あるいは、シドニーが『アストロフェルとステラ』でステラの黒い眼を賞賛した時から、黒という色を賛美する風潮は一気に広まった可能性もある。

自然がその最高の作品であるステラの目を造ったとき、
あのように輝く光をどうして黒色で包んだのであろうか。
自然は、巧みな画家の手伝いにならい、輝く黒色を用いて、
影と光の混ざった最高に優美な光沢を造ろうとしたのであろうか。[14]

おそらく、エリザベス朝のソネット流行の時期には、ステラの瞳の黒さを詠ったシドニーの前述のソネットの方が、人口に膾炙していたことは想像に難くない。また、『ソネット集』のいくつかのソネットで登場する詩人のライヴァル詩人にして無神論者の牙城とされた「夜の学派」の一員と目される、ジョージ・チャップマン (George Chapman) が一五九四年に書いた「夜の影」や、ジョン・ダン (John Donne) のノクターン（夜想曲）なども、このような黒という色への時代的価値転換に呼応していたのかもしれない。[15] いずれにせよ、一六世紀末から一七世紀初頭のイギリス社会や文壇では黒という色に注目が集まり、もともと邪悪な色として捉えられてきたこの色の美しさを認めようとする動きが生じてきていた可能性は高い。[16]

三　シェイクスピアと黒い女たち

このような時代の変化の中にあって、シェイクスピアは『ソネット集』以外の作品でも肌の黒い女性や、眼の黒い女性を何度も登場させている。たとえば、『ロミオとジュリエット』では、ロミオがジュリエットと出会う前に恋心を寄せる女性として、劇中には最後まで姿を表さないロザライ

ン(Rosaline)という女性がいる。「あぁ、白い肌に黒い目をした女の目にやられて、あいつはもう死んでしまったのさ」とロミオは友人のマーキューシオ(Mercutio)に嘲笑されている。[17] シェイクスピアはこの「ロザライン」という名前が気に入ったのか、学問を探究するために俗世間から離れ三年間の学究生活に入るナバラ王国の国王とその三人の友人が、フランス王女とその女友だちの訪問によって学問の道から逸れて行く姿を風刺した『恋の骨折り損』にも、同じ名前の女性を登場させている。[18] このほかにも、『お気に召すまま』に登場する羊飼いの女性フィービー(Phoebe)、『夏の夜の夢』のハーミア(Hermia)なども肌の黒い女性として描かれている。これらの実例は、シェイクスピアが黒い肌、髪、瞳などをもつ女性に強い関心を示していたことの証左と言えるだろう。

次に、これらの黒い女たちに共通する要素を考察してみよう。まず、登場人物の性格づけとして、黒い女は大抵、美しさとは無関係に性的な魅力をもち、往々にして貞淑な女性というよりも、多くの男性と関係をもつ（あるいは周囲からそう嘲笑される）性的に開放的なキャラクターとして描かれている。また、地域性にも偏りがあり、『ロミオとジュリエット』のロザライン、『夏の夜の夢』のハーミアはイタリア、『恋の骨折り損』のロザライン、フィービーはフランス出身であることからも、これらの事例はカトリック圏に集中している。さらに、シェイクスピア作品における黒い女たちには、超自然的な力を持ちあわせている者がいることが指摘できる。たとえば、『恋の骨折り損』のロザラインは、ナバラ国王が「彼女は黒檀のようだ」とからかうのに対し、彼女に惚れ込んでいるビローンは、その黒い瞳が与える不思議な生命力を誉めそやしている。

百たびの冬をくぐりぬけ、しなびきった隠遁者さえ
あの人の目を見れば五〇歳は若返る。
美は老人にも生まれかわったような色艶を与え、
いわばその杖に揺り籠の生命力を吹き込んでくれる。
　ああ、美しさこそ万物をきらめかす太陽です。
（四幕三場　二四〇—四四）

この引用の後も、国王は「黒は地獄の印」で、「地下牢と、無神論者が集まった『夜の学派』の色」であると述べ、「美の紋章にふさわしいのは天の光だ」と結論づける。しかし、それにもかかわらず、ビローンはロザラインの弁護を続け、最後にはロザラインに代表される女性の目にすべての男性が学ぶべきものの源泉を求めている。

女の顔の美しさを抜きにして
学問の素晴らしさの根拠を見つけたことがありますか？
私が女の目から学び取った教訓を言おう、
女の目は基礎であり、教科書であり、学園であり、
真のプロメテウスの火はそこから生まれるのだ。
（四幕三場　三二六—三〇）

この発言をふまえてビローンの一連のせりふを振り返ってみると、ビローンは一貫してロザラインの黒い瞳に「万物をきらめかす太陽」や「真のプロメテウスの火」を発見し、黒い瞳が放つ光に、知の模範と万物に生命力を与える超自然的な源泉を見出している。なお、天上より火を盗み取り、

人類に与えたプロメテウスは錬金術の世界でも重要な意味をもつギリシャ神話上の神であったことも、ここで記憶されるべきであろう。[19]

四 ヒーリーの黒い女論

以上のようなシェイクスピアの黒い女性表象へのこだわりをふまえて、次に『シェイクスピア、錬金術、創造的想像力』の第三章、「黒い女と黒の技法」で展開されているヒーリーの黒い女をめぐる議論を見てみよう。[20] この章に入る前提として、若者の美を永遠のものにしようとする時との戦いに、「ソネット一二六番」までで詩人は勝利を収めたとヒーリーは主張する。[21] その上で彼女は黒い女の原型として、聖書の「雅歌」(The Song of Solomon) に登場する黒い女に始まり、ジョンソンの「黒の仮面劇」、ギリシャ神話に登場する魔女キルケー (Circe) などシェイクスピアが『ソネット集』の黒い女を作り上げる上で影響を受けたかもしれない黒い女性表象を手際よく紹介する。さらに、ヒーリーは「黒いムーア人を洗って白くできる」("You can wash a blackamoor white") とする当時、流布されていた俗説に触れ、ジョージ・ハーバート (George Herbert) やヘンリー・ヴォーン (Henry Vaughan) の詩の中で用いられたこの主題を分析し、「魂の再生（あるいは黒いムーア人を洗って白くすること）には、必然的に陰鬱ではあるが生産的（それゆえ歓迎されるべき）メランコリアに対応する黒の過程 (*nigredo*) に沈潜することを必要とした」と述べ、当時の黒に対する社会通念への目配せも忘れていない。[22] 黒の過程についての指摘の後、ヒーリーはドレイク公爵が武勲をあげた際にエリザベス一世が送ったドレイク・ジュエル(Drake Jewel)に言及し、この宝飾品がカメオになっていて表向きは黒人と白人の顔が彫刻されているのに、蓋を開くとエリザベスの肖像画が現れ、蓋の裏側には不死鳥の絵が出てくる意匠が凝らしてある興味深い事例を紹介する。その上でヒーリーは、このカメオが黒と白の錬金術的合一(結婚)(*conjunctio*)を示していると主張する(23)。

これらの興味深い背景的知識をふまえた上で、ヒーリーは『ソネット集』の黒い女を詠ったソネットの具体的分析へと移る。また、ヒーリーは黒い女を描いた二八篇のソネットは(24)、時との戦いと勝利を扱った若者に捧げたソネットとは対照的に、詩人の内面を描いたソネットであるかもしれないと言う(25)。ヒーリーのソネット解釈でとりわけ興味深いのは、すでに言及した「ソネット一四四番」の最後の数行をめぐる部分である。詩人は「わが天使が悪魔になり変わったのではないか」と疑念を抱きながら、次のように述べている。

だが二人は私から離れてたがいの友だちになったのだから、
　男の天使は女の霊の股ぐら地獄のなかにいるのだろう。
　　だが、これは私には解らない。あの悪霊がいい天使を
　　梅毒の火でいぶりだすまで、疑いながら生きるわけだ。

(「ソネット一四四番」一一―一四行)

右の引用は、これまでは若者が黒い女に性病をうつされることを暗示していると解釈されることが多かった。ところが、ヒーリーはこの解釈を尊重しつつも、この箇所を錬金術の観点から解釈し、

詩人の「私」(“I”)が水銀の働きをして対立するこれら二つの霊を「錬金術的合一」をさせていると読み解いている。さらに、マルシリオ・フィチーノ(Marsilio Ficino)の『愛について』(*De amore*)やプロティノス(Plotinus)の『エネアデス』(*Enneads*)から引用を行い、詩人は「ソネット一四四番」以降、性的愛(venereal love)と神聖な愛(divine love)、すなわちそれぞれエロス(*Eros*)とアンチエロス(Anteros)の間に揺られていると主張し、これらが『ソネット集』の最後を飾る二つの詩に反映されていると結んでいる。

ただ、ブルーノがシドニーに『英雄的狂気』(*The Heroic Enthusiasts*)を捧げていた事実や、シェイクスピアの演劇界での知人、ベン・ジョンソン(Ben Jonson)の蔵書にフィチーノの『愛について』があったからといって、それらを『ソネット集』と関連した書物として同列に扱うことができるかどうかについては疑問が残らないわけではない。とはいえ、黒い女の原型の可能性がある先行する黒い女たちを豊富な資料をもとに比較対照を行い、ジョージ・リプリー(George Ripley)やトマス・ノートン(Thomas Norton)といったイギリスの錬金術師たちの著作から該当箇所を抽出し、『ソネット集』を錬金術の「黒の過程」と結びつけて分析を加えた点はヒーリーの論考の功績であると言える。

五　黒い聖母崇拝、錬金術、そして『ソネット集』

ヒーリーの紹介する黒い女性表象は多岐にわたり、その博学強記によって開陳される錬金術関連の知識は膨大である。しかし、それにもかかわらず、彼女はヨーロッパにおける黒い女性表象に関連した注目すべき現象である、黒い聖母崇拝にまったく言及していない。しかし、私見によれば、ヒーリーの分析に黒い聖母信仰を補完してテクストを読み直すと、『ソネット集』の黒い女についての理解はさらに深まるように思われる。

文化人類学者、山形孝夫は、著書『聖母マリア崇拝の謎――「見えない宗教」の人類学』で、キリスト教世界での聖母マリアの崇拝について文化人類学の立場から考察を加えている。[26] とりわけ、この書物に収録された黒いマリアを扱った第三章で、イアン・ベッグ(Ean Begg)、柳宗玄、田中仁彦、馬杉宗夫たちによる、イタリア、フランス、スペインなどの主にカトリック圏で見られる黒い聖母崇拝に関する研究を簡潔に要約し、黒いマリア信仰とともに、ヨーロッパの風土の中で黒に与えられてきた象徴的な意味を考える上で重要な示唆を与えてくれている。[27] 山形はこれらの先行研究から、もともと古代オリエントにあったエフェソスのアルテミス、シリアのアシュタロテ、そしてエジプトのイシスなどの地母神信仰が黒い聖母崇拝の基盤となっており、それにキリスト教が融合される過程で、それまでにあった黒い地母神像にマグダラのマリアに代表される穢れた女性のイメージが追加され、カトリック教会からもプロテスタント教会からも、弾圧された経緯を描き出している。その上で、異教の臭いのする黒い聖母像が宗教的弾圧、宗教改革や宗教戦争などをくぐりぬけ、「なぜ生き延びることができたのか」と自問し、その問いに対して次のような説明を行っている。

何といっても、第一に挙げられるのは、黒いマリアの霊験である。黒いマリアは、地下から湧き出る鉱泉や温泉によって難病・奇病に苦しむ病人を癒す不思議な奇跡の守護神なのだ。第二に、多産と安産――つまりは子宝の祈願の対象であり、妊婦の守護神なのだ。加えて、五穀の豊穣もある。第三に、他界信仰がある。黒いマリアは、末世信仰と結合した死者の魂の安らかな導き手として崇められている。要するに、こうした多様な霊験が、偶像排斥や戦乱の嵐の中を民衆の手でひそかに守られ、崇拝され、各地の聖地めぐりの巡礼をひきつけてきたのである。(28)

『ソネット集』の黒い女には、第三の霊験として指摘してある「他界信仰」との繋がりは見出せない。しかし、鉱泉や温泉の近くに設置され、難病・奇病を癒す第一の霊験を考慮に入れて『ソネット集』に立ち返ってみると、この謎に満ちた詩集の最後の二つのソネットが、ともに温泉を題材に扱っている偶然の一致に驚かされる。先述の通り、一般に「ソネット一二七番」から「一五二番」まではゆるやかな繋がりをもって、黒い女に向けられていると考えられている。一応、「一五三番」と「一五四番」でも詩人から見て、「彼女」(= "She")と呼ばれる女性が登場してはいる。すでに見たように、ヒーリーは『ソネット集』の最後の二つのソネットを無条件に黒い女を描いたものとして理解しているが、これらのソネットに登場する女性が黒い女であるとは限らない。(29)しかし、もし「一五二番」から引き続き、黒い女がこの女性を指していると仮定するならば、以下のような解釈を展開することができる。「ソネット一五三番」では愛の神であるキューピッドは、寝ている間に愛の炎を灯す松明を純潔の女神ダイアナの侍女の手で泉に浸けられてその火を失う。しかし、その愛の神の松明の火で冷たい泉は温泉に変えられ、傷を負った人々にとって癒しの場となる。幼い姿をした愛の神、キューピッドは「彼女」と呼ばれている女性の瞳から炎を貰い、再びその松明の火を復活させ、詩人の恋心に火をつけ、改めて恋煩いに苦しめる。

しかも、この少年、試に私の胸を灼いてみねば気がすまぬ。
おかげで私は病いを得て、温泉の助けをかりようと、
急ぎこの土地を訪れ、あわれな患い客となったが、
治療のすべはなかった。私をいやす温泉は、新たに
キューピッドが火を得たところ、つまりわが恋人の眼だ。　（「ソネット一五三番」一〇―一四行）

このソネットから、「彼女」の眼は、松明の火を失ったキューピッドに新たに火をもたらすと同時に、恋煩いに苦しむ詩人の心を癒す二重の役割を果たしていることが分かる。筆者はこれら二つの働きを同時にやってのける彼女のもつ眼の力に、先に指摘した『恋の骨折り損』でビローンが絶賛したロザラインの瞳のもつ「プロメテウスの火」にも譬えうるような生命力と癒しを与える超自然的な力を感じずにはいられない。

また、山形が指摘する第二の霊験、「多産と安産」は、黒い女が性的魅力と放縦さを兼ね備えていた事実を想起させる。詩人ばかりでなく、若者をも黒い女が手玉にとる「ソネット一三三番」を見てみよう。

わが友と、私にあれほど深い手傷を負わせて、
わが心を呻かせる、あの心に禍いふりかかれ。

私ひとりを痛めつけるだけではたりずに、
わが愛しき友まで奴隷の身におとさねば気がすまぬのか。
その残虐な眼は私自身から私を奪いとり、そのうえ
なお無上にも、第二の我なる友を虜にした。

（「ソネット一三三番」一―六行）

詩人も若者も黒い女に、心も、そしておそらく体も魅了され、文字通り虜となっている状態がこの引用から推察できる。さらに「ソネット一三五番」ではその性的暗示は露骨になり、詩人の名前、ウィリアムを暗示するウィル（Will）に、心、欲情、果ては男女の生殖器の意味をもたせて詩人はエロティックなソネットを紡ぎだす。

他の女はいざ知らず、おまえは自分のウィルを手に入れた。
そのうえ、おまけのウィルも、あり余りのウィルもある。
いつもおまえを悩ます私などは、そのお優しいウィルに、
こうして、もひとつ加わった余計者もいいところだ。
おまえのウィルは大きく広やかだが、せめて一度だけでも、
私のウィルをそのなかに包んでくれないものか。

（「ソネット一三五番」一―六行）

このように、若者に詩人が捧げた一連のソネットとは対照的に、黒い女を描いたソネットでは詩人のあからさまな性衝動が、黒い女に向けてぶつけられている。ヒーリーは「ソネット一四四番」の最終行に錬金術的結合を見出したが、筆者も最終行の英文、"Till my bad angel fire my good one out.”には、情欲の火によって若者を金属のごとく錬成する過程を暗示しているのではないかと推測している。(30)

さらに、山形が黒い聖母崇拝が錬金術と関連している可能性に言及しているのも面白い。山形も著書で言及している、美術史家の馬杉宗夫は『黒い聖母と悪魔の謎』の中で黒い聖母崇拝にはケルトの宗教が大きく関係しており、ドルイドの神官たちの錬金術への関心がその崇拝に大きな影響を与えていると主張している。馬杉はケルトの神官ドルイドが修行の最初に行う行為が、「黒い石」を捜すことであり、「万有還元能力があるとされた『仙石』を作り出すことであった」と指摘する。

錬金術師たちの最初の原料は、大地の女神の象徴のように黒いものであり、それは同様に女の性を持つものと考えられていた。そして、この最初の黒い原料を捜すためには、「地下に」、「金属を含有する鉱床」に行かねばならないことが記されている。(31)

このような文脈から、馬杉は黒という色を「大地を象徴する色」として理解し、黒の「暗黒の地中から、植物をはじめあらゆる生命を生み出す力」に着目し、「黒は物質界の根源を象徴する色であり、生み出す力、母性を象徴する色である」と主張する。(32) シェイクスピアが、ケルト経由の錬金術とどのような繋がりをもったかはあきらかではない。ただ、ここで示されている、「大地を象徴する色」として黒を捉え、そこに「生命力」を見出し、さらにはそれを錬金術と結びつけうる文化がヨーロッパにあったという事実は、『ソネット集』の黒い女に付随したさまざまなイメージと重なり合う部分が多い。

おわりに　『ソネット集』と黒い聖母崇拝の接点

以上、黒い聖母信仰に関する先行研究を考慮に入れて、『ソネット集』の黒い女について分析を行うと、ヒーリーの論考には欠如していた黒い女のもつ穢れ、性的放縦さ、錬金術とのかかわりが有機的に結びついて浮かびあがってくる。ただ、『ソネット集』と黒い聖母崇拝の接点を探求しようとしても、両者の直接的な影響関係を見つけ出すのは困難である。黒という色をめぐって、ヨーロッパ世界が蓄積してきたイメージの集積が、時と場所を変えて、一方では『ソネット集』の黒い女に、他方では黒い聖母崇拝の形をとって表出したというのが真相に近いのかもしれない。この点については、今後のさらなる研究が待たれるところである。

本論を締めくくるにあたって、ここでは『ソネット集』と黒い聖母崇拝の接点について、いくつかの可能性を指摘しておきたい。イギリスへのソネット流入を振り返った場合、イタリアから、その他のヨーロッパ・カトリック圏の国々を経て流入されてきた事実については、すでに言及した通りである。これらのカトリック圏に暮らすソネット作者たちは、黒い聖母を直に見たり、あるいは間接的にその崇拝に触れたりする機会があったのかもしれない。過去のソネット研究が示してくれるように、クレマン・マロやエチエンヌ・ジョデルといったフランスのソネット作者たちは、シドニーやシェイクスピア以前に作品の中で黒髪や黒い瞳をもつ女性たちを登場させてきた(33)。これらの詩人が描き出す女性に共通するのは、過去のソネット連作が好んで描いてきた金髪碧眼の女性像とは大きく異なる、異教的な要素をもち、それでいてどこか性的魅力を感じさせる女性像であった。ソネット形式が伝播されてイギリスに到達するまでの過程に黒い聖母崇拝が行われていた地域があり、特にフランスのソネット作者たちが黒い女をその連作の中で描いていたという事実はさらなる今後の調査が必要な課題である。(34) また、これ以外にシェイクスピアとフランス人の繋がりといえば、一六〇四年当時、シェイクスピアがロンドンのクリプルゲイト地区 (Cripplegate) に住む、フランス人のユグノー教徒、クリストファー・マウントジョイ (Christopher Mountjoy) の家を間借りしていた記録が思い出される。(35) この事実は時期の面で、後で言及する黒い女を描いたソネットの創作年代の仮説と齟齬をきたすが、シェイクスピアは黒い聖母像についてフランス出身の家主から仄聞していたのかもしれない。ただし、これも推論の域を出ないことは言うまでもない。

また、本論では『ソネット集』の黒い女に焦点を当てる作業によって、ヒーリーらの知見をもとに錬金術における黒の過程にも比すべき思考が『ソネット集』でも機能していることを確認した。ここで、われわれの目を当時のイギリスに転じると、ロンドンでは疫病の発生により一五九二年から一五九四年頃、劇場が閉鎖されたのは有名である。(36) 一般的にシェイクスピアが『ソネット集』の核となる一連のソネットを書いたのは、この時期であったと推測されている。『ソネット集』のオックスフォード版編者のコリン・バローは、黒い女を扱ったソネットを含む『ソネット集』の「一二七番」から「一五四番」の創作年代を一五九一––一五九五年頃と推定しており、この期間はロンドンでの劇場閉鎖の時期とみごとに重なりあっている。(37) すなわち、故郷ストラットフォード・アポン・エイヴォンからロンドンに出てきて役者修行をした後、創作活動を順調に行ってきたシェイクスピアにとって、この期間は活動の拠点が失われるかもしれない試練の時であった可能性が高い。この劇場閉鎖の後しばらくして、シェイクスピアは中期以降の四大悲劇と呼ばれる傑作を順次発表し、入手に多額の費用が必要であった紋章を取得し、故郷に土地を買い戻すほどの成功を演劇の世界でも、財政的な面でも収めたとされている。まさに、シェイクスピアの人生において、この劇場閉鎖の期間は彼の作家活動における沈潜の時期であったと同時に、自らの創作態度を見つめ直すことで後の輝かしい創作活動を準備する一種の黒の過程でもあった。その時期に黒い女をめぐる一連のソネットが書かれた可能性のもつ意味は大きい。

また、チャールズ・ニコルは、『リア王』において主人公のリア (Lear) が全能の統治者として舞台に登場してから、長女と次女の家庭をめぐる際に財産や側近などを減らされ、ついには嵐の吹きすさぶ荒野へと道化とともにさまよう羽目に合わされ、最終的には裸になって泥まみれになったグロスター公の長男、プア・トム (Poor Tom) こと、エドガー (Edgar) と対面する場面に黒の過程を見出した。[38] さらにシェイクスピアは最晩年にロマンス劇と呼ばれる一連の劇を書いたが、これらの劇では家族の離別、艱難辛苦を経た後の再会、絆の再生などが題材として好んで用いられているのは周知の通りである。苦労をしさえすれば人間の真価が発揮されると、常識に基づいて一言で片づけてしまえばそれまでである。しかし、シェイクスピアは人間の真の価値を引き出すには、穢れや試練、時には象徴レヴェルでの仮想の死によって、一種の鍛錬や錬成を経る必要性を感じていたのではないか。この思考には、錬金術における黒の過程の背後にある類似した思考が機能しているように思えてならない。その意味でも、『テンペスト』を代表例として錬金術的なイメージを多分に含んだ晩年の劇の錬金術的構造や発想を解読するには、シェイクスピアの創作活動の転換点となる『ソネット集』を錬金術の観点から読み直す試みが、なお一層深化されるべきであろう。

注

1 『シェイクスピアのソネット集』の原題は、*Shakespeare's Sonnets* である。なお、本論の以下の部分では日本語タイトルについて『ソネット集』と略記する。また、『ソネット集』からの英文の引用はすべて、以下の版による。William Shakespeare, *The Complete Sonnets and Poems*, ed. by Colin Burrow (Oxford: Oxford University Press, 2002).

2 Charles Nicholl, *The Chemical Theatre* (London: Routledge & Kegan Paul, 1980); John Mebane, *Renaissance Magic & the Return of the Golden Age: The Occult Tradition & Marlowe, Jonson, & Shakespeare* (Lincoln: Nebraska University Press, 1989); Stanton Linden, *Darke Hierogliphicks: Alchemy in English Literature from Chaucer to the Restoration* (Lexington: University of Kentucky Press, 1996). また、このような研究書とは別に、錬金術を扱った未刊行の詩のアンソロジーも発表されている。*Alchemical Poetry1575-1700*, ed. by R. M. Schuler (London: Garland, 1995).

3 Thomas O. Jones, *Renaissance Magic and Hermeticism in The Shakespeare Sonnets Like Prayers Divine* (Lewiston: The Edwin Mellen Press, 1995); Ronald Gray, *Shakespeare on Love: The Sonnets and Plays in Relation to Plato's Symposium, Alchemy, Christianity and Renaissance Neo-Platonism* (Cambridge: Cambridge Scholar Press, 2011).

4 Margaret Healy, *Shakespeare, Alchemy, and the Creative Imagination: The Sonnets and A Lover's Complaint* (Cambridge: Cambridge University Press, 2011).

5 Sir Philip Sidney, "*Astrophel and Stella*", *The Poems of Sir Philip Sidney*, ed. by W. A. Ringler, Jr. (Oxford: Clarendon Press, 1962).

6 最近のシェイクスピア批評では「詩人」は "the Poet"、「若者」は "the Young Man" と呼ばれるのが慣例である。「黒い女」については、従来、"the Dark Lady" という呼称が研究者たちの間で一般的に用いられていた。しかし、"dark" という形容詞がほとんど作品の中で使用されていないことや、"lady"=「貴婦人」と無条件に身分の高い女性であるかの印象を与えかねない危険性などから、最近では "the Black Mistress" という呼称が好まれるようになっている。

7 若者と黒い女の、実在したかもしれないモデルに関する諸説については、以下の概説書に詳しい要約がある。Paul Edmondson and Stanley Wells, *Shakespeare's Sonnets* (Oxford: Oxford University Press, 2004), pp. 22-26.

8 William Shakespeare, "*The Tragedy of Julius Caesar*", *The Oxford Shakespeare: The Complete Works*, ed. by Stanley Wells et al. (Oxford: Clarendon Press, 2005), I. iii. 157-60. なお、本論では『ソネット集』の英文テクストを除いては、他のシェイクスピア劇からの英文引用は *The Oxford Shakespeare: The Complete Works* から引用する。

9 グレイは、「ソネット三三番」の太陽は、詩人の恋人を表しており、さらに「哲学者の石」に近いようなものであるかもしれないと述べている。*Shakespeare on Love*, p.14.

10 原文は、"TO. THE.ONLIE.BEGETTER.OF. / THESE.INSVING.SONNETS. / Mr.W.H.ALL.HAPPINESS. / AND.THAT.ETERNITIE." *The Complete Sonnets and Poems*, p.381.

11 小関恵美、「シェイクスピアのソネット二〇番における錬金術的象徴体系」、『芸文研究』四八（一九八六）、二九—五〇頁。また、高松雄一は岩波文庫版の『ソネット集』、「ソネット二〇番」において、この若者への呼びかけについて、「原文では、Master Mistress である。したがってここは『男であり、女であるもの』という意味を含む」という注釈を加えている。「ソネット二〇番」『ソネット集』、三二頁。注釈については、『ソネット集』、二二三頁参照。"20", *The Complete Sonnets and Poems*, 1. 2.

12 実際、この可能性について、シモンズが以下の論文で『逃げるアタランテ』(*Atalanta Fugiens*, 1618) 所収の図版を含めて指摘している。Peggy Muñoz Simonds, "Sex in a Bottle: The Alchemical Distillation of Shakespeare's Hermaphrodite in Sonnet 20" *Renaissance Papers* (1999), pp. 97-105.

13 エリザベス朝の黒の流行については、ボールドウィンが以下の著作の中で流行を裏づける主要な資料を詳細に分析している。T. W. Baldwin, *On the Literary Genetics of Shakespeare's Poems and Sonnets* (Urbana: University of Illinois Press, 1950), pp. 321-25.

14 フィリップ・シドニー、「7」、『アストロフェルとステラ』、大塚定徳ほか共訳（篠崎書林、一九七九）、一—四行。

15 George Chapman, "The Shadow of Night", *The Works of George Chapman: Poems and Minor Translations* (London: Chatto & Windus, 1875), pp. 3-18. また、イェイツが『薔薇十字の覚醒』で「錬金術復興運動の中心人物」と目したトマス・ヴォーン (Thomas Vaughan) の研究を行っている松本舞が、初期近代英詩を読む際に参照すべき錬金術関連の著作の文献案内を以下の論考で現在発表中である。松本舞「初期近代英詩における錬金術（前編）」『島根大学教育学部紀要』（人文・社会科学）第四七巻（二〇一三年一二月）、八一—八八頁。さらに、ジョン・ダンの「ノクターン」について、友田奈津子が闇や夜の表象にダンの黒の過程ともいうべき錬金術的思考を読み取る興味深い発表を行った。「"A holy thirsty dropsy melts mee": ジョン・ダン、二つのノクターン」、日本英文学会第八六回大会（於：北海道大学）、二〇一四年五月二五日。また、ダンの聖母マリア理解を、錬金術とライムンドゥス・ルルス (Raimundus Lullus) の関連から分析した最近の成果としては、以下の論考がある。Roberta Albrecht, *The Virgin Mary as Alchemical and Lullian Reference in Donne* (Selinsgrove: Susquehanna University Press, 2005).

16 初期近代イギリスの黒に関する表象については、以下の研究が詳しい。Kim F. Hall, *Things of Darkness: Economies of Race and Gender in Early Modern England* (Ithaca: Cornell University, 1995); Dympa Callaghan, "'Othello was a white man': properties of race on Shakespeare's state", *Shakespeare Without Women: Representing Gender and Race on the Renaissance Stage* (London: Routledge, 2000), pp. 75-96.

17 "*Romeo and Juliet*" *The Oxford Shakespeare: The Complete Works*, p. 381. II. iii. 12-13.

18 筆者が日本語訳を参照した『恋の骨折り損』、松岡和子訳（ちくま書房、二〇〇八）では、王が統治している国の名称は「ナヴァール国」と訳出されている。しかし、現地での呼称により近い、「ナバラ」の方がふさわしいと考え、この呼称を本論では用いる。また、『恋の骨折り損』からの日本語訳での引用は、すべて松岡訳による。

19 ニューマンは人間の創造主としてのプロメテウスに着目し、錬金術が自然と人工の境界で演じた役割を以下の著作で歴史的に裏づけている。William R. Newman, *Promethean Ambitions: Alchemy and the Quest to Perfect Nature* (Chicago: University of Chicago Press, 2004).

20 "The dark mistress and the art of blackness" in *Shakespeare, Alchemy, and the Creative Imagination*, pp. 98-115.

21 *Shakespeare, Alchemy, and the Creative Imagination*, p. 97.

22 *Shakespeare, Alchemy, and the Creative Imagination*, p. 104.「黒の過程」を指す *nigredo* は、ヒーリーの指摘する通り、『ソネット集』の黒い女の錬金術的意味を理解する上で重要な概念であるように思われる。科学史家、ローレンス・プリンチーペは、黒の過程について、黒は哲学者の石を作製する際に、石に「最初に現れる色」("the primary colors")であり、「『死』と物質の純化を表すだけではなく、製作過程が間違っていないことを示すめでたい兆候である」と初期近代のヨーロッパでは見なされたと指摘している。なお、錬金術では、この後、「白の過程」(*albedo*)、「赤の過程」(*rubedo*)を経て、哲学者の石が完成すると一般に考えられていた。Lawrence M. Principe, *The Secrets of Alchemy* (Chicago: University Chicago Press, 2013), pp. 123-124. また、リンディ・エイブラハムは錬金術にまつわるイメジャリーをまとめた事典の「黒の過程」の項目で、「一七世紀の民間信仰と合わせて、錬金術師たちは腐敗なくして再生はありえないと主張した。自然はまず絶え果ててはじめて再生しうるのである」と述べ、ジョージ・リプリー (George Ripley) の聖書に基づく、大麦の種子が大地で一度亡くなり、再生することを論じた一節を引用し、再生の前段階として黒の過程のもつ意味を指摘している。Lyndy Abraham, *A Dictionary of Alchemical Imagery* (Cambridge: Cambridge University Press, 1998), p. 135. さらに、エイブラハムは、一七世紀英詩人、アンドリュー・マーヴェル (Andrew Marvell) の「アップルトン屋敷に寄せて」("Upon Appleton House") について、この屋敷の実際の歴史、すなわちヘンリー八世治世下で修道院であった建物の「解散」(*dissolutio*) と、フェアファックス卿の曽祖父による美しい形での修復に、解散(「黒の過程」) とその再生を見ている。Lyndy Abraham, "The Dissolution of the Nunnery" in *Marvell and Alchemy* (Aldershot: Scholar Press, 1990), pp. 69-86. 特に七一—七二頁。

23　ドレイク・ジュエルの画像は、以下のホームページで見ることができる。http://www.sussexvt.k12.de.us/science/The%20History%20of%20the%20World%201500-1899/Sir%20Francis%20Drake.htm　二〇一五年八月一〇日。

24　ヒーリーは、筆者の分類では二六篇と数えられる黒い女を題材にしたソネットに、最後の温泉とキューピッドを描いた二つのソネットも加えて、二八篇と計算している。

25　*Shakespeare, Alchemy, and the Creative Imagination*, p.120.

26　山形孝夫『聖母マリア崇拝の謎—「見えない宗教」の人類学』(河出書房新社、二〇一〇) 参照。特に第三章、「黒いマリア—『わたしは黒いけれども美しい』(雅歌一章五節)」一六二—二〇一頁を参照。なお、この研究書の存在を筆者にご教示くださったのは、清　眞人氏である。本論を書く上で、清教授との意見交換によって大いに啓発された。この場をお借りして、氏への感謝の気持ちを改めて表したい。

27　イアン・ベッグ、『黒い聖母崇拝の博物誌』、林睦子訳 (三交社、一九九四)、柳宗玄『黒い聖母』(福武書店、一九八六)、田中仁彦『黒いマリアの謎』(岩波書店、一九九三)、馬杉宗夫『黒い聖母と悪魔の謎

—キリスト教異形の図像学』（講談社、一九九八）を参照。黒い聖母像の具体例としては、たとえば、フランスのロマカドゥールの教会に飾られている聖母像が有名である。この像は、木彫りで、しかも質素で粗雑な造りの像という。実際のロカマドゥールの聖母像の画像については、以下のホームページを参照。http://www.marypages.com/Rocamadour.htm 二〇一五年八月一〇日。

28 『聖母マリア崇拝の謎—「見えない宗教」の人類学』、一六五頁参照。

29 筆者の『ソネット集』の構成についての考えは、本論の「『シェイクスピアのソネット集』と錬金術」を参照。ただ、ヘザー・デュブローが指摘しているように、『ソネット集』はある程度の期間をかけて散発的に書かれたソネットの寄せ集めであり、用いられている代名詞が一貫して若者や黒い女を指しているとは限らない。とはいえ、詩集を一つのまとまりのある作品として解釈する場合、この二人を中心にゆるやかな繋がりをもった詩群を、『ソネット集』が形成している事実は排除できない。Heather Dubrow, “‘Incertainties now crown themselves assur’d’: The Politics of Plotting *Shakespeare’s Sonnets*”, *Shakespeare’s Sonnets: Critical Essays*, ed. by J. Schiffer (New York: Garland, 2000), pp. 113-133.

30 “144”, *The Complete Sonnets and Poems*, l.14.

31 馬杉『黒い聖母と悪魔の謎』、九〇頁参照。

32 同上、九〇頁参照。

33 リッチモンドは、ナバラ王国の女王、マルグリット・ダングレーム (Marguerite d’Angoureme) がユグノーの庇護者であり、彼女の寵愛を受けていた文人の中には、クレマン・マロ (Clément Marot) もいたことを指摘し、このプレイヤード詩人が描いた黒髪の女性に関する詩を紹介している。Hugh Richmond, “The Dark Lady as Reformation Mistress,” *The Kenyon Review*, 8 (1986): pp. 91-105. またケネディは、『ソネット集』の黒い女にはフランスのプレイヤード詩人の一人、エチエンヌ・ジョデル (Étienne Jodelle) が書いた黒髪の女性を讃えるソネットの影響があると指摘している。William Kennedy, “‘Les langues des hommes sont pleines de tromperies’: Shakespeare, French poetry, and alien tongues”, *Textual*

Conversations in the Renaissance: Ethics, Authors, Technologies, ed. by Zachary Lesser & B. S. Robinson (London: Ashgate, 2006), pp. 91-111. 特に一〇七頁を参照。

34　ベッグは『黒い聖母崇拝の博物誌』の黒い聖母崇拝と十字軍の関係を論じた部分で、テンプル騎士団とカタリ派にも支配者が好意的であった地域には、黒い聖母像が数多くあることを指摘している。具体的には、「プロヴァンス、ラングドック、アキテーヌ、ルシヨン、カタロニア、ナバラ、マジョルカ島、アラゴン」などが列挙されている。『黒い聖母崇拝の博物誌』、二〇七頁参照。これらの地域のうち、シェイクスピアは『終わりよければすべてよし』でルシヨンを、『恋の骨折り損』ではナバラをそれぞれ劇の舞台にしている事実は興味深い。

35　サミュエル・シェーンボーム著、小津次郎ほか訳『シェイクスピアの生涯—記録を中心とする』（紀伊國屋書店、一九八二）、三〇八—〇九頁参照。なお、本論でのシェイクスピアの生涯に関する伝記的事実については、一々該当する頁を指摘しないが、すべて本書の情報をもとにしている。

36　シェーンボーム、『シェイクスピアの生涯—記録を中心とする』、二〇〇—〇一頁参照。

37　*The Complete Sonnets and Poems*, pp. 104-05.

38　"The Transmutation of King Lear," *The Chemical Theatre*, pp. 154-224. 特に、一九四頁に荒野での嵐の場面が転換点となっていること、エドガーとリアの王としての立場の逆転などが指摘されている。

*なお、本稿は、平成二六年六月二一日に十七世紀英文学会関西支部例会にて、「『シェイクスピアのソネット集』の黒い女について——錬金術と黒い聖母崇拝からの考察」（大阪ＹＭＣＡ）と題して発表した後、関西支部を代表して平成二七年五月二三日に題目を変えず、十七世紀英文学会全国大会（立正大学）で再度発表した原稿を改稿したものである。

シェイクスピアの作品における音楽の使用
――キッド、マーロウとの比較を通して(1)

冨村憲貴

はじめに

演劇は総合芸術であると言われる。一つの作品には台詞、役者の所作、舞台装置、衣装、照明など、多くの要素が存在する。各々が担いうる範囲は、技術的な要因などから時代によって異なるものの、演劇をこれらすべての要素が組み合わされたものと捉えるならば、いずれの要素も演劇の作り手にとって軽視されうるものではない。

音楽もまたそのような要素の一つである。シェイクスピアの作品における音楽も長く研究の対象となってきた(2)。まず、全体像を見やすくするために、先行研究を大きく史的研究、機能分析研究、辞書・目録作成の三つに分類したい。もちろんこれらは互いに密接に関わり合っており、単一の研究に複数の要素が含まれることもある。

第一の史的研究は、シェイクスピアが活動した時代に行われた公演で、どのように音楽が使用されていたかを明らかにしようとするものである。シェイクスピアの戯曲中には、歌や音楽を指示するト書きが書かれているが、実際にどのような曲が演奏されたのかは不明な部分が多い。歌については、戯曲に歌詞がはっきりと書かれている場合は、当時知られていた歌の歌詞から旋律が推定できるものや、同時代の作曲家との関連が推測できるものもあるが、器楽曲については手がかりが非常に少ない。そのため、上演当時に用いられていた音楽を突き止め、あるいは復元しようという研究が行われてきた。また、当時の劇場の構造など、どのような環境で音楽が演奏されていたかを考察する研究もこれに含むことができる。(3) さらに、作品の中で音楽がどのような役割を果たしているかを考えることも重要である。第二のグループは、このような劇中の音楽の機能分析に焦点を当てた研究である。(4) また、シェイクスピアに関する研究は、音楽に限っても膨大な数に上る。加えて、シェイクスピアの死後も彼の劇のために作られた曲、あるいはシェイクスピアの作品を元にして作曲された音楽は増え続けている。第三の辞書・目録作成にあたる研究には、これらのシェイクスピアに関係する音楽作品や、シェイクスピアの作品における音楽使用の研究に関する情報を整理集成するものが含まれる。(5)

　これら三つの範疇の中で、本稿は機能分析に焦点を当てる。機能分析に関しては優れた先行研究があるものの、未だに解決すべき課題が残されている。まず、シェイクスピアの作品における音楽の機能を網羅的に分類した研究自体が少ないことが挙げられる。例えば、F・W・スターンフェルド (F. W. Sternfeld) とC・R・ウィルソン (C. R. Wilson) は、シェイクスピアの作品における音楽を、舞台効果の音楽 (Stage Music)、魔法の音楽 (Magic Music)、人物描写の音楽 (Character

Music)、雰囲気の音楽(Atmospheric Music)の四つに分類し、大半の音楽使用はこれらのカテゴリーに容易に分けられると述べている。(6)それぞれのカテゴリーに属する例も説明されているものの、すべての音楽使用について明示的に分類されているわけではない。

分類の方法にも改善の余地がある。音楽は異なる機能を同時に持つことができるため、分類の際にカテゴリー間の重複が起こりうる。先述のスターンフェルドとウィルソンの分類も、単一の音楽が複数の分類枠に属することを認めている。(7)音楽は劇世界の中で登場人物に対して持つ効果に加え、観客に対しても感情を喚起するなどの効果を持ちうる。劇中の機能と、観客に対してもたらす機能を異なる層と捉えるならば、音楽は複数の機能を重層的に果たすことができるのである。この音楽の多機能性こそが、演劇において音楽が有用である理由の一つでもあるが、音楽使用の特徴を捉えようとするとき、多くの重複をともなう分類は、それによって描きだそうとする全体像を不鮮明にすることにもつながる。すべての機能を包含できる方法が理想ではあるが、複雑すぎる分類方法は、かえって理解を困難にする可能性もある。

また、網羅的な研究にも課題がある。例えば、ジョン・H・ロング(John H. Long)は、シェイクスピアの個々の劇作品について、音楽の機能を詳細に分析しているが、シェイクスピアの作品全体としての音楽使用の特徴は必ずしもつかみやすいとは言えない。音楽が果たす役割の全体像をより明確にするには、作品群を俯瞰できるような分析方法が必要となる。その際、音楽の使用頻度などの量的なデータも有用であろう。

以上の理由から、本稿では一般的にシェイクスピアの正典とみなされている、『ヘンリー六世

第一部』から『ヘンリー八世』までの三七作品で用いられる音楽を、包括的かつできる限り重複を排した方法で分類することを試みる。このような分類が可能であれば、量的なデータをもとに、作品群全体の音楽使用の一面をより明瞭な形で提示することができるだろう。また、シェイクスピア以外の劇作家の作品における音楽の使用を、同じ基準で分類することができれば、作家ごとの音楽使用の特徴をより客観的に比較することが可能となる。さらには、時代ごとの音楽使用の変化を記述する一助ともなりうると思われる。同時代の作品すべてから使用例を収集することが理想ではあるが、まず出発点として、現存する作品数が比較的少なく、作家ごとの全体像が見えやすいと思われる、トマス・キッド (Thomas Kyd) とクリストファー・マーロウ (Christopher Marlowe) の作品をあわせて取り上げる。

なお、本稿では他と区別される旋律またはリズムを持つと想定されるものを音楽として扱うこととしたい。従って、「歌」(song)、「音楽」(music) といったト書きはもとより、戦闘時の警報 (alarum) なども集計の対象とする。(8) また、台詞の内容から、歌唱あるいは演奏が行われた可能性が考えられる箇所については、本稿で用いるテクストの編者によりト書きが挿入されたもののみを集計の対象とし、他のト書きと区別する。

一　分類方法

音楽の役割について、劇世界における機能と、観客に対して果たす機能とが考えられることを先に述べた。どちらも重要であることは間違いないが、分類の基準として考えた場合、音楽が観客にもたらす作用は、劇中のそれに比べ、客観的に捉えることが難しい。はじめに述べたように、シェイクスピアの作品において具体的にどのような音楽が演奏されたかという情報が少ないため、ある音楽に対して観客がどのような反応をしたかを推測することは、より困難であろう。一方、劇世界における機能を考察するに当たっては、戯曲というよりどころがある。異本や校訂、ト書きの正確さなどの問題はあるものの、テクストには少なくとも当時の上演のある一面が反映されていると思われる。また、劇世界内での機能を元に、ある程度整理された分類ができれば、将来的にさらに重層的な機能を包含できるような分類方法が構築されうるかもしれない。

そこで本稿では、作品中の音楽がどのような文脈で用いられるかを基準に各使用例を分類する。シェイクスピアの作品に現れる音楽を見ると、ある状況ではおおよそ決まって音楽が使われるというパターン的な使用と、そのときどきの登場人物の感情やプロットの展開など、個々の作品の内容と密接に関係づけられて使われる、個別的な音楽使用の二つに大きく分けることができる。

パターン的な使用として、次の『マクベス』(*Macbeth*) に見られるような例がある。

ファンファーレ。[9] 王［ダンカン］、レノックス、マルカム、ドナルベイン、従者たち登場。

ダンカン　コーダーは処刑したか？
任を与えた者はまだ戻らんのか？　　　（一幕四場〇―二）[10]

このような王侯貴族の入退場の場面では、同様の音楽がほぼ定型的に使われる。

一方、『ウィンザーの陽気な女房たち』(*The Merry Wives of Windsor*) の三幕一場に見られるエヴァンズの歌は、パターン的とは言いがたい。アン・ページという娘を巡る男たちの争いの中で、神父のエヴァンズが、キーズという医師から決闘を申し込まれてしまう。実際には、立会人のいたずらで、二人には互いに違う場所と時間が知らされるが、エヴァンズはそのことを知らず指定の場所で相手を待つ。エヴァンズの心の中で、決闘を避けたいという気持ちと、自らを奮い立たせようとする気持ちとが激しく交錯していることを表す独白の後、次のように歌い出す。

「浅き小川のせせらぎに
　鳥のさえずる妙なる調べ
ともに作らんバラの床《とこ》
数多の香る花の束
浅き小川の――」
ああ、なんてことだ！　泣きたくてたまらなくなってきた。
［歌う］
「鳥のさえずる妙なる調べ
かつて都にいたころに――
香りあぶれる花の束
浅き小川の――」
（三幕一場一七―二六）

この歌詞は、直前の台詞に表されたエヴァンズの心情と正反対の、また決闘と直接関わりのない平和な情景を描いている。(11) ところが、歌の途中で急に「泣きたくてたまらなくなってきた」と叫び、さらにこの歌の後、人がやって来たことを知らされると決闘相手だと思いこみ、「ようし、待っていたぞ」（三幕一場二八）と言いながら、再び歌を口ずさむ。このような歌と台詞の間の激しい移ろいにより、極度の不安の中で、現実と、それとは正反対の歌に描かれる平和な世界との間を往復するエヴァンズの心理が表現されていると解釈することができる。この歌は、エヴァンズが間近に迫った決闘という現実から少しの間でも逃れることを可能にしているものと考えられる。歌による一時的な現実からの逃避が、エヴァンズを決闘への不安に耐えさせ、かろうじて彼の精神の均衡を保っているとも言える。このように、歌の内容がプロットや登場人物の特徴などと密接に関連しており、文脈と深く関わった形で音楽が使用されている。

そこで、『マクベス』の例に示したようなパターン的な使用を「類型的使用」として分類し、『ウィンザーの陽気な女房たち』の例のような個別的な使用を「個別的使用」として扱うこととする。このような考え方を用いると、シェイクスピアの作品における音楽使用をさらに細かいカテゴリーに分類できる。

まず、類型的使用は場面のパターンごとに八つのグループに分けられる。すなわち、（一）登場人物の入退場、（二）祝賀の場面、（三）弔いの場面、（四）戦闘の場面、（五）狩りの場面、（六）娯楽の場面、（七）道化の場面、（八）劇の起結、の八項目である。一方、個別的使用はそもそもパターンから外れる使い方であるため、さらに分類することは難しい。しかし、個々の場面において用いられる音楽を奏でる演奏者、あるいは歌い手と、その音楽の聞き手との関係を基準に、さらに下位区分することができる。第一に、誰かに聞かせるためではなく、独り言のように自分のために歌いあるいは演奏する音楽、第二に、他の登場人物に対して奏でられる音楽、第三に、舞台上の人物以外によって演奏される音楽がある。これらを、(一)独白的な音楽、(二)対人的な音楽、(三)背景音楽として分類する。

さらに、(一)独白的な音楽は、奏者の感情表出がなされる音楽、錯乱した人物によって歌われる音楽、儀式の一環として用いられる音楽とに分けられる。これらを順に、(一・一)感情表出の音楽、(一・二)狂乱の音楽、(一・三)儀式の音楽、[12]とする。また、(二)対人的な音楽は、聴き手への情報伝達に重きを置いた、(二・一)情報伝達の音楽、および聴き手に対する精神的・身体的な働きかけに重きを置いた、(二・二)作用の音楽に下位分類される。

このような方法を用いることには、三つの利点がある。第一に、すべての音楽使用例を、できる限り重複を避けて分類するため、シェイクスピアの作品における音楽使用の特徴をよりよく見通すことができる。第二に、各カテゴリーの音楽使用の傾向を、数量的に把握することが可能になる。第三に、数量化によって、シェイクスピアと他の劇作家の作品における音楽使用を、より客観的に比較する可能性が開かれる。さらに、このような分類によって、他の作家や時代の劇作品における音楽の使用を統一的に分析することが可能になれば、演劇における音楽使用の歴史的変遷をより客観的に記述できるだろう。

二　シェイクスピアの作品における音楽使用の全体的特徴

このような方法を用いて、『ヘンリー六世　第一部』から『ヘンリー八世』までの三七作品で用いられる音楽を分類し、ジャンルごとに集計した結果を表一に示す。テクストはリヴァーサイド版を基準とし、編者により挿入されている卜書きは別に扱った。[13] また、音楽の使用に特に細かい注意を払っているオックスフォード版全集で挿入されている卜書きも、別に集計の対象とした。[14] あわせて、各ジャンルの作品名と、推定初演年を表二に示す。

まず、シェイクスピアの作品三七編の音楽使用は、大半が類型的使用として分類される。オリジナルの卜書きが四三四、リヴァーサイド版による挿入が一一七、オックスフォード版による挿入が七七、合計で六二八の使用がある。そのうち類型的使用が五四五となり全体の八六.八%を占める。この割合は編者により挿入された卜書きを除いても大きく変わることはない。オリジナルの卜書きのみに注目しても、類型的使用は四三四例中三八五例と、全体の八八.七%となる。またオックスフォード版による挿入のみを除いても、五五一例中四七四例で八六.〇%となり、ほぼ同じ割合である。このように、シェイクスピアの作品の音楽使用の多くはパターン的なもので、より個別的な使用は、全体の一割強にとどまることになる。

次にジャンルごとの傾向を見ると、歴史劇での音楽使用は、オリジナルの卜書きが一八三例、リヴァーサイド版とオックスフォード版による挿入がそれぞれ三二例、三〇例で計二四五例、悲劇が

悲劇（10編）			ロマンス劇（4編）			全作品（37編）			合計
39	[7]	{4}	6	[0]	{15}	123	[28]	{37}	188
14	[2]	{0}	2	[0]	{0}	29	[6]	{1}	36
3	[1]	{0}	2	[0]	{0}	8	[1]	{0}	9
75	[6]	{2}	0	[0]	{6}	189	[27]	{23}	239
3	[2]	{0}	0	[1]	{2}	5	[3]	{2}	10
13	[4]	{1}	4	[1]	{0}	22	[12]	{2}	36
3	[5]	{5}	0	[0]	{0}	4	[9]	{6}	19
1	[0]	{0}	0	[0]	{0}	5	[3]	{0}	8
151	[27]	{12}	14	[2]	{23}	385	[89]	{71}	545
0	[2]	{0}	7	[0]	{0}	7	[6]	{1}	14
4	[2]	{0}	0	[0]	{0}	4	[2]	{0}	6
1	[0]	{0}	0	[0]	{0}	1	[0]	{0}	1
1	[1]	{1}	3	[0]	{0}	5	[3]	{1}	9
2	[4]	{0}	8	[1]	{2}	29	[17]	{2}	48
2	[0]	{0}	0	[0]	{2}	3	[0]	{2}	5
10	[9]	{1}	18	[1]	{4}	49	[28]	{6}	83
161	[36]	{13}	32	[3]	{27}	434	[117]	{77}	628

同様に合計二一〇例と、この二つのジャンルで全使用例の七二・五％の割合となる。内訳を見ると、歴史劇では戦闘の場面の音楽が計一二七例、登場人物の入退場の音楽が計八七例と、この二つのカテゴリーのみで二四五例のうちの八七・三％を占める。悲劇においても戦闘の場面が計八三例、登場人物の入退場が計五〇例で二一〇例中の六三・三％と、半分以上の割合となる。歴史劇と悲劇においては、戦闘場面が含まれることが多く、これを描写するために警報 (alarum)、退却 (retreat) などを表す音楽が使われる。これらを立て続けに用いることで、戦闘が激化する様子を表現することもあるため、使用回数は増加する。また、これらのジャンル、とりわけ歴史劇には頻繁に

表一　シェイクスピアの作品における音楽使用

ジャンル	歴史劇（10 編）			喜劇（13 編）		
類型的使用						
1. 登場人物の入退場	63	[9]	{15}	15	[12]	{3}
2. 祝賀の場面	11	[3]	{0}	2	[1]	{1}
3. 弔いの場面	2	[0]	{0}	1	[0]	{0}
4. 戦闘の場面	99	[15]	{13}	15	[6]	{2}
5. 狩りの場面	0	[0]	{0}	2	[0]	{0}
6. 娯楽の場面	2	[5]	{1}	3	[2]	{0}
7. 道化の場面	0	[0]	{0}	1	[4]	{1}
8. 劇の起結	0	[0]	{0}	4	[3]	{0}
小計	177	[32]	{29}	43	[28]	{7}
個別的使用						
1. 独白的な音楽						
1.1 感情表出の音楽	0	[0]	{1}	0	[4]	{0}
1.2 狂乱の音楽	0	[0]	{0}	0	[0]	{0}
1.3 儀式の音楽	0	[0]	{0}	0	[0]	{0}
2. 対人的な音楽						
2.1 情報伝達の音楽	0	[0]	{0}	1	[2]	{0}
2.2 作用の音楽	5	[0]	{0}	14	[12]	{0}
3. 背景音楽	1	[0]	{0}	0	[0]	{0}
小計	6	[0]	{1}	15	[18]	{0}
合計	183	[32]	{30}	58	[46]	{7}

［　］内はリヴァーサイド版で、｛　｝内はオックスフォード版で挿入されたト書きの数

王侯貴族が登場するため、入退場の際には『マクベス』の例で見たように、ファンファーレなどが演奏される。場面ごとの音楽使用例の頻度を見ても、この二つの場面の使用例が突出して多い。以上のことから、量的な観点からは、限られた音楽の使用法が大半を占めていることがわかる。

逆に、喜劇、ロマンス劇においては、個別的使用の頻度が比較的高くなっている。最も多くの例が観察されるジャンルは喜劇の三三例で、次にロマンス劇が二三例、悲劇が二〇例、歴史劇が七例である。挿入によるト書きを除くと、ロマンス劇が最多の一八例、次いで喜劇が一五例、悲劇が一〇例、歴史劇が六例となり、ロマンス劇と喜劇の順が逆転するものの、この二つのジャ

表二　シェイクスピアの各ジャンルの作品名と推定初演年 (15)

ジャンル	作品名	推定初演年
歴史劇	『ヘンリー六世　第一部』	1590
	『ヘンリー六世　第二部』	1590
	『ヘンリー六世　第三部』	1591
	『ジョン王』	1591
	『リチャード三世』	1592
	『リチャード二世』	1595
	『ヘンリー四世　第一部』	1597
	『ヘンリー四世　第二部』	1597
	『ヘンリー五世』	1599
	『ヘンリー八世』	1613
喜劇	『間違いの喜劇』	1592
	『じゃじゃ馬ならし』	1592
	『ヴェローナの二紳士』	1593
	『恋の骨折り損』	1595
	『夏の夜の夢』	1596
	『ヴェニスの商人』	1596
	『ウィンザーの陽気な女房たち』	1597
	『から騒ぎ』	1598
	『お気に召すまま』	1599
	『十二夜』	1601
	『トロイラスとクレシダ』	1602
	『終りよければすべてよし』	1603
	『尺には尺を』	1604
悲劇	『タイタス・アンドロニカス』	1594
	『ロミオとジュリエット』	1596
	『ジュリアス・シーザー』	1599
	『ハムレット』	1601
	『オセロー』	1604
	『リア王』	1605
	『マクベス』	1606
	『アントニーとクレオパトラ』	1607
	『アテネのタイモン』	1607
	『コリオレイナス』	1608
ロマンス劇	『ペリクリーズ』	1608
	『シンベリン』	1609
	『冬物語』	1610
	『テンペスト』	1611

ンルが上位を占めている。また、類型的使用と比較すると、ロマンス劇では六二例中三九例が類型的使用、二三例が個別的使用であり、個別的使用の割合は、三七．一％となる。以下、喜劇では一一一例中三三例（二九．七％）、悲劇では二〇〇例中二〇例（一〇．〇％）、歴史劇では二四五例中七例（二．九％）が個別的使用であり、やはり喜劇、ロマンス劇では個別的使用の割合が高くなっている。

個別的使用の下位分類を見てみると、最も多い使用例が見られるのは、対人的な音楽のグループに属する（二．二）作用の音楽である（計四八例）。個別的使用の例のうち半分以上が作用の音楽であり、ジャンル別に見ると、喜劇に最多の二六例、ロマンス劇に一一例、悲劇に六例、歴史劇に五例が観察される。このことから、個別的な音楽の使用としては、登場人物間の相互作用を促進するために音楽が使われることが多く、特に喜劇で活用されていることが示唆される。

また、個別的使用の中で二番目に頻度が高いのは、（一．二）感情表出の音楽である。数としては計一四例と多くはないが、個々の例を見ると、数の少なさに比して、表現される感情の幅が多様であることがわかる。例えば先に挙げた『ウィンザーの陽気な女房たち』では、歌によって現実逃避の欲求が表されており、その他にも喜び、装った陽気さ、恋の悩み、悲しみなどが表現される例が観察される。[16]『オセロー』(*Othello*)の四幕三場でデズデモーナが歌う「柳の歌」(The Willow Song)も一例であり、歌われる歌詞の内容がデズデモーナの感情と彼女が追いやられた苦境を凝縮しており、また後に訪れる彼女の死の予兆ともなっている。[17]このことから、シェイクスピアの作品においては、音楽が人物造形においても重要な役割を果たしていると考えられる。

クリストファー・マーロウ										全作品（9 編）		合計
マルタ島のユダヤ人		エドワード二世		フォースタス博士 (A-Text)		フォースタス博士 (B-Text)		パリの大虐殺				
悲劇		歴史劇		悲劇		悲劇		外国史劇				
1589		1592		1592（1604 年出版）		不明 (19)（1616 年出版）		1593				
0	[0]	0	[0]	2	[0]	5	[0]	0	[0]	8	[1]	9
0	[0]	0	[0]	0	[0]	0	[0]	3	[0]	3	[1]	4
0	[0]	0	[0]	0	[0]	0	[0]	1	[0]	3	[0]	3
2	[0]	3	[1]	0	[0]	1	[0]	3	[0]	28	[3]	31
0	[0]	0	[0]	0	[0]	0	[0]	0	[0]	0	[0]	0
0	[0]	0	[0]	0	[0]	2	[0]	0	[0]	2	[1]	2
0	[0]	0	[0]	0	[0]	0	[0]	0	[0]	0	[0]	0
0	[0]	0	[0]	0	[0]	0	[0]	0	[0]	0	[0]	0
2	[0]	3	[1]	2	[0]	8	[0]	7	[0]	44	[5]	49
0	[0]	0	[0]	0	[0]	0	[0]	0	[0]	0	[0]	0
0	[0]	0	[0]	0	[0]	0	[0]	0	[0]	0	[0]	0
0	[0]	0	[0]	0	[0]	0	[0]	0	[0]	0	[0]	0
0	[0]	0	[0]	0	[0]	0	[0]	0	[0]	0	[0]	0
0	[0]	0	[0]	1	[0]	0	[1]	0	[0]	2	[1]	3
0	[0]	0	[0]	0	[0]	2	[0]	0	[0]	2	[0]	2
0	[0]	0	[0]	1	[0]	2	[1]	0	[0]	4	[1]	5
2	[0]	3	[1]	3	[0]	10	[1]	7	[0]	48	[6]	54

表三　キッド、マーローウの作品における音楽使用 (18)

作者	トマス・キッド		クリストファー・マーロウ					
作品名	スペインの悲劇		カルタゴの女王ダイドー		タンバレイン大王第一部		タンバレイン大王第二部	
ジャンル	悲劇		古典的伝説(悲劇)		英雄ロマンス		英雄ロマンス	
推定初演年	1587		1586		1587		1588	
類型的使用								
1. 登場人物の入退場	1	[0]	0	[0]	0	[1]	0	[0]
2. 祝賀の場面	0	[0]	0	[0]	0	[1]	0	[0]
3. 弔いの場面	1	[0]	0	[0]	0	[0]	1	[0]
4. 戦闘の場面	2	[0]	0	[0]	4	[2]	13	[0]
5. 狩りの場面	0	[0]	0	[0]	0	[0]	0	[0]
6. 娯楽の場面	0	[0]	0	[0]	0	[0]	0	[0]
7. 道化の場面	0	[0]	0	[0]	0	[0]	0	[0]
8. 劇の起結	0	[0]	0	[0]	0	[0]	0	[0]
小計	4	[0]	0	[0]	4	[4]	14	[0]
個別的使用								
1. 独白的な音楽								
1.1 感情表出の音楽	0	[0]	0	[0]	0	[0]	0	[0]
1.2 狂乱の音楽	0	[0]	0	[0]	0	[0]	0	[0]
1.3 儀式の音楽	0	[0]	0	[0]	0	[0]	0	[0]
2. 対人的な音楽								
2.1 情報伝達の音楽	0	[0]	0	[0]	0	[0]	0	[0]
2.2 作用の音楽	0	[0]	0	[0]	0	[0]	1	[0]
3. 背景音楽	0	[0]	0	[0]	0	[0]	0	[0]
小計	0	[0]	0	[0]	0	[0]	1	[0]
合計	4	[0]	0	[0]	4	[4]	15	[0]

[　] 内は各テクストの編者により挿入されたト書きの数

三　キッド、マーロウの作品における音楽使用

次に、キッドとマーロウの作品における音楽の使用について検討する。表三はキッドの『スペインの悲劇』(*The Spanish Tragedy*)、マーロウの『カルタゴの女王ダイドー』(*Dido Queen of Carthage*)、『タンバレイン大王　第一部』(*Tamburlaine the Great Part 1*)、『タンバレイン大王　第二部』(*Tamburlaine the Great Part 2*)、『マルタ島のユダヤ人』(*The Jew of Malta*)、『エドワード二世』(*Edward II*)、『フォースタス博士』(*Doctor Faustus*)、『パリの大虐殺』(*The Massacre at Paris*)に見られる音楽の使用例を集計したものである。

この結果から、まずこれらの作品で用いられている音楽は、大半が類型的使用であることがわかる。全五四例中、類型的使用は四九例で全体の九〇．七%、個別的使用が五例で九．三%となる。挿入によるト書きを除くと、四八例中の四四例が類型的使用で、全体の九一．七%を占める。シェイクスピアの作品における音楽使用と比較すると、いずれの場合も類型的使用の割合が若干高くなっている。シェイクスピアの作品では、喜劇において個別的な音楽使用の例が最も多く観察されたが、キッドとマーロウの作品群には喜劇が含まれていない。このことが、類型的使用の割合が高くなった要因の一つと思われる。このような違いがあるにせよ、類型的使用の多さは本稿で扱われた作家の作品群に共通して見られる特徴と言える。

第二に、全分類中で使用例の多い上位二つのカテゴリーは、戦闘の場面（三一例）と登場人物の

入退場（九例）であり、これもシェイクスピアの作品に見られる特徴と一致する。キッドとマーロウの作品は大半が歴史劇または悲劇であり、『カルタゴの女王ダイドー』、『タンバレイン大王』、『パリの大虐殺』は、本稿で用いたアルフレッド・ハーベッジ（Alfred Harbage）の分類ではそれぞれ古典的伝説（悲劇）、英雄ロマンス、外国史劇とされているが、いずれも歴史劇、悲劇と同様に、戦争や王侯貴族が登場する場面が多い。そのためこれらの状況で使用される音楽の例が多くなる。

第三に、シェイクスピアの作品とは対照的に、ここで取り上げたキッドとマーロウの作品には、個別的使用の（一）独白的な音楽の例が皆無である。先述の通り、シェイクスピアの作品においては、独白的な音楽の使用は、その数は多くないものの、人物描写等において重要な役割を果たしている。キッドとマーロウの作品においては、音楽はシェイクスピアの作品に見られるような、登場人物の微妙な感情を表現するための手段としては用いられていない。これはシェイクスピアと他の二人の劇作家の作品での音楽の役割が顕著に異なる点と言える。

第四に、個別的な音楽使用に、興味深いものが数例見られる。まず、『フォースタス博士』の三幕一場に見られる、（二‐二）作用の音楽の例がある。これは魔法により姿を隠したフォースタスが、教皇に対していたずらを行う場面で用いられている。フォースタスが見えない姿で教皇の食事と飲み物をくり返し奪うと、教皇はこれを幽霊の仕業だと思い、歌により幽霊の怒りを鎮めるように修道士たちに命じる。[20]

教皇の食卓より食事を盗み去りしものに呪いを

主よその者を呪い給え！
教皇のご尊顔に拳を振いし者に呪いを
主よその者を呪い給え！
修道士サンデロの頭を殴りし者に呪いを
主よその者を呪い給え！
われわれの聖なる葬送歌を妨げる者に呪いを
主よその者を呪い給え！
教皇のぶどう酒を持ち去りしものに呪いを
主よその者を呪い給え、すべての聖人たちよ！
アーメン！
（三幕一場八九―九九）[21]

この歌詞で述べられている行為はあくまでもフォースタスによるものであり、この場面に幽霊は存在しないものの、歌唱の目的が霊を鎮めるためのものと位置づけられていることは、文脈から明らかである。このように霊を鎮めるために音楽が使われる例はシェイクスピア作品には見られない。シェイクスピアの作品においては、超自然的存在が度々登場する。『シンベリン』(*Cymbeline*)、『ハムレット』(*Hamlet*)、『マクベス』のように、本物か、あるいは本物であるかのような形で現れるものもあれば、『ウィンザーの陽気な女房たち』のように、偽物として登場する場合もある。しかし、これらの超自然的存在に付随する音楽は、その異質性を表現するために用いられることはあっても、抑制するために使用される例は見当たらない。

また、『タンバレイン大王　第二部』では、死を目前にしたゼノクレイトが、「音楽を、そうすれば発作も治まるでしょう」（二幕四場七七）と音楽を求める。この直後から四一行にわたる台詞で、タンバレインはゼノクレイトがいかに素晴らしい女性であったかを語り、ゼノクレイトが息を引き取っているのに気づき、その死を嘆く。その台詞の間、ゼノクレイトが所望した音楽を楽士たちが演奏する。この場面の音楽は、第一義的にはゼノクレイトの苦しみを和らげるために演奏される、作用の音楽に分類されるが、舞台上の効果としては、ゼノクレイトの死と、それに続いて表現されるタンバレインの悲しみを強調することにもなりうる。実際に演奏された曲がどのようなものであるかが不明であるため、断定的なことは言えないが、仮にそのような効果が期待されるとすれば、これは現代の映画・ドラマの背景音楽 (underscoring music) あるいは付随音楽 (incidental music) に通じる音楽の使用法と言える。ディーナ・ケイ (Deena Kaye) とジェイムズ・ルブレヒト (James LeBrecht) は、背景音楽は「ある場面の出来事に随伴し、舞台上の登場人物には聞こえない。その瞬間の感情を強調することが目的」としている。[22] この『タンバレイン大王』の例では、台詞によって音楽が奏でられる合理的な説明がなされた上で音楽が流れ、登場人物にもその音楽が聞こえている。その点では、音楽が流れながらも舞台上の人物には聞こえないという前提を観客に期待するような現代の付随音楽にまでは至らず、当時の慣習の枠内で音楽を使用しつつ、劇的情感を増幅する効果を同時に果たす可能性がある。

同様の例はシェイクスピアの『冬物語』(*The Winter's Tale*) にも見られる。劇の終盤、死んだとされていたハーマイオニの彫像が動き出し、よみがえる場面で、ポーライナの指示によって音楽が奏でられる。少なくとも登場人物はハーマイオニが死亡したと思っているため、この場面における音楽は、表面的にはハーマイオニを復活させるという働きを持っており、作用の音楽に分類される。音楽が治癒のために用いられるのは奇異なことではなく、音楽が治癒力を持つという思想は古代ギリシャに見られ、シェイクスピアと同時代に生きた天文学者のケプラーは、音楽が医師により患者の治療に用いられていることを記している。[23] また、エリザベス朝およびジェイムズ朝時代の文献の記述も、音楽が癒やしの力を持つと考えられていたことを示唆している。例えば、ジェイムズ朝のリュート奏者トマス・ロビンソン (Thomas Robinson) は、音楽が狂気を治し、痛風や頭痛を軽減すると述べている。[24] シェイクスピアの作品でも、治癒のために音楽が使われる例が複数あり、『ペリクリーズ』(*Pericles*) の五幕一場では、三カ月の間、一切口を開くことのなかったペリクリーズが目覚めるきっかけとして、マリーナの歌が用いられている。ハーマイオニの復活をもたらすポーライナの音楽は、このような治癒の手段としての音楽、あるいは『テンペスト』(*The Tempest*) に見られるような、魔術的な力を持つ音楽に類するものとも言える。しかし同時に、キャサリン・M・ダン (Catherine M. Dunn) が指摘するように、この場面が劇のクライマックスであることから、劇的な緊張感を高める効果も果たしている。[25] このように、付随音楽的な要素を持ちうるという点で、『タンバレイン大王』と『冬物語』の両例は共通しており、いずれも形式的には慣習の枠内で音楽を用いつつ、劇的な瞬間を演出しうる音楽の使用と言える。

なお、ト書きとして指示されていないため、今回の集計の対象外ではあるが、『エドワード二世』に、ランカスターとモーティマーが、スコットランドとの戦闘で王が戦場に着飾って現れ、スコットランド人がその様子をからかって作ったというジグ (jig) を引用し、エドワードの王としての無能さを責める場面がある（六場一八八―九五）。ここには実際の歌唱を指示するト書きはないものの、ある程度の音楽的なパフォーマンスをともなって演じられた可能性がある。[26] その仮定にもとづけば、この箇所は登場人物に対する非難のために音楽が使用された例と考えられ、個別的使用のうち（二）対人的な音楽の（二・二）作用の音楽に分類される。シェイクスピアの作品にも作用の音楽が四八例あるが、このような非難のための用法は見られない。

第五に、ここで観察されたキッドとマーロウの作品における音楽の大半は、プロットの展開に必須と言えるほどの結びつきは持っていない。筋の提示のみを考えるならば、いずれの音楽も実際の演奏なしに上演することも可能と考えられる。例外として挙げうるのは、『マルタ島のユダヤ人』の五幕五場で、バラバスがかけた罠を作動させるきっかけとなる攻撃のラッパの音 (charge) のみである。これに対して、シェイクスピアの作品で用いられる音楽には、劇の進行に不可欠な出来事に非常に強く結びつけられている例が複数ある。[27] このことは、シェイクスピアの作品において、音楽が劇のプロット展開とより緊密に関連づけて用いられており、音楽のより多くの側面が活用されていることを示唆している。

以上のことから、キッドとマーロウの作品群においては、シェイクスピアの作品と同様に、登場人物の入退場や戦闘の場面など、主に類型的な方法で音楽が使用されていると考えられる。その一方、音楽が人物造形に果たす役割は、シェイクスピアの作品に見られるほどに微妙かつ多彩ではない。また、マーロウの作品には独特の個別的用法が観察され、シェイクスピアの作品における、付随音楽的な用法に通じるものも見られる。とはいえ、作品全体のプロット展開との結びつきは、

注

1 本稿は以下の論文にクリストファー・マーロウの作品のデータを加え、加筆訂正したものである。Noritaka Tomimura, "The Use of Music in Shakespeare, Kyd and Marlowe's Plays",『熊本大学英語英文学』第五七・五八合併号（二〇一五）、一―一七頁。また、シェイクスピア作品における音楽とその研究に関する記述には、著者が二〇〇七年に熊本大学に提出した博士論文、"The Use of Music in Shakespeare's Plays" と重複する箇所がある。

2 一九八七年までの主要文献については、Bryan N. S. Gooch and David Thatcher, *A Shakespeare Music Catalogue*, Vol. V (Oxford: Clarendon Press, 1991) にまとめられている。同書で "Shakespeare's Use of Music and Song" として分類されている中で最も古いものは、一七七六年に初版が出されたチャールズ・バーニーの『音楽総史―古代から現代まで』。Charles Burney, *A General History of Music: From the Earliest Ages to the Present Period* (1789), (New York: Dover Publications, 1957) を参照。

3 例えば以下のような研究がある。Edward W. Naylor, *Shakespeare and Music: With Illustrations from the Music of the 16th and 17th Centuries*, Rev. edn. (London: J. M. Dent and Sons Ltd., 1931); Ross W. Duffin, *Shakespeare's Songbook* (New York: W. W. Norton and Company, 2004).

4 この部類の研究として、栗駒正和『シェイクスピア　ことばと音楽』（南雲堂、一九七八）; David Lindley, *Shakespeare and Music* (London: Arden-Thomson, 2006); John H. Long, *Shakespeare's Use of Music*, 3 Vols. (Gainesville: University of Florida Press, 1955-71); F. W. Sternfeld, *Music in Shakespearean Tragedy*, 2nd edn. (London: Routledge; New York: Dover Publications, 1967); F. W. Sternfeld and C. R. Wilson, "Music in Shakespeare's Work", *William Shakespeare: His World, His Work, His Influence*, ed. by John F.

Gooch and Thatcher のト書きリストを参考とした。このリストはリヴァーサイド版第一版に基づいているため、第二版に合わせて修正を行った。また、二つ折り版、四つ折り版も併せて確認した。

14 *The Oxford Shakespeare: The Complete Works*, ed. by Stanley Wells, et al. (Oxford: Clarendon Press, 1988). この版の編集にはスターンフェルドも関わっている。

15 各作品の推定初演年は以下に従った。Alfred Harbage, *Annals of English Drama 975-1700*, 3rd edn. (London: Routledge, 1989).

16 個々の例の分析は以下を参照いただきたい。Noritaka Tomimura, "The Use of Song in Shakespeare's Plays", *Stylistic Studies of Literature: In Honour of Professor Hiroyuki Ito*, ed. by Masahiro Hori et al. (Bern: Peter Lang, 2009), pp. 161-87.

17 歌詞とデズデモーナの状況との関連については Tomimura (2009), p. 167 を参照いただきたい。「柳の歌」がデズデモーナの死の予兆となっていることは様々な研究者が指摘している。一例として Long (1971), p. 158 を参照。

18 テクストは以下を用いた。Thomas Kyd, *The Spanish Tragedy*. ed. by J. R. Mulryne, 3rd edn. (London: Methuen Drama, 2009); Christopher Marlowe, *The Complete Works of Christopher Marlowe*, ed. by Roma Gill, et al., 5 Vols. (Oxford: Clarendon Press, 1987-98). ただし、マーロウの『フォースタス博士』については、いわゆる A-Text と B-Text の二つの版の間にかなりの違いがあるため、別に扱った。そのため、テクストは *Doctor Faustus*. ed. by David Scott Kastan (New York: W. W. Norton and Company, 2005) を用いた。なお、各作品の推定初演年とジャンル分けは Harbage に従った。

19 一六〇二年にウィリアム・バード (William Bird) とサミュエル・ローリー (Samuel Rowley) に対し、『フォースタス博士』への補作料が支払われた記録が残っており、B-Text はその追加部分を反映している可能性がある。*Doctor Faustus*. ed. by David Scott Kastan (New York: W. W. Norton and Company, 2005), pp. ix-x を参照。

20 原文の dirge は死者のための聖務日課に由来するもの。詳細はこの箇所についての、Christopher Marlowe, *The Complete Works of Christopher Marlowe*, ed. by Roma Gill, Vol. II (Oxford: Clarendon Press, 1990) の注釈を参照。

21 A-Text では三幕一場、B-Text では三幕二場にあたるが、歌詞の内容は基本的に同じである。

22 Deena Kaye and James LeBrecht, *Sound and Music for the Theatre: The Art and Technique of Design*, 2nd edn. (Boston: Focal Press, 2000), p. 21 を参照。

23 F. D. Hoeniger, "Musical Cures of Melancholy and Mania in Shakespeare", *Mirror Up to Shakespeare: Essays in Honour of G. R. Hibbard*, ed. by J. C. Gray (Tronto: University of Toronto Press, 1984), pp. 57-58, 65-66 を参照。

24 Thomas Robinson, *The Schoole of Musicke* (1603), The English Experience No. 589. (Norwood: Walter J. Johnson Inc.; Amsterdam: Theatrum Orbis Terrarum Ltd., 1975), sig. B を参照。他に、Robert Burton, *The Anatomy of Melancholy* (1621), Vol. II. (London: J. M. Dent and Sons Ltd.; New York: E. P. Dutton and Co. Inc., 1932), pt. 2, sec. 2, mem. 6, subs. 3; Henry Peacham, *The Compleat Gentleman* (1622), The English Experience No. 59. (New York: Da Capo Press; Amsterdam: Theatrum Orbis Terrarum Ltd., 1968), pp. 97-98, 104 にも言及あり。詳細は Noritaka Tomimura, "The Use of Instrumental Music in Shakespeare's Romance Plays",『熊本大学英語英文学』第五〇号（二〇〇七）、四〇—四一頁を参照いただきたい。

25 Catherine M. Dunn, "The Function of Music in Shakespeare's Romances", *Shakespeare Quarterly* 20 [1969], p. 399.

26 テクストの編者であるリチャード・ローランド (Richard Rowland) の、この箇所についての注釈を参照。

27 シェイクスピアの作品において歌がプロットの展開に重要な役割を果たす例については、Tomimura (2009), pp. 183-84 を参照いただきたい。

き

く

け

こ

え

お

か

索　引

執筆者一覧

（編者のほかは50音順）

熊谷 次紘（くまがえ つぐひろ）編者
広島修道大学名誉教授

松浦 雄二（まつうら ゆうじ）編者
島根県立大学短期大学部教授

五十嵐 博久（いがらし ひろひさ）
東洋大学教授

佐川 昭子（さがわ あきこ）
広島修道大学教授

住田 光子（すみだ みつこ）
広島大学非常勤講師

冨村 憲貴（とみむら のりたか）
呉工業高等専門学校准教授

David Patrick Hurley（ディビッド・パトリック・ハーリー）
広島女学院大学非常勤講師
MA, English Renaissance Literature, University of York

藤澤 博康（ふじさわ ひろやす）
近畿大学教授

松浦 芙佐子（まつうら ふさこ）
岡山商科大学准教授

丸山 弓貴（まるやま ゆき）
広島大学大学院文学研究科人文学専攻言語表象文化学分野
アメリカ・イギリス文学博士課程前期修了、修士（文学）

シェイクスピアの作品研究 ―戯曲と詩、音楽

2016年5月30日 印 刷　　2016年6月10日 発 行

編著者 © 熊 谷 次 紘
松 浦 雄 二

発行者 佐 々 木 元

発 行 所 株式会社 英 宝 社
〒101-0032 東京都千代田区岩本町2-7-7 第一井口ビル
☎ [03] (5833) 5870 Fax [03] (5833) 5872

ISBN978-4-269-72140-1 C3098
[組版:(株)マナ・コムレード/製版・印刷:(株)マル・ビ/製本:(有)井上製本所]

定価 (本体3,200円+税)